青枕匣书

田牮 著

辽宁人民出版社

© 田牪　2024

图书在版编目（CIP）数据

青枕匣书 / 田牪著 . —沈阳：辽宁人民出版社，
2024.6
（青铜夔纹悬疑小说系列）
ISBN 978-7-205-11046-8

Ⅰ . ①青… Ⅱ . ①田… Ⅲ . ①长篇小说—中国—当代
Ⅳ . ① I247.5

中国国家版本馆 CIP 数据核字（2024）第 042892 号

出版发行：辽宁人民出版社
　　　　　地址：沈阳市和平区十一纬路 25 号　邮编：110003
　　　　　电话：024-23284191（发行部）　024-23284304（办公室）
　　　　　http：//www.lnpph.com.cn
印　　刷：河北朗祥印刷有限公司
幅面尺寸：145mm×210mm
印　　张：8.5
字　　数：202 千字
出版时间：2024 年 6 月第 1 版
印刷时间：2024 年 6 月第 1 次印刷
责任编辑：赵维宁
封面设计：乐　翁
版式设计：一诺设计
责任校对：耿　珺
书　　号：ISBN 978-7-205-11046-8
定　　价：58.00 元

目　录

楔子一 枯井陈尸

20 世纪 80 年代初，陕西的一个偏僻农村。

谈老汉抬头瞅了一眼树枝上聒噪的乌鸦，不由得骂了一声："这鬼东西咋叫起没完咧！"这几天没啥大活，谈老汉准备把家后院那口枯井收拾出来，再找人挖深点，看看能不能打出水来。这十里八村啥都好，就是缺水。要是实在打不出水来，用石头垫一垫当地窖也不错，总不能荒废着。

要说这枯井可有年头了。打谈老汉小时候就有，那时候用块大石磨压着，具体是啥时候的井怕是村里头也没人知道。后来村里修供销社，那大石磨就被征用当了旗杆石，几年前被文物局的人看见了，拉进了城里。那石磨现在在哪谈老汉不知道，更不关心，毕竟农民能管好自己的一亩三分地就成了。

被谈老汉叫来帮忙的邻居刘坎山也停下了手里的活，脸上满是褶皱，眼睛眯成了一道缝，半晌他吐掉了嘴里叼着的草秆，压低声音说："我说，要不咱今儿个别干咧。"

谈老汉被乌鸦叫得正心烦，只随口回了句："咋咧？"

"能咋，你倒是瞅瞅，你啥时候见咱这村落过这老些老鸹。我爹以前常说，这成群的老鸹叫，那是叫魂咧。"

"呸，叫谁魂，叫你魂咧。这怕是要下大雨，所以这活还得快点干咧。"谈老汉继续清理枯井内的淤泥，他心想着，刘坎山这老头八成又想偷懒，以往他家有啥事，他都是出了几把子力气的。

"你个老瓜皮，你咋就不信咧？"刘坎山有些急了。

谈老汉才不信邪，这刘坎山的爹以前是个半吊子先生，专门招摇撞骗。新中国成立后又改做了赤脚医生，差一点医出人命，被人打断了一条腿。这刘坎山跟他爹一样，粘上毛比猴都精，说白了就是不想白出力。于是谈老汉呵呵一笑："行咧，快点干，干完咧，我给你做泡馍。"

刘坎山看了看天上盘旋的乌鸦，又想了想泡馍，最后还是挥起了铁锹，嘴里却叨咕着："你还不信，我爹说话可准咧，当初建公社的时候，还是我爹说你家那旧石磨是个宝贝，拿去当旗杆石能保一方平安。后来供销社变了村委会，咱们村不一样风调雨顺的吗，早些年干旱，别的村死了多少人，你看我们村死过一个人吗？那东西就是个宝贝，你们都不认得，就我爹认得，最后不是交公咧。要不是个宝贝，公家能要吗，能给村里奖励五十块钱吗？所以我爹说的话都是对的，得信。"

谈老汉知道刘坎山是个倔脾气，只得敷衍道："信，信，信，我信。干完活再信。"

"停，停，停。"刘坎山又停了下来，将铁锹一横，这下谈老汉也被逼停了下来。

"又咋了？"谈老汉脾气也上来了，"让你个老瓜皮干点活，你咋跟厌了一样。"

刘坎山也急了："哎呀，你说啥咧，这下边有东西。"他用锹一扒拉居然露出破败的棉絮来，那棉絮里好像还裹着什么东西。

谈老汉一看，来了精神："这可得好好挖挖。咱陕西的黄土埋皇上，咱俩今天说不定还能挖出个兵马俑来咧。"

刘坎山嘴角一咧，露出了满口的大黄牙："俺们这村下边肯定有宝贝，要不文物局的人能隔三岔五来村里转悠。这要真挖出点好物件，交公也能给不少的钱咧。"

于是两人对看一眼，便将枯井内的淤泥清了清，露出了被麻绳捆着的棉絮包。大概是年代久远，棉絮一碰就破，又长期被淤泥浸泡，散发着难闻的恶臭味，令人作呕。

不过说来也怪，之前盘旋在上空的乌鸦此时已不见了踪影。院子忽然安静了下来，可突然间的静谧没有让人感觉到一丝舒服，反而让人有些莫名的心慌。

谈老汉不是个磨叽人，他三两下将破棉絮扒拉开，露出来的是黑不溜秋的东西，那恶臭的味道便是这东西散发出来的。谈老汉捂住鼻，将上边的淤泥用水一冲，露出个细长的东西，看形状有些眼熟。谈老汉又用手擦了擦，再定睛一看，这一看可不得了，直把他吓得惊叫了一声，连滚带爬地向院子外跑去。

那露出的是几只泛黑的脚指头，之前应是穿着足衣，那足衣被淤泥泡得烂了，被水冲掉，便露出整个脚底板来。谈老汉报了案，很快有工作人员上门处理干尸。听带头的中年人说，这具干尸至少有上百年了，许是一直深埋在淤泥里，那干尸的足衣虽烂了，可衣服还在。看样式和绣文像是清朝低级武官的服饰。也不知道为啥被人头下脚上沉在了枯井之中。且那干尸样貌清奇，表情扭曲，看着好吓人，不只把谈老汉和刘坎山吓了一跳，也把在场的工作人员吓得够呛。

谈老汉家的枯井里挖出一具干尸，这消息不胫而走，村里人都跑过来看热闹，三五成群，指指点点，说啥的都有。谈老汉蹲在枯井边的猪圈旁，跟猪圈里的小猪崽大眼瞪小眼。小猪崽满眼都是热闹，可谈老汉满眼都是晦气。

晦气，太晦气了，他家的枯井里居然一直沉着一具干尸。夏天天气热的时候，他还在那枯井边蹲着吃过饭，一想起这些，谈老汉就觉得腹中翻滚，浑身上下不得劲。

到了傍晚的时候，干尸终于被拉走了。村民们见没热闹可看，也就都散了。院子里又静了下来。可好巧不巧，那群乌鸦不知什么时候又飞了回来，一群一伙地落在院旁的大树上，远远地看着黑压压一片，看得谈老汉心中郁结，憋气得很。

就在这时，刘坎山又跑了过来。他拍着大腿说了句："我想起来咧，当年我爹就说过，你家那大石磨不是石磨，那叫镇，镇压的镇，怕是就是为了镇那干尸咧。你看那干尸死状多恐怖，那是横死的冤鬼，怕他祸害人才用个石镇给压上咧。我说老谈啊，你还是搬家吧。"

说起那大石磨，还有一段逸闻。村委会原来是个娘娘庙，新中国成立前就已断了香火，破败不堪，却没人敢拆，原因就是这娘娘庙建的时候就是为了镇魂的。

那是几百年前，村里有户人家姓吴，家中有小女因为生于小满所以名唤小满，年方二八，出落得亭亭玉立，上门说亲的人络绎不绝。邻村有一个富户姓徐，相中了小满，便找了人上门去说亲，称家中有子已过弱冠之年，欲求娶小满。

那媒婆上门，就将那徐家公子夸得是天花乱坠，说得小满爹娘十分心动。徐家家境殷实，吴老汉虽心动，却想着自家也给不起像样的嫁妆，那徐家自降门楣前来求娶，只怕另有隐情，于是只收下庚帖，说找人批了八字再做打算。媒婆一见，便怂恿着吴老汉早些定下亲事，恐过了这个村就没这个店了。再则吴家小满的八字，徐家早找人合过，与徐家公子是天造地设的一对。

吴老汉心有疑窦，只觉这媒婆如此心切，定有隐情，于是坚称除了批八字，家中老母健在，孙女的亲事须得老母同意。媒婆再三劝说，但吴老汉依旧不为所动，也就只得先离开。送走了媒婆，吴老汉立马骑着驴去了邻村，找了相熟的人一打听，原来徐家那公子天生有些痴傻。且那徐家虽殷实，钱却不是正道所来，劝吴老汉嫁女一定要三思而后行。

吴老汉听后一拍大腿，只道这亲事定不能成。吴家虽穷，却不会卖女儿，更不会把辛苦养大的闺女往火坑里推。于是回家后，便将庚帖退给了媒婆，只说八字不合，徐、吴两家无缘。

这亲退了并没什么大不了，那徐老汉却不干了，他本就是个心胸狭窄之人，自家的儿子被人退了亲，自然心存怨气。再则徐家公子见天地闹着要媳妇，徐老汉心中烦闷，喝了点小酒便道，三个月后他定要让吴家小满过门。不只如此，到时候徐家一分聘礼没有，还得让吴家送上丰厚嫁妆。

其实这徐家确非正经人家，徐老汉祖上便是土夫子，刨绝户坟的事没少干。别人都说他家做了太多的亏心事，欠了太多的阴债，方才生下个傻儿子，就是想让他家断子绝孙。徐老汉家里有一秘方，也是从地里刨出来的，上边有阴毒之药，可让少女呈现孕相。

于是徐老汉夜里偷偷摸到了吴家，在吴家院子中的井里下了药。那男子和妇人吃了皆无事，只有那黄花大闺女吃了才会有事。

一个月后，小满腹胀难耐，且恶心头晕，便找来赤脚医生瞧病。那医生一号脉，连忙道喜。吴老汉一听，立马不干了，直道你个半吊子的郎中委实坑人，我家姑娘未曾出嫁，又何来喜脉？那赤脚医生一听也不高兴了，只说自己虽不是师出名门，但喜脉怎会把错。

那时候的女子若有人未婚先孕，自是件丢脸之事，小满泣不成声。吴老汉更是要为亲闺女验明正身，于是又请来正经的郎中。那郎中一听，给小满把脉，这手一搭便蹙起了眉。确是喜脉无疑。那郎中为万无一失，又换了一只手搭脉，结果还是喜脉，却是不好得罪吴家人，只道自己医术不精，让吴家再找其他的郎中。

吴老汉一听，心里已经凉了半截，但见小满哭得厉害，则又请了一个郎中，这次来的郎中直言就是喜脉。吴老汉听后如五雷轰顶，一巴掌便打得小满嘴角渗血。他逼问小满与何人苟且怀下了孽障。小满跪地磕头，只道自己大门不出，清清白白，别人冤枉于她，自己的亲爹爹却不该如此。吴老汉气得七窍生烟，就道："你做出此等丢人现眼之事，便是吴家白养了你，若你清清白白，那几个郎中还能合起伙来冤枉了你？"说罢劈头盖脸又是一顿毒打。

其实这事本是关上门的家事，那些郎中也有职业操守，自是不会出去乱嚼舌根，可这事却不胫而走。很快传得十里八村众人皆知。吴老汉抬不起头做人，回家本想再逼小满说出实情。他倒也不想别的，只想若女儿有了心上人，大不了就搭些嫁妆早些过门，以平息了这风波。

不想回家后却四处不见小满，只见井旁有一双新的绣鞋。吴老汉心道不好，找来人去探井，却只捞上来了小满的尸体。小满死的时候穿着红衣红袄，意思是自己死得冤枉，这是旧社会女子一种无奈的抗争，可小满的死只是事情的开始。

未出嫁的女人死了不能进祖坟，小满又是横死，吴老汉只得将她草草掩埋在了乱坟岗中。可小满下葬后的第七天，正应是回魂之夜，那徐家便闹起了鬼。

那徐家院中也有一口井，乃是多年前所打，除了满足生活用水的需求外，还是口风水井。徐家世代盗墓，自是讲究风水命数，这井徐家人视如宝贝。就在小满回魂之夜，那井中突然冒出水泡，冒着冒着，便有泉水喷出，冰冰凉凉，还带着一丝甜味。

徐老汉陷害小满，本想着等事情发酵之后再去提亲，可没想到媒婆刚找好，还没等到吴家，那小满便已跳了井。谁承想这丫头人小，却是个烈性子。小满这一死，他上哪找这么中意的儿媳妇去，于是便有些闷闷不乐。

此时家中水井出了异相，其他人皆面面相觑。徐老汉却有些心喜，只道水井冒出甘泉这是吉兆，说明徐家要发迹，便让老妻给他准备酒菜，他要喝上几盅。可不想到了夜里，那水井之中喷出的却不是甘泉，而是黄泥汤，且还带着难闻的味道。徐老汉这才意识到不对：那老井若喷出甘泉，便是旺财；可若是喷出脏水，那便是地煞，主家是要倒大霉的。

徐老汉也有些急了，请来道士作法，那道士前来查看，又卜了一卦，只道这水井之下，确有地煞，那是深渊之地的煞中煞，且此煞无解，劝其速速搬家。意思是说，这地煞是来自地下深处，根本没有破解之法。

徐老汉却不信邪，只道自己三代盗墓，经常与陈尸打交道，自己才是煞神，有甚可怕。大不了将那井封死。于是第二天，徐老汉买来方土，要将水井掩埋。那方土却如填灶坑般，倒下去一车又一车，那井中脏水是越喷越多。徐老汉又买来砖石，倒了一车又一车，依旧无济于事。徐老汉气急之下，准备买来火药将水井炸掉，却不想火药未到，他的老妻便吐血而亡。

老妻暴毙，家中独子随后也跟着去了，很快徐老汉也变得疯疯癫癫。有一日，他终将火药点燃，炸了那水井，也炸塌了自家的老宅。老宅上又起了火，烧了三天三夜，家里原来停着的尸体皆烧成了尸灰。徐老汉被炸掉了四肢，却还没有死，奄奄一息地被人从火堆里拉了出来，嘴里念叨着的却是"我罪有应得"。

之后徐老汉浑身溃烂流脓，却是不死，只活受罪，且每日总念叨着自己见了鬼，直至一日被吓得口眼歪斜，吐舌而死。徐家本来殷实，可连炸带烧却是一个大子都没有了，那徐老汉的尸体自然被扔到了乱葬岗。

徐家人亡得蹊跷，四周邻居皆有议论，都称徐家水井喷水那几日，徐家老婆子就见天地喊着"见鬼了，见鬼了"，都传徐家是遭到了报应。可徐家家破人亡之后，事情依旧没有结束。不久后，十里八村，所有的水井都开始冒脏水。这下所有人都开始慌乱，便找来道士。这道士是茅山正统道士，颇有些手段，便是先查看了一周，见十里八村却是犯了地煞，那地煞是以怨气为引，很是不好破解。那道士便道，解铃还须系铃人，须得找到那怨气的出处。

道士一打听，十里八村最近只有吴家闺女小满投井自尽，便道那小满定是死得冤枉。于是开棺问灵，问小满可有何冤情。若真有冤情，道士便为她做主申冤，并给她重修新坟，打上厚棺，助她早日化解怨气，投个好胎。若她无中生有，定打得她魂飞魄散。

于是子夜时分，那道士开坛作法，又将小满的尸体挖了出来，却见那小满穿着红衣红袄，尸体却是如同睡着了一般，竟然尸身未腐。道士长叹一口气，只道这煞气不除，只怕小满很快就要起尸了，于是便问小满有何冤情。很快，那小满的鬼魂上了道士的身，借道士之手，用笔写下所受之冤屈，是字字血泪，看得人好不心酸。

那道士却也是严谨之人，又找来稳婆协助仵作勘验尸体，结果发现正如小满所说，她依旧是清白之身。所有人方知，当初是他们错怪了小满。但三人成虎，已酿大错，众人再懊悔，也无法让人起死回生。那道士倒想了个办法，先将那徐老汉的尸体找到，锉骨扬灰，以平小满的怨气。再在徐家老宅的原地起一娘娘庙，供奉小满的泥塑，十里八村的人前来跪拜，也当是忏悔当初他们不积口德，更能助小满早日投胎。

这故事被传了几代，可一个云游的道士说，他听师父讲过这故事，却不是村子里传的那样。那吴老汉本是鲁班门人，小满死后他听说徐家又找了媒婆便心生疑窦，经他查看，方知徐老汉的恶毒阴谋。他本想杀了徐老汉为爱女报仇，可又一想，小满之死，徐老汉不过是诱因。小满死于人言可畏，这十里八村，讲过小满闲话的人皆是杀人凶手，而他更是罪孽深重，若不是他连亲生女儿都不信，又怎会酿成大错？

于是吴老汉用自己的命在村里的地脉上打了生桩，设下了厌胜之术，要用这十里八村所有人的命为女儿报仇。只因周边的地脉成煞，徐家这才家破人亡，且十里八村皆没得安生日子。所以那茅山道士才会在徐家的旧址上起了娘娘庙，也是想用所有害过小满之人的香火，化解小满的怨气，而非一道符纸，将其打得魂飞魄散。

于是，这娘娘庙就受了几百年的香火，直到破了四旧后改成了供销社。但那破庙重起之后，供销社门前那旗杆却时不时就要倒下。不论如何加固，依旧三天歪，五天倒。有一次村长喝了点小酒，便见一红衣女子用力推着那旗杆。村长便呵斥那女子，那女子不为所动。村长冲了过去，却感觉那女人周身寒气逼人，且那女人的脚下并无影子。

这下那村长的酒醒了一半，跑回家去，却见那女人站在他家院里的井前，见他回来，便"扑通"跳到了井里。打那儿之后，村里所有的井都打不出一滴水了。村长也不敢声张，便找到了刘坎山的爹爹刘半仙。那时候刘半仙因为自己被人破了四旧，有些记恨村长，自是不想多言。可架不住村长做小伏低地认错，又给了刘半仙不少的好处。村长见刘半仙有些松动，便也不再追问，只拿来烧鸡好酒，与刘半仙称兄道弟。那刘半仙几杯小酒下肚，人也飘忽了起来，就在半醉半醒之时，道出谈家枯井上的老磨大有来头，那本是方相氏。

方相氏是驱疫避邪的神，长着兽头、人面、鹿角，还长有一双翅膀，战国时便有人将其雕刻在石头上，作为镇魂石。而那谈家的石磨，本就是一块镇魂石，却被盗墓的挖了出来，因为太过笨重，所以被遗弃在路边。后有人捡了回去，做成了磨盘。后来谈家人拿着封住了枯井。不论是石磨，还是镇魂石皆有镇邪的功效，那石磨便是最好的东西，只要将它做了旗杆石，那女鬼自然不敢出来作祟。

村长依言将谈家的旧石磨拉到了供销社。还真别说，那磨盘的背面却是有雕刻的印迹，依稀能看到兽头、人面、鹿角的飞兽方相氏，自知这刘半仙所言非虚。自打那旧石磨被做成了旗杆石以后，那旗杆却是再也没倒过，且村里所有的井又都能打出水来了。当然，除了老谈家的那口枯井。

这传说传了几百年，可后来大清亡了，百姓流离失所。新中国成立后不兴搞封建迷信，这传说也就没人再传了。只有刘坎山小时候听他爹讲过。

谈老汉正闷头抽着烟，听刘坎山这么一说，立马回道："搬什么搬，那干尸都被拉走咧，我怕他个啥。再说咧，我都在这院子里住一辈子咧，有啥好怕的，他就算是个冤鬼，我命硬，也能镇得住。"

"行，行，行，你爱搬不搬，反正你家这院子我是不敢再来咧。"吃了瘪的刘坎山边说边走出了院子，还时不时地回头看向院子里那口枯井，最后发出了长长的一声叹息。

谈老汉看着满院的狼藉，想着已经这样了，不如把那枯井里的淤泥清一清，然后把井填平。他在心里还不断地安慰自己，中国上下五千年，哪块地里没埋过死人，没什么好怕的。

可他几锹下去，铁锹一顿，居然又挖到了东西。谈老汉心里"咯噔"一下，难道这枯井里不止一具干尸，今天他家这枯井要来个好"尸"成双？可又一想，上次挖到干尸的时候是软的，这次挖到的是硬的。于是他也没声张，继续将淤泥清理后，露出来的居然是块石头。

这石头也被淤泥泡得黑黢黢的，但能摸到上边有纹理，应该是人工打磨过的。谈老汉用力一搬，发现是个长方形的石匣。他将石匣抬了出来，用水冲洗干净。这石匣有底有盖，严丝合缝的，可谈老汉想尽了办法，怎么也打不开。为此谈老汉可是费了好大力气，最后气得把石匣扔到了一旁的猪圈边上，让它跟小猪崽做伴去了。不过按那石匣的重量，倒像是实心的，兴许是刻了一半的，压根就打不开，谈老汉如此想道。

可就在当天晚上，谈老汉就做了一个梦，一个诡异的梦。他梦到月上中天，满大的乌鸦飞来飞去，叫得他心烦意乱，就在这时院子里突然冒出来一个人。那人背对着他，只有一个黑乎乎的背影，可那背影就给人一种毛骨悚然的感觉，又似曾相识。

谈老汉上前一步，大着胆子问了句："刘坎山你个老瓜皮，不说再不来我家院子了吗？"这时那人缓缓转身，借着依稀的月光，谈老汉这才看清，那人竟然穿着清代的官服，干瘪的脸上表情狰狞，两个眼窝里没有眼睛只有两个黑洞，可即便没有眼睛，却依旧凝视着谈老汉。这竟然就是白天被挖出来的那具干尸。

谈老汉吓得"妈呀"一声，撒腿就跑。谈老汉在前边跑，那干尸就在后边追。谈老汉拼命地跑，那干尸便锲而不舍，紧随其后，好像是追着他讨要什么东西。最后谈老汉终于从梦中醒来，被吓得冷汗涔涔，惊魂未定，身体仿佛干了几天几夜的农活，疲惫不堪。对此谈老汉归咎于白天被带走的干尸，许是他日有所见，夜有所梦，他也并没有把这事放在心上。

没多久谈老汉家的枯井挖出干尸的新闻变成了旧闻，谈老汉也早把那石匣忘到了脑后。没人把那石匣当回事，却有人看在了眼里。那人是个走乡串镇的货郎。说是货郎，但也什么都做，卖个日杂、收个头发、顺便倒腾点古董。

陕西这地界人杰地灵，出了十三朝古都的风水宝地，但凡哪个地方挖出了古墓老坟，货郎都是要去问上一问，保不齐就能淘弄点大开门的上等货。就算是啥也没淘弄到，他带来的杂货也能卖上几个钱，总不至于白跑一趟。干他们这一行的，靠的就是腿勤。

谈老汉家挖出了清代的干尸，没有汉代、唐代的年头久，所以货郎起初并没有放在心上，只顺便路过的时候，往他家的院里瞧了那一眼。可就这么一眼，就让他瞅见一个稀罕物，于是他借着讨水喝就踱步到了石匣前仔细看了看。

那石匣不大，可沉得很，那上边的纹路看上去并不清晰，就像是雕刻了一半的废品。可明眼人一看就知道，那并不是废品，而是因为年代太久而风化的结果。这石匣只怕年代不短，最少有几百上千年的历史，兴许还不止。这方面他不是专家，只能看个表相，要想彻底弄清这石匣的价值，还得把这东西弄到城里去找人相看。但他可以肯定，这东西价格不菲，他这次可是要发笔横财了。

当天晚上，货郎便雇了个半截美（皮卡车），偷偷进了村。子夜时分，乌云突然蔽月，货郎并没有发现，那并非乌云，而是成群结队的乌鸦。密密麻麻，如黑云般笼罩在谈老汉家的上空。浑然不知的货郎兀自庆幸，越是夜黑风高，越不容易被人发现。

翌日，谈老汉早起就见家里的院门开了，他平时用来推东西的平板车也不见了。他顺着板车的车辙印找到了村口，便见到他的破板车被扔到了路边，他将板车推回了院里才发现院子里别的没丢，只那猪圈边上的石匣不见了。想来那贼只想偷那石匣，可那石匣太沉，就拿着板车给推了出去。然后到了村口，将石匣抬上了车，又顺手把板车扔到了路边。至于那汽车为啥不直接开到他家门口，不用想也能明白，定是怕夜里寂静，汽车的引擎声吵醒了周围的邻居。

"不过是块破石头，有啥好偷的，倒是这板车更有用些，好在没丢。"谈老汉很是庆幸自家的板车没丢，倒是有人把那碍眼的石头给弄走了。

可到了第二天，他在外地上大学的儿子谈庚旺却突然回来了，被人用拖拉机捎回来的。谈庚旺下了车，他喊着："爹，快来帮我抬东西。"谈老汉一听是儿子回来了，连忙跑出去帮忙。他这儿子可是十里八村有名的大才子，是他们老谈家的骄傲，也是这镇上唯一的大学生。当初送他儿子上大学的时候，镇里边敲锣打鼓，那是正经热闹了小半天咧。

谈老汉满眼都是自己家的骄傲，却不想谈庚旺让他去抬的正是昨晚上丢了的石匣。谈老汉有些不解："你咋又把这破玩意儿弄回来了咧？"谈庚旺只顾着抬石匣，忽略了谈老汉话里那个"又"字，不久后他倒是从别人的嘴里得知了这石匣的来历，方道造化弄人。谈庚旺笑着回道：

"爹，这东西可精密得很，可是我们老祖宗智慧的结晶，你知道我是在哪儿发现它的吗？"

原来那货郎雇的司机是个半吊子，昨天晚上突然起了风，再加上天黑夜路难行，也不知怎么搞的，居然开到了山崖下边摔了个粉身碎骨。那货郎摔成了血葫芦，瞧不出个人样来，而这石匣就在那货郎的尸体之下。天亮之后，有人把尸体和摔成大铁盒的半截美拉走了，却把那石匣当成无用的石头留了下来。

谈庚旺放假回来，小客车只开到镇上，他下了车就徒步往家里走，正巧遇到熟人便搭了顺风车。拖拉机开到发生车祸的地方时，司机停了车要去撒尿。谈庚旺也下了车，一眼就看到了那石匣。说来也怪，那车祸是十分惨烈，到处是血，唯那石匣被蒙了些黄土，却是半滴血也没沾染上。

谈庚旺可是个大学生，那个年代的大学生是稀缺物种，人中龙凤。而且他学的又是历史，也跟着导师研究过许多古籍。他曾在一本书上看到过类似石匣上的花纹，那是古代青铜器上的纹饰，想必那石匣也定有乾坤，于是便将石匣弄了回来，准备好好研究一番。

谈老汉苦笑一声，心里暗想，冥冥之中自有注定，这石匣就跟认得路似的，被人偷走了，却又被自己的宝贝儿子给带回来了，这真真是个奇闻。

谈庚旺先是把那石匣认认真真地刷洗了好几遍，然后把自己关在房间里，废寝忘食地研究起来。几天后他带着石匣的拓片去了镇上，有人说，那石匣上的纹饰确实常见于青铜器上，叫夔纹，是具有龙纹意义的象征装饰。至于为啥青铜夔纹会出现在石匣之上，没有人能说得清楚，或许是巧合，或许是另有含义，但至少目前为止没有任何文献记载，这便有些让人匪夷所思了。

谈庚旺带着满腹的疑问回了家，这一趟也不是毫无收获，因为他发现石匣上的夔纹与出土的青铜器上的夔纹略有差异，但仔细一看又有迹可循，说不定那夔纹就是打开石匣的机关所在。于是他试着推了推石匣上的纹饰，试了几次，他发现有几处居然真的能动，但只能轻微地挪动。看来这就是古人的奇技淫巧，那夔纹正是石匣的密码，只要找到夔纹正确的挪动方式，定能将石匣打开。

想到了这点，他又将自己关在了房间里，开始推算那些纹饰的正确位置。也许是从小玩了太多的华容道让他有了很多的经验，居然还真让他推演出了那石匣的开启密码。

当石匣打开的那一刻，谈庚旺的心激动万分，可他没有想到，诡异的事情很快便接踵而来，而他无意间竟揭开了一个隐藏在历史里的秘密。

自打那石匣被谈庚旺带回了家，谈老汉便被梦魇纠缠着。

谈庚旺回来的第一天，谈老汉夜里便又梦到了那具干尸。这次梦里那干尸就邪乎多了，把他逼到了井边，用阴沉且让人毛骨悚然的声音问他，为什么要害他，为什么要夺走他的宝贝。谈老汉吓得瑟瑟发抖，嘴里喊着饶命。可那干尸怎能善罢甘休，直接拎着他的脚，把他头下脚上投进了枯井之中。谈老汉想要呼救，却被淤泥封住了喉咙，双眼一抹黑，喊不出声，更挣扎不动，直到快要窒息了方才惊醒。

谈老汉抹了抹额头上的汗珠子，惊魂未定，总感觉自己的喉咙里被淤泥堵着，一口气上不来又下不去，憋闷得很。他干咳了半天，终于从嗓子里呕出了什么东西，这才感觉呼吸顺畅了许多。待他低头一看，他吐出来的不是淤泥，而是羽毛，半片乌鸦的羽毛。

谈老汉胸口一紧，吓得半天没缓过劲来。隔壁谈庚旺屋子里的灯还亮着，谈老汉想着许是儿子在研究学问，也没敢声张，便下地喝了口水，压压惊，然后躺在炕上翻来覆去，可就是不敢入睡。

　　第二天，谈老汉照常下地干活，照常烧火做饭，谈庚旺一心扑在石匣上，根本没有发现谈老汉的脸色极差。谈老汉也没有想到，昨夜的噩梦只是个开始。第二天晚上，他特意喝了几两白酒，他平时里只要喝了酒，夜里准保一夜无梦，一觉睡到天亮。

　　谈老汉喝完了酒，倒头就睡。可睡到半夜里，他便感觉有人在说话，他睁开惺忪睡眼，便见一个人站在他的炕头。猝不及防间，他先是被吓了一跳，紧接着他坐了起来眯着眼睛仔细一瞅，这人还是个熟人，是村东头老李家的媳妇。

　　谈老汉喝了酒，意识还有些混沌，他没好气地问道："我说你咋大半夜跑我家来咧？"老李家的媳妇低眉顺眼地哀求道："老谈大哥，大半夜的咱家老李还没回家咧，我就是来问问你，他是不是来你家喝酒来咧。"谈老汉自然回没有，可老李家的媳妇又哭哭啼啼地哀求他帮忙去找。谈老汉是个热心的人，再则那老李就是个大酒鬼，成天出去喝酒，喝了酒回家还要打女人，他媳妇跟他过了半辈子委实不易，于是便说道："你放心，也就是那么几家，挨家找就行咧。"

　　接着两人出了院子。暗夜死寂，只有树枝上的乌鸦瞪着眼睛，反射出些许莹豆光芒，看着密密麻麻，有点瘆人。谈老汉本也害怕，可碍于边上有个女人，只得壮着胆子继续往前走。可走着走着，眼前骤然起了浓雾，那浓雾来得蹊跷，只眨眼的工夫便遮挡了去路。谈老汉和老李家的媳妇没带手电，只得摸索着前行，谈老汉隐约感觉有哪里不对，可具体哪里不对，他却怎么也想不起来了。他们两人走了半天发现周围越来越空旷，连个人家都没有。谈老汉也有些急了，但他越是急，就越找不着个方向。

等那浓雾散了些时，眼睛才能慢慢地视物，他再仔细一瞅，他们居然又兜回了自家的院子。身旁的老李家的媳妇没啥存在感，只默默地走着。谈老汉感觉不到她的呼吸，却总是感觉到自己的身边寒气逼人。他便以为人没跟上，可一侧头，人就在他身旁，低垂着头，不知道在想啥。谈老汉心里有些纳闷，今儿个晚上的事委实蹊跷，肯定是有哪里不对，或是他忽略了什么。

此时天色墨黑，一群乌鸦惊起，掠过谈老汉的头上，落下一片羽毛，又开始在谈老汉的头上盘旋，羽翼拍打的声音此起彼伏，谈老汉立马感觉呼吸急促，心跳加速。他有一种不祥的预感，好像周围的空气正在凝结，慢慢向他的身体席卷而来。对，刘坎山那个老瓜皮说过，这叫阴气。阴气，谈老汉心里一颤，许是受了惊吓，酒也醒了大半，他猛地回头，瞪大了双眼直视老李家的媳妇，却已经被吓得半死。

他想起来咧，他终于想起来咧。

他就说有哪里不对嘛，刚才一定是酒精让他的大脑出现了短路。上个月老李出门喝酒，他媳妇半夜去找他，结果夜黑没看清路摔了个跟头，人就死了。

谈老汉的酒还是没完全醒，他是先瞪着老李家的媳妇，然后才想起撒腿跑人。可这时老李家的媳妇脖子一扭，以一种诡异的姿势向他扑来，与此同时，她嘴里还念叨着："你还我命来，你还我命来。"谈老汉被老李家的媳妇掐住了脖子，只能用牙缝挤出一个声音："要索命找你男人去，跟我有啥关系。"可老李家的媳妇哪里肯听他讲。

按理说，谈老汉不至于打不过一个女人，可今天老李家的媳妇力大无穷，直把他推进了枯井。那枯井早被填平了，可此时里边又满是淤泥，谈老汉头下脚上不断地坠落，又是被淤泥堵住了喉咙，很快他便有了窒息的感觉，过程十分痛苦，谈老汉拼命地挣扎……

"啊！"谈老汉惊呼出声，猛地坐了起来。窗外透出一缕阳光，谈老汉胸口起伏，刚才竟然是梦，那梦却异常清晰，仿佛是真正发生过。他感觉喉咙干痒，呼吸依旧不畅，只得灌了一口水，可立马感觉喉头一紧，把刚喝下去的水又吐了出来。这一吐不要紧，那水里还混着半截乌鸦的羽毛。谈老汉直接跳下了炕，吓得直往院子里跑。可他跑到院子里，却又被眼前的一幕惊呆了。院子里满是脚印，都是围着那口枯井的，而且那枯井边上还落了几根乌鸦的羽毛。昨夜的惊魂一梦历历在目，谈老汉一想到那种窒息的濒死的感觉，顿感心惊肉跳，身体瑟瑟发抖、摇摇欲坠。

"爹，你起了。"谈庚旺急着去镇上，还是没发现谈老汉的异常，以及他疲惫不堪惨白如纸的脸。谈老汉怕儿子担心，也觉得自己一个大老爷们做个梦也能吓成这样，说出去丢人，便也没声张。谈老汉一白天都魂不守舍的，总感觉脚下阴风阵阵，身后好像有个黑影一直跟着他，总想要把他推到那口枯井里。到了晚上，他更是连觉都不敢睡了。人能两天不吃饭，却不能两天不睡觉，熬了一天一夜，到了第二天的晌午，谈老汉实在熬不住了，就靠在地头的土墩子上眯着了。

这一觉自是不会消停的，只今天的梦格外纷乱。他先是梦到了枯井里的那具干尸向他索命，又梦到了走乡串镇的货郎浑身是血地站在他的面前，说是老谈抢了他的宝贝，指名道姓让他归还。接着这些年村里死了的人都跳了出来，非逼着他交出宝贝来。谈老汉在梦里东躲西逃，一会儿被这个推到了枯井里，一会儿被那个掐住了脖子无法呼吸。他知道自己这是在做梦，却陷入了重重梦魇，怎么也醒不过来。直到夕阳落山，他才被下地回家的村民喊醒。

谈老汉这一梦，三魂七魄被吓掉了一半，直拍着胸口大口大口地喘息。等缓过神来之后，方才拿着农具准备回家。这时刘坎山不知打哪蹦了出来，吓了他一跳。

"我说你个老瓜皮咋神出鬼没的，吓了我一跳。"谈老汉刚缓过了些，又被吓得心脏突突直跳。

刘坎山却四下环顾，见周围无人，方才凑到谈老汉的身边神神秘秘地说："我说你还是搬家吧，你看你这脸色，比那死人都白咧。"

谈老汉胸口憋闷，正是一肚子的火，就没好气地说："你又胡交代，搬啥咧，我在那院子住一辈子咧。"

刘坎山气得直跺脚："你再包瓜咧，你就没发现，自打你家那枯井挖出个死人来，你就跟着了魔似的，天天晚上像驴拉磨似的，就绕着那枯井边上转悠。哎呀，那天晚上可把我吓坏咧，你转着转着就往那枯井里跳。这还不算，今天下午的时候你在这地头上又犯疯病咧，来来回回地，你瞅瞅你在地上留下的脚印……"

楔子二　离奇死亡

刘坎山的话还没说完就被谈老汉打断了："你说谁天天晚上在枯井边上转圈，还往那井里跳？"刘坎山拍着大腿回道："你，就说你咧，要不是那枯井填平了，你只怕早就给那干尸当替死鬼了咧，干尸就是僵尸，我爹说过僵尸有一定修为后会变成旱魃，再变为犼。那犼是个啥你知道不？那可是有大神通的。能口吐烟火，还能与龙斗。你想想，能跟天上的龙斗，得有多大的能耐。只有那天上的神佛，才把它当成坐骑用以镇压。我看你家枯井里的僵尸就不简单，你还是搬吧，你……我说，你咋还走咧？"

看着那地上叠在一起的脚印，谈老汉已经无心再听刘坎山絮叨，他脚步虚浮地向家里走去，心如掉进了二月的寒潭，凉了个彻彻底底。这次还真让刘坎山那个老瓜皮给说中咧，那枯井里的干尸怕是来找他索命的。一想到那些可怕的梦和梦里惊悚的感觉，他就感觉坐立难安。不行，他不能就这样下去，他得想个法子，总不能让个枯井里的干尸给他治住了咧。

谈老汉往家走，头上的乌鸦越聚越多，也跟着他往家走。谈老汉看着那满天的乌鸦，心中烦闷不已。都说乌鸦叫丧，也有说乌鸦叫棺材到，这满天的乌鸦向他叫，总归不是啥好事，特别是在太阳落山之后。

乌鸦吃腐肉，所以能报丧，且乌鸦天生阴阳眼，若是小鬼来索命常人是看不到的，但乌鸦能，所以便叫上几声，让活人准备好棺材。

他记得小时候，刘坎山的爹刘半仙就曾跟他们说过西汉时期淮南厉王刘长，也就是汉文帝刘恒的弟弟。汉代风云变化，汉高祖的几个儿子已经被吕后杀得只剩汉文帝与刘长兄弟二人，所以汉文帝对刘长十分关爱。刘长恃宠而骄，妄想发动叛变，最后被汉文帝抓获后绝食，活生生把自己饿死了。

汉文帝倒是不计前嫌，分封刘长的儿子们，其中刘安被封为阜陵侯，后来改封为淮南王。刘安是个极不满足的人，按理说他没有受父亲的牵连，本应低调做人，享受荣华富贵，了此一生就算了。可是他对刘长的死耿耿于怀，一直想找个机会反叛朝廷。

几年后淮南王被削了地，他心中就对朝廷更为不满。他每天查看地图，策划进军路线，终日想的就是有朝一日能当皇帝。淮南王存有谋反之心，早已被人洞悉。当时淮南王有一个将军，叫伍被。据说他小时候受高人指点，曾吞食乌鸦的眼睛，自此便有了阴阳眼。

那淮南王企图谋反，与亲信谋划此事，当时伍被就在场。伍被见淮南王和其他人的影子上无头，便知淮南王此次谋反必不会成功，且会招来杀身之祸。于是他不愿起兵，淮南王将伍被的父母关了起来，逼着伍被起兵。

伍被无奈，只能同流合污。之后淮南王与之密谋，伍被便劝说淮南王，只道大汉百姓安居乐业，此时起兵只怕不会一呼百应，反而会受到百姓的唾弃。自古以来，得民心者得天下，得民心顺民意，方能起兵成功。

淮南王不信，起兵之事，筹谋许久，怎会因伍被的一两句话而动摇？于是伍被又称，自己曾认识一个世外高人，他曾说，凡谋大事者，可问鸦以占卜。其实也很简单，起兵之前淮南王可到宫里问问老树上的乌鸦，若它们叫一声，那是小凶，两声便是中吉，三声就是大吉。若乌鸦叫两声或三声，淮南王便可在宫中放一把火，众人收到信号方才起兵。可若那乌鸦叫四声，那便是乌鸦抬棺，只怕有去无回。那起兵之事，就需得从长计议。

淮南王却是不听伍被的说辞，但古人皆迷信，且起兵前总要为自己造势。无外乎神乎其神之事，多半是为了蛊惑民心。淮南王虽不信这些，但他发现那宫中老树之上的乌鸦平时最多叫三声，从未叫过四声以上。他便想着去问鸦卜卦，这样也可让伍被等人全力起兵。

于是淮南王便拿着生肉，来到老树之下，想用生肉贿赂乌鸦，以讨吉卦。却不想那群乌鸦吃了生肉，仰天叫了起来。一声小凶，二声中吉，三声大吉大利，淮南王心中大喜，只想着自己这还真是顺应天命。却不想那乌鸦叫了三声之后，又继续叫了第四声。四声乌鸦抬棺。淮南王变了脸色，捡起石头就驱赶乌鸦。

那乌鸦受了惊，反而叫起来没完没了。叫几声也不算完，也不知如何引来了满天的乌鸦盘旋。惊鸦怪叫连连，直叫得人心里发毛。淮南王命人射杀了乌鸦，却想着无论如何，也要起兵谋反。可就在这时，伍被举报了淮南王，淮南王起兵之事胎死腹中。后淮南王自杀，王后和王子以及所有参与谋反的人全部被处死。

这便是乌鸦叫魂，当时那老树上的乌鸦，便感知到了淮南王宫中必有血光之灾，于是便集体报丧。怎奈淮南王鬼迷心窍，非要逆天而行，只是自寻死路。

回了家，谈老汉便拿出烧纸，准备到那枯井旁去祭拜一下那干尸。

他说道："不知井中先人姓甚名谁，只知你死得冤枉，所以给你烧些纸钱。你若不能投胎，便用这纸钱买通阴差，送你入轮回道。若这纸钱不够，我便多烧些给你，总之你不要再来纠缠于我。"

谈老汉在院子里念念叨叨的，院子外便有一双眼睛，一动不动地看着院子里的景象。良久那双眼睛一眯，似笑非笑。只见树上几只乌鸦飞了起来，在谈老汉的头上盘旋。谈老汉抬头一看，就感觉自己头晕目眩，接着脚下枯井变成了一个旋涡，只引得他坠入其中。

谈老汉感觉自己在那旋涡里，被弄得晕头转向，且心脏骤紧，一口气提不上来，感觉十分憋闷。正当他意识模糊的时候，就感觉有人拉了他一把，突然之间，谈老汉似乎挣扎出了旋涡，忙张着大口呼吸起来。同时猛地睁开眼睛，一时不由得愕然愣住。他被拉到了一个阴暗的空间。那阴暗处有依稀的光亮，却不在地面上，而是在他家那口枯井中。

"哎呀，我说你咋跑到这井下来了？"拉谈老汉那人问道。谈老汉抬头一看，这人十分眼熟，再观那满脸的褶皱，还有那口大黄牙，便有几分亲切感。这不是刘坎山的爹刘半仙吗，缘何也在这枯井之下？

于是谈老汉拉着刘半仙说道："刘大，你咋跑这枯井中来了，可是不小心掉下来的？来来来，我俩想想办法，快些回到上边去。再晚些，只怕我儿庚旺就要吃晚饭了。"

刘半仙却道："我说你个瓜皮，你当这里是哪里。"谈老汉却答："这不是我家院中那口枯井里吗？刘大，你忘了，你以前最喜欢坐在这井沿上抽旱烟咧。"刘半仙却摇了摇头道："我的傻侄子，你这是摊上事，你摊上大事了。这可不是你家院子里那口枯井，这里便是那转轮钺之中。"

"转轮钺是个啥？"谈老汉一头雾水。刘半仙却说："我的傻侄子，这转轮钺乃是上古异人所铸造出来的神兵利器。传说这转轮钺乃是由上古睚眦神兽所化。盘古开天之后，便有了十大凶兽，这睚眦兽就是其中之一。但其生性残暴，所以为祸人间，便被风后之子以蚩尤神力所俘获，最后铸造成了转轮钺。而这转轮钺可通阴阳，如今你便被这转轮钺带到了阴间。"

谈老汉大惊失色，便道："刘大的意思是说，我如今已经死了？"刘半仙摇了摇头："非也非也，你如今只是在这转轮钺中，虽通阴界，但还有还阳的机会。刘、谈两家本是世交，今日我等在这里，就是想助你离开这转轮钺，重回人世间。"

一会儿你我去那黄泉路上支一卦摊，等待那阴差路过，到时候我再贿赂那阴差一二，便可托他将你送回到阳间去。

于是谈老汉便和刘半仙支上了卦摊。那卦幡上写着：可问前尘往事，可卜阴阳吉凶。刘半仙坐在了卦摊前，顺着山羊胡，一脸的高深莫测，便跟谈老汉说起了阴阳卦摊的事。

"这卜算，先要明白，何为仁义礼智信，忠孝廉耻勇。这本是儒家的五常。世人皆迷茫，为名为利，为情为愁。别小看我这卦摊，可是能卜世间所有的事。而我这卦摊，有三卜、三不卜。三卜是重情重义者、至亲至孝者、忠肝义胆者。三不卜是为富不仁者、唯利是图者、作恶多端者。所谓'上医救命，下医治病'，卜者能推演吉凶、教人趋吉避凶，又能教人向善。所以我这卦摊，能医阴阳。"

谈老汉在一旁点头，这刘半仙虽说以前荒唐了些，总是满口的封建迷信思想，人却嫉恶如仇且心地善良。现如今人心不古，许多卜命算卦者一心想的都是赚钱牟利。更有居心叵测者，打着算卦相面的幌子，招摇撞骗坑害邻里。前些天便有一个假道士来到村里，诓骗村里的老人，说其家宅恐有横事，便要让拿出钱来破解，倒是坑骗了不少的钱。刘半仙一生虽算命，却没收过一分昧良心的钱。

这时有一个人走了过来，那人穿着清朝官吏的衣服，手里则抱着一个石匣。谈老汉不解，就问刘半仙，为何这人会是如此打扮。刘半仙却说："这阴阳两界，无有朝代、时间之分，只有生魂阴鬼之别。"

那官吏停在卦摊之前，便问道："先生，我要卜上一卦，问大人委托我之事，我可能完成？"刘半仙说道："你乌云罩顶，印堂发黑，只怕生时不能完成你家大人所托之事，但已经尽忠职守，也不枉费你家大人对你的器重。"

那官吏听后冷哼一声："我原本看你仙风道骨，以为你定有些本事，不想也是个招摇撞骗的神棍！"说罢就要离开。这时刘半仙却说道："唉，你好好想一想，你在这往生路上，走了几百个来回了，你却不肯放下心中执念。你再想想，你又是如何来到这里的。"

这时那官吏面露惊恐之色，他厉声吼道："我不甘心！都说善恶报应全，人生在世未百年，前世为善来世报，来世怎知今生难。作恶之徒虽有报，好人丧命几时还。若我喝过孟婆汤，走过奈何桥，入了六道轮回，又怎知前世因果？世间若有真神明，何不睁眼怜苍生？漫天仙佛若有灵，但闻天下凄苦声。"

刘半仙却回道："想必你也知朝廷腐败，战乱连年，眼见着民不聊生，洋人横行，国将不国，你空有一身武艺，却也不能做出任何改变。如今你好好想想，以你自己之力，怎能改变世道？这世道却又到处是为富不仁、横行霸道、仗势欺人之人。都说这世间妖魔鬼怪可怕，但又有几人被妖魔鬼怪所害。什么魑魅魍魉，却是不如人心的险恶。

如今你被人追杀，已经无路可逃，而你手中的东西，便是万恶之源。你唯有放下它，方才能走出这往生道。你一日不放下执念，便一日不得安生。如你不再执迷不悟，你之夙愿，这位老汉定能帮你完成。"

那官吏一脸疑惑，只道："我一身本领，都未能完成大人之嘱托，他又有何本事，能完成我的心中夙愿？"

刘半仙则回道："他自有他的机缘，如今你自去你的。而他必定将你的夙愿完成。"说罢一手指向不远处的小桥之上，就见那小桥之上，人影幢幢，烛火摇曳中，一老妇人正将一碗碗汤交到过桥之人的手上。

那人看着远处，脸上一片祥和之色。他哀叹一声："也罢，既是如此，那我就去喝了那碗孟婆汤。只是我手中石匣内的东西，还请这位老汉帮我带回阳间去，并帮我完成我之夙愿。"说罢将石匣打开，拿出一对青铜枕来。他又说道："这青铜枕虽是青铜所制，可枕在上面不凉，不硬，倒是能梦到天上人间，其中有飘渺之仙界，亦有修罗之地狱。其中所梦如何，全看睡梦者的造化。"

说完，将手中青铜枕交到谈老汉的手里。谈老汉也不知道这官吏心中夙愿是何，可刘半仙让他先接过那青铜枕，他便接了下来。就在此时天色突变，原本好端端的晴天突然飘来几块乌云，刹那之间便阴沉昏暗，不多时便下起了淅淅沥沥的雨。刘半仙便道："下雨了，你与我先回家中避雨。"于是两人收了卦摊回了家。

路上谈老汉便问刘半仙："刘大，刚才那人去了哪儿？"刘半仙说道："那人忠肝义胆，正是我必卜算之人。那人受大人之托，护着你手中的宝贝，却不想惨死路中。之后尸体干枯腐朽，却是无人收殓，他无法魂归故里，便心生执念，不甘喝下孟婆汤，忘却前尘往事。如今他执念已消，倒是可以再入六道轮回了。不过这青铜枕给了你，你便为他做点事吧。"

谈老汉不解，随又问道："我又能为他做些什么？"刘半仙却说："到时候你自会知晓了。"

说话间两人来到了刘半仙的家，却是一山坡之上，谈老汉见那山坡很是眼熟，怎的有点像他们村口那片老坟地。刘半仙打开院门，便让谈老汉进屋休息。谈老汉确实也疲乏得很，片刻工夫便酣然大睡。正熟睡时，突然觉得有人站在床前，谈老汉睁开眼睛一望，心中不由得哆嗦了一下，目瞪口呆地望着二人迟疑道："你二人是？"

面前二人一人穿白，一人穿黑，各自头戴高帽，手拿锁链和哭丧棒。黑衣者，头上高帽写有"天下太平"四字；白衣者，头上高帽写有"一见生财"四字。谈老汉一眼便看得分明，两人便是黑白无常。

他猛然想起，刚才那官吏说过：睡了这青铜枕，梦中有飘渺仙境，也有修罗地狱，一切皆看造化。现在看来，他的造化不济，居然梦到了阴差无常。

黑白无常狞笑一声道："我二人乃是阎王坐下无常使差，今晚奉命前来拿你。"说罢便将谈老汉锁拿了，谈老汉自然反抗不得，回身望一眼，却见自己身体还躺在青铜枕上。谈老汉问道："两位阴差，可认得刘半仙？"

那白无常回道："刘半仙道破天机，已被打下十八层地狱。若不是阎王大人明察秋毫，将他锁了去，只怕他又将你放回到阳间去了。"

谈老汉心道：天要亡我。他本被困在转轮钺中，幸得刘半仙来相助，本可贿赂阴差，回到阳间，结果睡了这破青铜枕，一觉之中，刘半仙却先被阎王打下了十八层地狱。现如今，他只怕再无回魂的可能。只是他还应着那官吏，要帮他做些事。

于是他又道："两位阴差大人，如今我有青铜枕一对。可否换两人通融一下，放我回去，与我儿子交代几句话？"

那黑白无常一看那对青铜枕，立马变了脸色。只道这东西本是神器，怎会入了这阴曹地府，需得速速将这东西送回人间，于是便带着谈老汉一同回到了枯井之中。

那黑白无常看向井外，便道一会儿他们就会将谈老汉扔到井外。让谈老汉务必抱住那对青铜枕。谈老汉连忙应是。于是那黑白无常用力地一扔，谈老汉便被抛到了井外。谈老汉越来越高，这时一群乌鸦飞了过来。一脚便踩到了他的头上。谈老汉被那乌鸦踩得又要掉回井中，这时他用力一扔，将那对青铜枕扔到了自家的屋子内，自己则掉回了井中。

接着一群乌鸦封住了井口，谈老汉顷刻间又是天旋地转，一时间又难以呼吸，仿佛整个人溺在冰冷的水中，不由得竭尽全力挣扎，却还是无济于事，眼看自己的身体慢慢落入了枯井的井底。

井外传来一人的阴笑声，只听到那人冷笑着说道："你莫要怪我，哈哈哈。"

那边谈庚旺终于推演出了密码，他看着书桌上的手稿，心里有无以言表的成就感。他慢慢挪动石匣上的夔纹，终于将石匣打开。借着那微弱的灯光，他看到了石匣里边是两个长方形的东西，上边满是夔纹，与石匣上的十分相近，应该是青铜器，但底色泛黑，且上边的铜绿也为暗绿色，并不似其他青铜器一般，看着更为神秘且厚重，还带着些跨越了历史长河的味道。

谈庚旺是学历史的，他知道夔是古代传说中的一种近似龙的动物，形似蛇，多为一角、一足、口张开、尾上卷。夔纹则是商周时代青铜器上的一种动物纹饰，其纹为多图案化，皆以动物侧身形状的刻绘，多为张口巨首、长身卷尾、头顶一角、身下一足之形；夔纹流行于晚商至西周的 600 多年间，由于它有不同的图案变化及风格演变，在当时的铜器上最少可以看出 20 种夔纹的样式。

眼前这青铜枕上的夔纹，与博物馆或是史料中所见的大相径庭，更是不知其含义。谈庚旺知道这里边的东西非同小可，于是第二天起早便跑去村委会给镇上专家打了电话，那专家听了谈庚旺的描述，觉得八成是一对青铜枕，他让谈庚旺有空的时候将青铜枕带到镇上给他瞧瞧。

谈老汉死了。

死在屋子里的地上，死的时候双眼圆瞪着看着门口的方向，牙齿咬着舌头，使得他的表情扭曲，甚至有些狰狞。他死的时候手里还抓着一把烧纸，后来发现，院子里那枯井边上还有不少烧纸留下的灰烬。想来他死的时候很是痛苦，想要呼救，却根本发不出声音。

早上打了电话后又回家的谈庚旺，回来发现谈老汉并没有做好早饭，于是推门进去瞧看，结果谈老汉人已经硬了。他当时就蒙了，过了好一会儿才哀号一声，可也不知如何是好，邻居们是听到哭声才赶过来帮忙的。

得知谈老汉惨死家中，邻居刘坎山也病了。平日里他跟谈老汉最为要好，可谈老汉骤然离世他没有来帮忙。他媳妇说他发了癔症，非说谈老汉是被冤魂索了命，他也命不久矣，他精神恍恍惚惚的，还一会儿冷一会儿热的，一会儿裹三层棉被，一会儿又说心里边有团火在烧。大家都忙着谈老汉的后事，也就没人把刘坎山的癔症当回事。

谈庚旺找来了村里卫生所的大夫。大夫说谈老汉是昨天夜里走的，突发心脏病。大夫用手一按，将谈老汉的眼睛合上。又在谈老汉的胸口锤了一下，谈老汉的舌头方才归了原位，只是嘴巴微张，怎么也合不上。谈庚旺沉浸在极度的愧疚和自责之中。自己常年在外上学，好不容易放假回了家，也没来得及跟父亲亲近亲近，帮父亲干些农活，却只顾着研究石匣里的秘密，连父亲半夜发了病都毫不知情。

谈老汉的离世成了谈庚旺心里的一根刺，时不时就扎得他心窝窝痛。事后谈庚旺方才发现，谈老汉的死亡时间正是他打开石匣看到里边的青铜枕的时间。之后他开始慢慢地回忆当时的细枝末节，方才发现一切皆是如此巧合，而所有的巧合又都能串联起来，一切都指向那对隐藏在石匣内的青铜枕。

谈庚旺当时没想到，他去村委会打电话，村会计却把谈老汉的死和那对青铜枕联系在了一起。谈家在村里还有几房亲戚，平日里常有来往，谈老汉死后，他们也都跑来帮忙，大家就对谈庚旺说，那对青铜枕是不祥之物，还是趁早扔了的好。于是那双青铜枕就成了装老枕，谈老汉头下枕一只，脚下垫一只，躺在灵棚里等着发送。

可诡异的事情再次发生了。那一夜注定不寻常，发送谈老汉的前一天晚上，亲戚朋友都在灵棚里守夜，树上落了成群的乌鸦，也不睡觉，都盯着灵棚，仿佛也在给谈老汉守夜。这时一阵阴风而过，大家都感觉周身冷飕飕的，好像突然降了温。就在这时谈老汉盖着的装老被就有了异动。起初大家还以为是风吹的，可后来发现那被动的方向不对，怕是钻进了老鼠。谈老汉的弟弟走到谈老汉的尸体前，想要查看一下，他一只手刚搭到被角上，谈老汉就猛地坐了起来。原本被按着合上的双眼圆睁，直勾勾地看着他，直吓得他"妈呀"一声，瘫软在了地上。

"诈尸咧，诈尸咧！"灵棚里乱成了一团，树上的乌鸦也被惊起，四处乱飞。

这时谈老汉却晃动了一下脖子，目光变得柔和了许多，表情也如同活着时一样。他看了一眼一旁跪在地上张着大嘴、惊魂未定的宝贝儿子谈庚旺，重重地叹了一口气。

谈庚旺第一个反应过来，他爹不是诈尸了，是压根就没死透，现在又缓过来了。

"爹，你活过来了，你可把我吓死咧。"谈庚旺扑到谈老汉的身上，喜极而泣。一旁的人也啧啧称奇，这天底下还真有死而复生的人。

可谈老汉却指着那青铜枕悠悠开口："庚旺啊，你听爹说，爹做了一个梦，一个古怪的梦，梦到这枕头是我们家族最大的宝藏和秘密，你听到了没？"

谈庚旺拉着谈老汉的手看，上看看，下看看，还沉浸在父亲死而复生的喜悦中。可谈老汉又问了一遍："我说的话你听到了没？"谈老汉连问了好几遍。谈庚旺边点头边回道："听到咧，听到咧，那枕头是咱家的大宝藏、大秘密。"

谈庚旺的话音一落，谈老汉的身子轰然倒下，重重地躺回到了云板上，这次死得是彻彻底底。谈家人一直守在谈老汉的尸体旁，期待着奇迹再次发生，可直到尸体浮肿，散发出恶臭的味道，方才相信谈老汉是真的死了，永远再活不过来了。

村里得知谈老汉起死回生之事，便道此乃县上奇闻。想来这县上多年前便有过死人回光返照之事。那十里河村的村口外就立着一个贞节牌坊，那贞节牌坊是为一个叫徐二娘的人立的。

那是康熙年间，十里河村住着一对恩爱夫妻，丈夫叫徐达旺，是个木匠。妻子便是那徐二娘。徐家两口子日子过得虽清贫，却相敬如宾。只是两人一直无子，成了两人心结。于是两人多次去拜土地爷，可经年之后，徐二娘的肚子依旧没有动静。

后来徐二娘吃了不少的药汤，依旧没怀上孩子，身体却变得羸弱，时常卧病在床。徐达旺便道，这辈子若没子嗣，却能与二娘长相厮守也不枉此生。

一日，徐达旺到外村去帮工，吃了晚饭后方才赶夜路回家，却在村口的荒地里，看见了一个光腚的娃娃。那娃娃赤脚，却穿着一个红布兜兜，笑嘻嘻地问徐达旺想不想要个儿子。徐达旺在主家走时喝了点小酒，此时见了这么一个小孩，却也没生疑心，自是求之不得。

那光腚娃娃听后，便消失不见了。当时徐达旺有些醉了，所以也没把这事放在心上，等回了家后不久，徐二娘便恶心呕吐、心中烦闷。找来郎中，便道老蚌生珠，这是徐达旺多年心愿就要达成了。

徐达旺大喜，徐二娘的身体却每况愈下。终是熬到了临盆，却还是难产了，这可急坏了徐达旺。徐达旺跪在土地庙前，哭求土地爷显灵，救救他家二娘。可苦求之下，土地爷依旧没有显灵。这时那徐达旺也是急了，便喊着二娘一生心善，时常有香火供奉，若土地爷不肯帮她，便要放火烧了这土地庙。

这时天色突变，一阵疾风吹来，便见一个白胡子老头从地下走出来。

徐达旺一见土地爷显灵，便使劲地磕头。那土地爷却叹了口气道："人皆有贪念，你妻子二娘成天念叨，若能给你生个大胖小子，即便折了她所有的阳寿，她也愿意。那一日有个地精路过，便听到了二娘的话。那地精也有些道行，却需要人的阳寿去救自己的恩人。于是那地精便幻化成一个孩子，问二娘是否真的愿意用余下的阳寿去换一个儿子。你家二娘想都没想，便满口答应。此后那地精取了二娘余下阳寿，便去报恩。等它报恩回来，就去找了你。它是想知道，二娘用阳寿给你换个儿子是否如你所愿，却见你喜笑颜开，就知这是美事一件，便跑去二娘的肚子里成了婴胎。如今你家二娘阳寿已尽，待生下孩子之后，便要赴黄泉。她本是心愿达成。而你此生有子，亦是了无遗憾，怎又妄图留下二娘？可知人之命数本已天定。如今你与二娘和那地精有此缘分，本是机缘，你万万不该因此事欲烧了我这土地庙。"说罢土地爷又回了地下。

徐达旺一听，心中大骇，直叹二娘不该背着他与地精换了阳寿。何为地精？那便是一些上了年头的地宝。或是人参，或是灵芝、太岁。如今二娘肚子里的孩子，便是那地精投胎。可年轻时他家穷困，唯有二娘不离不弃。这些年二娘虽久病缠身，却将他照顾得无微不至，夫妻二人琴瑟和鸣。倒是他贪心不足，结果害了二娘的性命。他叹二娘命苦，便借酒浇愁。

那边二娘饱受难产之苦，痛苦不已，稳婆束手无策，只等着徐达旺回来讨个主意，是保大还是保小。等徐达旺回了家，却是不信命，只对稳婆说，去子留母。那稳婆心道这徐达旺是个可托付之人，便继续为徐二娘接生。而徐达旺便一直守在产房外，一边守着，一边喝着酒。

傍晚时分，产房内徐二娘已经痛得晕死了过去。产房外却传来徐达旺的自言自语声。这一折腾，就折腾了两天两夜，到了第二天的夜里，徐二娘终于生了，还果真是个儿子。那小孩子与当时徐达旺在村头见到的光腚娃娃一模一样。

说来也奇怪，二娘此前本已奄奄一息，此时却感觉精神焕发、神清气爽，只是觉得肚腹内唱着空城计。稳婆喊来徐达旺，就见徐达旺迈步进来，却是身体僵硬，脸色惨白，周身寒气逼人。

稳婆将孩子抱到徐达旺面前，徐达旺咧嘴一笑，说道："真好，二娘你们娘俩都相安无事了，真好。我与你讲，昨天我便见那黑白无常来到我家，就要进那产房。我自是不肯，便拿起斧头跟他们拼命。这一架就打了两天两夜，我终于把他们赶走了。"

众人见徐达旺一身的酒气，便以为他说的是醉话，就搀扶着他到一旁休息。徐达旺双脚僵硬，却还念叨道："我把那两个阴差打跑了，留下了我老婆和儿子，真好，真好。"说着便露出了一个诡异的笑容，然后径直倒在了地上。

稳婆一见，连忙去喊人找郎中，那郎中来后便道，此人早已断气多时，只是心中留有执念，想再见妻儿一眼，便强撑着一口气，回光返照，见了妻儿无恙后，便笑着离去了。

等二娘出了月子，就去土地庙还愿，却见一白胡子老头对二娘说："你这孩子要好好养大，那便是你们徐家的造化。"又道："你的性命本是你夫君救回来的。那日你在产房产子，那黑、白二差便要去索你性命，却被你夫撞见，为了救你，他与那黑、白二差起了冲突，一来二去惹怒了他们，于是那黑、白二差便勾走了你夫的魂魄，你方才逃过了一劫。他死后心有不甘，倒是土地爷念他一片痴心，给他留了口阳气，这才助他回光返照，见了妻儿最后一面……"

听到这里，徐二娘泪如雨下，她本是想用自己的阳寿换一个儿子，以圆丈夫经年之梦，却不想丈夫虽想要儿子，却更在乎她，竟然以命换命，代替她赴了黄泉。之后她艰难将孩子养大，还让孩子考取了功名。那孩子本是地精投胎，自然是一身灵气，之后他回来做了知州。而二娘却再未改嫁，于是后人上奏朝廷，为二娘立下贞节牌坊。

村里人皆称，那徐达旺回光返照是心愿未了。而谈老汉起死回生，亦是执念所为。这两件事皆是奇闻。谈庚旺却在想，这青铜枕与谈家到底有何渊源，竟让父亲心生执念，至死而复生？

安葬了谈老汉，谈家人坐在一起七嘴八舌地研究起来。谈老汉平素身强体壮，并无有病的迹象。再则前不久这院内的枯井里，还挖出一具诡异的干尸。综合以上信息，大家都认为谈老汉死得蹊跷，而且谈老汉先是假死，后又死而复生，还留下了那句诡秘的遗言，这一切一定有着什么预示，还是得找个明白人问问。

这个事情自然就交给了大学在读的谈庚旺，谈庚旺便找了镇上的老专家，并将那双青铜夔纹枕一并带去。专家见了那青铜夔纹枕便拍案叫奇，听了谈老汉的事更是陷入了沉思，只说这事确实离奇，他也解释不了，倒是让谈庚旺不妨去拜访一下另外一个熟人。他将地址写在了纸条之上，谈庚旺将字条打开，上边写着：水心斋古董铺子。

第一章 梦魇

拜访了老专家后，天色渐晚。夕阳的余晖映衬着小镇的傍晚，宁静中还带着一丝萧瑟。几只乌鸦盘旋而过，掠过谈庚旺的头上时，落下了半支羽毛。谈庚旺捡起那半支羽毛，不由得蹙起了眉头。

父亲离世时，他在父亲头发上也看到了半支羽毛，不论形状或是颜色，都与这半支十分相近。前几天他先是一心扑在石匣上，后来又忙着奔丧，现在想来，最近村里的乌鸦确是比往年多上许多。听隔壁的刘婶子说，那些乌鸦是前不久才出现的，在农村，这样的情况总会让人联想到一些不好的事情，这也就难怪最近村里人看他家人的目光都有些意味深长了。

他不由得想起父亲起死回生时的遗言，他甚至把父亲的突然离世与青铜枕联系在一起。他不知道当初把石匣捡回家里是对是错，可他随即又安慰自己，这一切只不过是巧合。他受过良好的教育，他记得曾经有个人说过，这世上所有的事情都能用科学来解释，如果解释不了，只能说明科学还没到达那个高度。此时他的心里又变得有些纠结，他想要知道石匣的来历，但又觉得应该把青铜枕上交。

思来想去，谈庚旺还是犹豫不决，可再一抬头，发现他已经走进了熟悉的巷子里。他会心一笑，看来他溜号，走路没用眼睛看，可他这双腿就跟长了眼睛似的，直接就跑到这儿来了。

还没等谈庚旺想好要不要去串个门，后边便一阵风似的冲过来一个人，直接从后边将他搂住，力道之大，痛得他直咧嘴。接着耳后便是那熟悉的声音："庚旺哥，你咋来咧？"谈庚旺转了一个身，方才让自己的脖子得以喘息，倒是对面的高小伟又壮实不少。

高小伟算是谈庚旺的发小，他家有个亲戚就住在谈庚旺家附近，每年放假两人便厮混在一起。后来谈庚旺到镇上上中学，可没少到高小伟家蹭饭。高小伟的父母为人善良，知道谈庚旺的娘走得早，也总是对他嘘寒问暖的。这巷子便像是谈庚旺的第二个家了，这也难怪他走着走着便来到了这里。

高父、高母依旧热情地为谈庚旺准备了饭菜，高小伟则把谈庚旺拉进了自己的房间，两人聊起了天。高小伟看上了镇里卫生所新来的实习护士，之后谈庚旺便也把家中的近况简单说了一遍。

高小伟一拍桌子："谈庚旺，你不把我当兄弟咧，我二爹走咧，你咋能不给我来个信？"谈庚旺之前还真想给高小伟送个信，可后来家里人说谈老汉这后事不宜宣扬，他也没想那么多。此时他见高小伟情绪有些激动，只得又把他如何捡到了石匣，谈老汉又如何死而复生、生而复死讲了一遍，最后把青铜枕从背包里拿了出来给高小伟看了一眼，这才让高小伟消了气。

高小伟也不知从哪摸出一副手套，把那青铜枕放在灯下翻来覆去地看，时不时还感叹一句："这东西要是放出去，能弄得好价钱。"别看高小伟跟谈庚旺好得跟一个人似的，性格却大相径庭。高小伟的脑子转得快，性格也外向，高考失败后，他便上了班，但换来换去都觉得不理想，对此，高父、高母没少跟他操心，可他后来误打误撞，痴迷上了古董行业。那几年市场经济刚刚发展，他们这个镇上便不时有大城市来的人淘弄老货，他也从此嗅到了商机。

谈庚旺从未想过要把这青铜枕出手，他只想弄清这东西的来历，但出于好奇，他还是随口问了一句："是吗，那值多少钱？"高小伟想了想："不好说，要是遇到识货的主，咋还不卖个万八千的。"

"万八千？"谈庚旺瞪大了眼睛，他手里边最充裕的时候，也就只有十几块钱，万对他来讲，就已经是遥不可及的数字。可高小伟不以为然："这要是拿去大城市里，最少还能翻一番。"谈庚旺倒吸了一口凉气，虽然很是心动，却还是坚持道："这东西不能卖，等我研究明白了，我是要上交的。"

高小伟知道谈庚旺的脾气，可眼前这青铜枕确实是个好东西，于是他长了一个心眼。他让谈庚旺在家里先吃饭，他则出去找几个同样淘弄古董的朋友，问一问这青铜枕的来历。吃过了晚饭高小伟才回来，只说问了一句，也没人见过这青铜枕。

晚上谈庚旺和高小伟睡在一个屋里，半夜里谈庚旺被尿憋醒了，他睁开眼睛，发现眼前一片漆黑。他摸索着起身，心里却犯起了嘀咕。按理说这几天是下弦月，虽然月牙不大，但也不至于乌漆墨黑的。他下地穿上了鞋，可刚走了一步就撞了个头晕眼花。他"哎哟"一声，一手捂着额头，一手去探前边，可触及处十分黏腻。他心里一惊，连忙缩回了手。

这时高小伟也被吵醒，声音有些沙哑地问道："我说你这是咋咧？"

谈庚旺声音颤抖地回道："小伟，你说刚才是不是地震咧，把你家的房子震坍了，把我俩埋这里头咧。"

高小伟还有些半梦半醒，他咧嘴一笑："你胡说啥咧，要是真地震了，我俩能睡那死？再说咧，就算是咱俩睡得死了，那我爹、我妈，左邻右舍也早就起来喊咧。"

谈庚旺的手再次向前方摸了一下，依旧是黏腻的感觉，他继续向四周摸去，发现原来宽敞的屋子里横空出现了一堵墙。他连忙又对高小伟说道："小伟，不对，你快起来看看，这要不是地震咧，你家咋还多出来一堵墙咧？"

"哪儿来的墙，我看你是睡糊涂咧。"高小伟起身下地，结果一下子也撞到了墙上。他"妈呀"一声，捂着头好半晌才缓过劲来。"哎呀，这咋还真出来一堵墙，我说这一睁眼咋这么黑咧。你等我一下，我摸手电照照。"高小伟从枕头边上摸出了手电，拇指一推，手电的光有些刺眼，两人适应了一会儿，却发现他们身处一个狭小的空间。四周都是长满了青苔的青黑色石壁，那石壁还不是四四方方的，而是圆形的。两人顺着手电的光亮向上望去，却是一片漆黑，根本望不到天。

两人面面相觑，这时谈庚旺开了口："高小伟，你觉得我俩是不是在一口井里？"高小伟显然有些慌张，他不断地点着头："你说得对，咱俩好像就是在一口枯井里。"说完这话，两人瞬间感觉背脊生寒，不约而同地向后看去，发现自己睡的炕不见了，取而代之是一口一头大一头小的棺椁。那棺椁是石头做的，上边还雕刻着夔纹，看上去与那石匣上的夔纹十分相像。

谈庚旺的心漏跳了一拍，他本能地向后退了一步，却直接靠在了井壁上。高小伟就更不淡定了，他惊叫了一声，蹿起了老高，最后也被吓得紧靠在井壁上瑟瑟发抖。他一把抓住了谈庚旺的手，声音颤抖地问道："我说庚旺哥，这是咋咧，我俩咋睡棺材上了咧？"

"我哪儿知道，这可是你家，咋这一觉就变枯井咧，要我说，还是地震咧。你家那房子下边就是口枯井，地震的时候地上裂开一道缝，咱俩直接掉了下来。"谈庚旺此时也想不出更为贴切的说法。

高小伟摇了摇头，因为紧张，他手里的手电直接碰到了谈庚旺的脸上，结果他又惊叫了一声："鬼呀！"可又发现是谈庚旺，他又把手电照向了那口石棺，然后说道："不对，要是那样，咱俩从那么高的地方掉下来，怎能一点感觉也没有，而且也没受伤？"

"那我就不知道了，这事儿太诡异了，我长这么大，还是头一次遇到。"谈庚旺也是第一次经历如此诡异的事，当然也说不出个子午卯酉来。

正当两人说话的时候，那石棺居然动了一下。起初两人并未在意，可接着那石棺里发出"嗡嗡"的声音，那声音细小，听着令人毛骨悚然。谈庚旺和高小伟又被吓了一跳，正不知所措之时，那石棺的棺盖居然拱了起来。可把高小伟差一点给吓尿了，他抱着谈庚旺直接喊着："娘，快来救我！"倒是谈庚旺更镇定一些，他夺过高小伟手里的手电，直接照向那石棺，却见那石棺的盖子又动了一下，接着那石棺盖子开始频繁地上下起伏，好像有什么东西在里边顶着棺盖。

"妈呀，这该不会是要起尸闹鬼了吧？"高小伟感觉自己的心脏快要承受不住了，下一秒就会直接被活活吓死。可谈庚旺看着那石棺突然说道："高小伟，我想到了，我们这是在做梦，你快掐我一把。"

高小伟的思维逻辑总是跳脱的，他居然回道："那不行，这万一真是在做梦，我掐你一把，你要是醒咧，不把我一个人留在这下边了嘛。要掐咱俩互相掐，然后一齐醒。"

说话的工夫，那石棺盖突然被大力顶开，重重地落到了两人的脚下，好在两人手疾眼快，直接跳开，否则恐怕双脚的脚趾不保。紧接着，那石棺里便跳出了一个人，一个穿着陈旧清代官服的男人，只见他表情狰狞地扑向了两人。

两人连忙躲避，那清朝男人脖子一扭，一双空洞的眼睛斜楞着高小伟。高小伟吓得直喊："你可别过来！"实践证明，对一个从棺材里跳出来的东西来讲，咒骂是不管用的。那清朝男人伸出枯槁的双手，掐住了高小伟的脖子，还用阴冷的声音质问道："你还我命来，你还我命来。"高小伟十分委屈，可又百口莫辩，因为此时他根本说不出话来。

谈庚旺一见，也急红了眼，抄着手电便向那清朝男人的头上砸去。这一砸，直接把那男人的后脑勺砸出了一个洞，只见几只蛆虫从那洞里爬出来，黑乎乎的，好不吓人。谈庚旺强忍住恶心的感觉，改成攻击那人的双臂，可那人的胳膊似铁箍一般，连手电都砸弯了还是丝毫未动。

谈庚旺见手电没用，抬腿就是用力一踹，直接踹向了那人的裆部。可实践又证明，踢一个从棺材里跳出来的东西的裆部也是徒劳无益的。高小伟喊道："这僵尸怕不是个太监吧？"那清朝男人反而被激怒了，他松开了高小伟直接向谈庚旺扑了过去。

枯井中地方狭小，谈庚旺一时来不及躲避，又被掐得喘不上气来。好在这时高小伟缓了口气，一个飞起，直接跳到了那清朝男人的后背上。高小伟练过几招，刚才是被突然袭击没反应过来，此时见谈庚旺被掐得眼睛凸起，脸憋得通红，新仇旧恨一股脑地发泄了出来。

"老子削出你屎来！"说罢用力去扭那清朝男人的脖子，只听"咔吧"一声，那清朝男人的脖子便被扭了180度，这下高小伟就有些悲催了，他骑跨在那清朝男人的后背上，却与那人面对面。那人继续用阴冷的声音说着："你还我命来。"接着那人的手臂也来了个 180 度的翻转，再一次掐住了高小伟的脖子。谈庚旺得以喘息，瘫软在地上不断地咳嗽。而高小伟咒骂的话来不及脱口，人已被死死掐住。这次那人是下了死手，高小伟拼命地反抗，可还是被按到了石棺之上。

那男人扭曲的头一点点靠近高小伟的脸，高小伟是又怕又气，只得别过脸去。结果更悲催的事情发生了，只见那石棺之中居然还有一个人，是个长发红衣的女人，那女人一张惨白如纸的脸，见高小伟看向她，便露出一个诡异的微笑。

高小伟感觉自己的心脏如同坐上了飞机，忽高忽低，眼看就要从嗓子眼里飞将出来。他的意识开始模糊，就在此时，谈庚旺终于冲了过来。他喊道："高小伟，闭上眼睛，我们只是在做梦。"

接着高小伟感觉大腿被用力地一拧，痛得他浑身抽搐，喉咙却突然有一口凉气直入肺腑，整个人也舒坦了不少。他缓缓地睁开了眼睛。一丝微弱的光线从窗子外照了进来，虽不明媚，却让他感觉恍如隔世。胸口依旧有些憋闷，他动了动僵直的脖子，用力大喘了几口气，方才觉得好受了些。他转头看向睡在一旁的谈庚旺，只见谈庚旺也缓缓睁开了眼睛，也开始大口大口地喘息了起来。

"庚旺哥……"高小伟有千言万语，可一时又组织不出语言来形容他此时的心情。他有些惊魂未定，只当自己做了一个可怕的噩梦。可当他看到谈庚旺脖子上青紫色的印迹时，他猛地坐了起来，发现枕头边上的手电还亮着，只是灯光微弱，显然是电量即将耗尽。他张大了嘴巴，好似又感觉大腿间有些痛楚，他撩开被子，看到大腿上那明显的掐痕，立刻就出了一身的冷汗。

谈庚旺也坐了起来，他同样也看到了高小伟身上的掐痕。此时心里已经明了，他确实是在做梦，而且跟高小伟做了同一个梦，不只如此，那梦又与现实关联在了一起，让人分不清到底是梦还是现实。若是梦，那为何他们的身上会有伤痕？若不是梦，那为何他掐了高小伟之后又掐了自己一把，方才从梦魇中醒来？

这一切太过诡异，只怕那梦跟他带来的青铜枕脱不了干系。

谈庚旺和高小伟没有多言，彼此已心照不宣。虽然时间尚早，但两人已没了睡意，两人穿上衣服蹲在院子外谈起了这青铜枕的事。

高小伟挠了挠睡出来的鸡窝头，对谈庚旺说："庚旺哥，我觉得你家那对青铜枕有点邪门，你不是说昨天那个老专家给了你一个地址吗，你还是去趟北京吧。你放心，兄弟这一趟陪着你去。"

谈庚旺也在考虑这事，北京离他们镇可有1000多公里，路途劳顿不说，连路费都是一笔不小的开销。虽说两个人做了同一个梦有些匪夷所思，但这世界之大无奇不有，这事也并非先例。

蒲松龄的《鬼狐传》中便有一篇《凤阳人士》，写的就是三人同做一梦的故事。凤阳地方有一个读书人，带着书箱子到各地去游学。临行前对妻子说："半年就回家。"妻子在家翘首盼望，恨不得丈夫马上回家。

一天夜里，妻子刚躺下，心里思念丈夫，离情满怀。正在翻来覆去睡不着的时候，有一个年轻妇女，头发上插着珠花，下身穿条红裙子，掀起帘子进来了，笑着问道："姐姐，难道不想见见姐夫吗？"

妻子急忙爬起来，口中连连说想见见丈夫。年轻妇女请她一起走。妻子害怕路远难走，年轻妇女告诉她不要担心。说罢，就拉着妻子的手出了屋门，两人乘着月光而行。走了100多步，妻子感到年轻妇女行走迅速，自己累得迈不动脚了，就叫年轻妇女稍停一停，自己回家换上套鞋。年轻妇女拉着她坐在道边，把自己脚上的鞋脱了下来，借给她穿。妻子高兴地穿上鞋，不大不小，正合脚，走起来像飞一般。

过一阵子，看见丈夫骑一头白骡子来了。丈夫一见妻子，大吃一惊，急忙下了骡子，问道："你往哪里去啊？"妻子说："我打算去看看你。"丈夫又问年轻的妇女是谁，没等妻子回答，年轻妇女捂嘴笑着说："先不用问了。姐姐走这一路可不容易；您骑牲口跑了半夜，大概人和牲口都受不住了。我家离这不远，暂时请到我家歇歇，明天一早上路，也不晚哪。"

只见不远几步的地方，就有村庄，于是便一同去了。进了一个院子，年轻妇女催促已经睡了的丫鬟起来侍候客人，说："今晚月光皎洁，不用点灯了，在台阶上的石床上坐坐吧。"丈夫把白骡子拴在房檐前的柱子上，然后才坐下来。年轻妇女对妻子说："道上一定很累吧？你回家时有牲口，请把鞋还给我吧。"妻子道了谢，把鞋还给了她。

不一会儿，仆人摆上了酒菜、点心，年轻妇女斟上酒，说："你们两口子分开好久，今晚团圆了。薄酒一杯，以表敬意。"丈夫也给年轻妇女回敬了酒。主人同客人一起谈笑，不分彼此。丈夫盯着年轻的女主人，三番五次用闲话挑逗。同自己的老婆刚刚会面，却不唠一句家常嗑。年轻妇女也挤眉弄眼地说一些双关语。妻子只在一边坐着，不吱一声，装作什么也不懂的样子。时间一久，渐渐喝醉了。那两个人谈得更亲密了。年轻妇女又拿来大杯劝客人喝酒，丈夫推说醉了不喝，年轻妇女更加苦苦相劝。丈夫笑着说："你给我唱个小曲，我就喝。"

年轻妇女并不推辞，立刻以象牙板拨弄琴弦，唱了起来："黄昏卸得残妆罢，窗外西风冷透纱。听蕉声，一阵一阵细雨下。何处与人闲磕牙？望穿秋水，不见还家，潸潸泪似麻。又是想他，又是恨他，手拿着

044

红鞋鞋儿占鬼卦。"

歌词的大意是，一个女人在傍晚洗完了脸，摘掉了首饰，听着窗外的风声、雨声。这时，想起出门在外的丈夫，不知在什么地方同别人闲聊。自己眼睛都要望穿了，丈夫也不回家，不由得唰唰地滚下了眼泪。对丈夫又是想念，又是怨恨，没办法，只好用红绣鞋来算卦。把鞋扔起来，如果着地后是鞋面朝上，那就预示丈夫要回家了；如果是鞋底朝上，那就预示丈夫还不能回来。

那女人的声音是那样软绵绵的，表情又是亲亲热热的，丈夫着了迷，好像自己都不能控制情感了。过了一小会儿，年轻妇女假装喝醉了，离开了桌子。丈夫也起身跟她走了。过了好久，也不见丈夫回来。丫鬟疲倦地趴在游廊下打瞌睡，妻子一个人坐在那里，心中好不烦闷。实在受不住了，自己想回家，可是夜色朦胧，道也不记得了。翻来覆去没有主意，于是就站起身，走过去瞧瞧。刚刚走近窗户，就隐隐约约听见屋里男欢女爱的声音以及丈夫平常对自己说的那些甜言蜜语。妻子到这时候，手乱颤、心乱跳，难过到了极点，寻思不如跑出门去，死在路边沟底算了。

妻子正在发恨离开的时候，忽然看见弟弟老三骑马来了，并急急跳下马问她话。妻子把一切全告诉了弟弟。老三气得不得了，立即与姐姐回转去，一直来到房门口。只见门关得紧紧的，可是床上枕边嘟嘟囔囔唠起嗑的声音仍能听到。老三举起一块像斗那么大的石头，向窗上砸去，窗棂断了好几根。屋里女人大叫道："郎君的脑袋砸破了，可怎么办哪！"

妻子听说丈夫脑袋破了，吓得大哭起来，直问弟弟如何是好。老三瞪着眼睛说："你哭哭啼啼地催我来，才出了胸口中的怨气，又护着你那当家的，埋怨亲兄弟，我可不惯受你们这些妇人指使！"说罢转身要走。妻子一把拽住弟弟的衣服，说："你不带我一块儿走，往哪里去呀？"老三一把将姐姐推倒在地，抽身走了。妻子一下子惊醒了，才知道是做了一个梦。

这一天，丈夫果然回来了，骑着一头白骡子。妻了心里诧异，嘴上没说什么。那天晚上，丈夫也做了个梦，把梦中经过讲给妻子，与妻子的梦完全符合，两口子又惊又怕。不大工夫，弟弟老三听说姐夫出门回来了，也来探问。谈话中，对姐夫说："昨晚梦见你回来了，今天真的回来了，也是一件大怪事。"丈夫笑着说："幸而没让大石头砸死。"老三惊愕地问，这话是什么意思。丈夫把做梦经过说了一遍。老三特别奇怪。因为那天晚上，老三也做了一个梦。梦见姐姐哭着诉说，他气急了，扔了一块大石头。

可见梦也不过是个巧合而已，于是谈庚旺说道："我再想想。再说咧，就算真去北京，也是我自己去，可不敢让你跟着我折腾，你还是好好待在家里，少让你爹、你妈操心才好。"

"你说啥咧，"高小伟有些不乐意地说道，"谈庚旺，你这是不把我当兄弟。那对枕头邪乎得很，让你一个人去北京我也不放心，要是路上你再做昨晚的噩梦可咋办，要是我在身边，就算是在梦里也算有个照应。"

事是这么个事，谈庚旺也知道，可他此时还是没有下定决心。于是他又说道："我还是先回趟家再说。"

高小伟点了点头，那个年代交通不便利，去北京要倒小客，再坐大客，最后坐火车，这一趟少说也得两三天的时间，确实也得慎重一些。可他也有自己的目的，他听说北京有个潘家园，能直接把货卖给洋人，那可是挣大钱的买卖。他也想见识见识，顺便把手里淘弄来的小玩意儿拿到北京城去卖一卖，看看是不是像那些二道贩子说的，价格能比这里翻上两三倍。

第二章　谈枕色变

吃过了早饭，高小伟骑着二八自行车送谈庚旺回了家，顺便也去谈老汉的坟头磕个头。以往每年放假，只要他去串门，谈老汉即便再不宽裕，也会弄些好吃的招待他。那个年代的人念旧情，高小伟还在镇上买了些供品，一想到连谈老汉最后一面都没有见到，不由得红着眼眶，埋怨谈庚旺这事不该瞒着他。

这一路上无话，快晌午的时候，两人才回到了谈庚旺的家。一进院，高小伟就被院子里那棵老树上的乌鸦吓了一跳。"庚旺哥，都说反常必有妖，看来你手里那对枕头邪气得很咧。你就说这满院子的乌鸦，就不是啥好兆头。"

谈庚旺看了一眼树上的乌鸦，确是比他走之前又多了许多。此时那些乌鸦密密麻麻地站在树上，黑压压的一片，就连整个院子都像是被一团黑色的东西笼罩着，看着让人心情烦闷。"一会儿我找个破盆一敲，准保把它们都给吓跑。"

"这倒是个办法。"高小伟也是个行动派，没等谈庚旺去找，自己把猪圈边上一个破盆拿了起来，又找了一个木棍，把那破盆敲得震天响。

乌鸦听了响声倒是扑腾着翅膀飞了起来，一群一伙的，落了好几根羽毛在院子里。可不一会儿的工夫那些乌鸦又落回到了树上，仿佛那棵老树成了它们的窝，只要高小伟的敲盆声一停，立马就盘旋归来，大有敌进我退、敌退我进的架势。

　　高小伟破盆敲了半天，那乌鸦却是一只没少，气得他在院子里骂骂咧咧，直说要找个弹弓把那些乌鸦都打下来烤着吃。谈庚旺擀了面皮，等做好了午饭就叫高小伟扔下那破盆洗手吃饭。他说道："你跟那些扁毛的畜生置什么气，等哪天我有工夫的，就把那老树砍了，看它们还往哪儿落。"

　　高小伟骑了半晌的自行车，又敲了半个多小时的盆，此时倒是又累又饿，端起装着面皮的大碗便吃了起来，可一口面皮还没等进肚，便见墙头露出一个脑袋来。那脑袋上的头发像是墙头上的枯草，一双浑浊的眼睛直勾勾地盯着高小伟看，看得高小伟心里直发毛，差一点把手里的碗扔到地上。"庚旺哥，你看你家墙头那人是咋回事咧。"

　　谈庚旺抬头一看，那墙头上的人不是别人，正是邻居刘坎山。只是此时的刘坎山表情呆滞，眼神迷离，看上去比之前老上了十几岁。他冲着刘坎山问道："二大，你这是咋咧？"

　　刘坎山听到有人喊他，突然惊恐地缩回了头，可不一会儿又探出了头，看着谈庚旺指着那被填平的枯井，阴恻恻地说道："你家有鬼，就在那井里，那鬼要了你爹的命，还要拉你去做陪葬。庚旺啊，你还是快点搬吧。"说完又缩回了脑袋。

　　谈庚旺摇了摇头，只当刘坎山是怪力乱神之说。他家这枯井挖出个古尸这事他倒是听他爹说过，可这十里八村的，挖地窖、打井挖出古尸或是老坟啥的都是常有的事。这样的事多了，也就没人在意了。倒是听他爹说过，他这二大的爹以前是个风水先生，所以一直都很迷信。

　　一旁的高小伟却当了真，他小声地问道："我说庚旺哥，你家这枯井里挖出个尸体又是咋回事？"

谈庚旺解释道："那是一个月前了，我爹说要把院子里那口枯井改成地窖，结果挖出一具古尸来。后来镇上来人把那尸体拉走咧。"

高小伟却说："可是哥，你有没有想过，我俩昨天做梦可不就是在一口井里，那井里没水，倒是有一口棺材，棺材里还跳出一个清代的僵尸。我之前还以为这梦是跟那青铜枕有关，没想到是因为你家枯井里的古尸啊。"

一句话惊醒梦中人，谈庚旺猛然想起，自家枯井里挖出来的那具干尸可不就是清代的吗，听说那干尸也穿清朝官吏的衣服。

诡异，真的太诡异了。

谈庚旺的心里跟吞了只苍蝇似的，难受得紧。可事情还没有结束，到了下午，谈庚旺的二娘和三娘干完了农活没有回家，直接来到他家。谈老汉是谈家的长房，其他几房并没有住在这村上，而是住在隔壁的几个村里。谈庚旺先是给两人倒了口水，然后便问道："二娘、三娘，你们咋来咧？"

两人互看了一眼，三娘平素里能说会道，便由她先开口了："庚旺啊，自从把你爹下葬了，我们老谈家就没得消停。听说你从镇上回来咧，可是打听出那对青铜枕的来历了？"

谈庚旺眉头一蹙，连忙问道："咱家是怎么个不消停法？"

谈三娘一拍大腿，一脸苦相地说道："哎呀，还怎么个不消停法。你可不知道啊，最初是你小弟弟，每天晚上都做些吓人的噩梦，后来就连我和你三爸也见天地做噩梦。那噩梦可邪乎咧，总能梦到男鬼和女鬼找我们索命，要不就是问我们要东西。吓得我和你三爸晚上都不敢睡觉咧。后来我就把这事你跟二娘说咧，结果你二爸一家也成天地做噩梦。

你说这事闹的，所以我就来问问你，你都打听出啥来咧？"

谈二娘也苦着个脸在一旁附和道："可不是嘛，睡不好觉，我和你二爸一天恍恍惚惚的，连活都快干不了咧。依着我看，就是你家那对青铜枕闹的，也不知道你找没找到明白人，那东西不行还是埋了吧，要不非要了我们老谈家所有人的命咧。而且总觉得，那枕头保不齐就是个殃榜枕。"

何为殃榜枕？就是古代人死后，便由阴阳先生开殃榜，写上死者死因和时间，拿着殃榜，方能到官府办理其他手续。说起这殃榜枕，还有一个传说。

相传在清初，有一秀才姓于，因为家中的枕头坏了，便去鬼市想买个瓷枕。鬼市便是在日出之前开的集市，最初卖的都是一些来历不明的东西，比如盗墓所得，抑或是偷盗的赃物。到了清初时期，就已经演变成了卖杂货的早市。

于秀才原来家境殷实，可因他一直未有功名，所以家道中落。要不他也不会来到鬼市。他走了一圈，就发现一小摊上的瓷枕釉色晶莹剔透，此时正值盛夏，暑热多汗，若用这白瓷枕，一来颈下清凉，二来也好清洁擦拭。于是跟摊主讨价还价，买下了这瓷枕。却不想自此之后，身边怪事连连。

最初他是梦到一个青衣女人，披头散发，站在他床前盯着他看。那目光阴冷，看得于秀才心中发毛。他也知是梦，却怎么也无法醒转过来。第二天终是惊醒，却是大汗连连。

于秀才一次梦到那青衣长发女人，本就觉得惊魂未定。可不想他一而再，再而三地梦到那青衣女人。于秀才不堪其扰，白日里总觉阴风阵阵，总有一双眼睛无时无刻不在注意着他。他实在熬不过，便到附近的城隍庙中求了一签，然后拿着签去问庙里的大和尚。

那大和尚看着于秀才求来的下下签，又见于秀才双眼乌青，定是招惹了不干净的东西。便觉得万分奇怪，于是便问于秀才，最近究竟做过什么事情，方才搞得如此憔悴。

可于秀才自己也说不出个所以然来。只是说那日农历初十，他起早从鬼市买回来一个白瓷枕，此后便日日梦到一个青衣女人出现在他的梦中。那青衣女人，长发披肩，双眼阴恻恻地看着他，让他十分惶恐不安，就连白日天都没有精神，委实熬不住了，方才来这里求签，想问个究竟。

大和尚听完于秀才的描述后，便说你先回到家去，回去后便一切如旧，自是不必再忧心此事，一切自有定数，必能逢凶化吉。于秀才便拿出了求签的钱，那大和尚却是不收，只道他有个习惯，若有人求到了下下签，他都不会要一文钱。于秀才一听，并不明白大和尚的意思，便心中烦闷起来，可还是留下了钱，转身回了家。

他回到家中，眼看着自己买回来的白瓷枕，思虑再三，还是决定去问问那小贩这枕头的来历。可此时鬼市早已经关了，只得等到第二日，这一夜于秀才没有再枕那白瓷枕，可那梦中的青衣女人还在。直熬到第二天，于秀才方才起早去了鬼市。去了一打听，那小贩本是附近有名的盗墓贼，那白瓷枕原本是件明器。于秀才一听，心中硌硬得很。原来自己睡了这么多天的瓷枕，竟然是明器，难怪他睡了后会梦到那青衣女人。那如今他该如何是好？

思来想去，于秀才觉得自己不如再睡一觉，在梦里好好问问那青衣女人，要如何才能不再缠着他。而且那大和尚不也说了吗，让他回家后，一切照旧。

于是夜里，于秀才再次睡到了那白瓷枕上。刚一入梦，就见那青衣女人披发而立于床头，双眼注视着他，看得他心惊肉跳，一时间竟然忘了要问那青衣女人如何才能离开，就觉胸口烦闷，似有什么东西压住了他的胸口。

就在这时，他听到耳边有念经之声并伴随着木鱼的敲击声，接着他感觉气定神闲，方才缓缓睁开眼睛，就见大和尚手敲木鱼站在他的床头。

那大和尚见于秀才醒了，便道："快将枕头给我。"于秀才不敢耽搁，将白瓷枕交给了大和尚，大和尚用那木鱼棍用力一敲，就将那白瓷枕从中间敲开。

白瓷枕碎裂，露出了里边一块头盖骨。那头盖骨下，还有一个银锁，银锁之上刻着一女人的名字和生辰八字。

于秀才被吓得跌坐在地上，只觉得双眼昏花，心乱如麻。他不过是贪图便宜，竟然买回了这等死人之物。这白瓷枕哪里是什么明器，简直就是个邪物。一想到他和这女人的头骨紧挨着睡了不知多少夜，他就感觉背脊生寒。

这时那大和尚说道："这东西叫殃榜枕，乃是至阴的邪物，是专门做来给人下厌所用。若人睡了这枕头，久而久之，必被这枕中的阴气困扰。形销骨立，最后耗尽阳气而亡。"

于秀才叹气，只道，自己是小倒霉敲门，倒霉到家了。大和尚却说，非是于秀才倒霉，才贪图便宜买来了个殃榜枕，而是这枕头就是有人给他下的厌。话说多年前，于秀才与人斗诗，对方输了，于秀才便刻薄地讽刺那人连狗作的诗都要比他作的通顺。而那人正是知州的侄子，那人便耿耿于怀。后来于秀才参加了会考，本已榜上有名，却被那人冒名顶替。

那人如今做了官，却怕于秀才再次参加会考，于是便找人给他下厌，让他死得神不知鬼不觉。就连于秀才之前的枕头，也是那人派了小贩偷偷潜入家中弄坏的。一切皆是阴谋。那日于秀才去求签，大和尚就看出于秀才被下了厌，便让他先回去，自己则去查了个究竟。

如此大和尚已经敲碎这厌，于秀才方可安然无恙了。于秀才连声感谢，若不是大和尚，只怕他小命不保。他定要考取功名，揭穿给他下厌之人。等一切尘埃落定之时，他定会去感谢大和尚。

那大和尚却说，感谢自是不必，只要于秀才以后多行善事，那便是他积的善缘。倘若于秀才做了官，也要尽力为百姓做事，不畏强权。于秀才听后，连忙应下。

之后，于秀才将那头盖骨和银锁，放进了一只上好的紫檀木盒中，又将那紫檀木盒送到城隍庙中加以供奉。每年年关之时，都会送来香油钱，倒是自此没有再梦到过那青衣女人。

打二娘、三娘刚一进来，谈庚旺便看出来两人气色十分不好，眼睛凹陷，眼眶也有些隐隐发黑。他以为两人是最近家里活多累的，却不想也是被梦魇所祸才精神不济。

不过同样是做噩梦，谈家二房和三房人做的梦都差不多，虽然都会梦到一些诡异的事情，却不似谈庚旺和高小伟的梦那么真切。一时间谈庚旺也弄不明白，这连连的噩梦到底是什么原因，是因为那青铜枕，还是因为他家那口枯井里挖出来的古尸？

谈庚旺把镇里那专家的话跟二娘、三娘说了一遍。这次是二娘先开了口："庚旺啊，你念书念得好，心里最应该有主意。你爹临终时说过，那对青铜枕头是我们老谈家最大的秘密。你要是想去北京那就去，路费的事你不用担心，你二爸、三爸还有你四爸家都能出一份了。"

三娘见二娘都这么说了，又想着最近被那噩梦折腾得浑浑噩噩的，便也点了头："是咧，咱们几家都能出一份，你就放心大胆地去吧。"

一旁的高小伟也从旁劝着谈庚旺："你看，连路费这最大困难都解决了，咱们明儿个就去镇里托人买票。"

高小伟是个急性子，可谈庚旺心里还是有些顾虑，北京路途遥远，再则他还要回学校等着分配，倒不如先回学校，让自己的老师找找这方面的专家问问。打定了主意后，谈庚旺便把想法跟高小伟说了，高小伟也觉得谈庚旺说得在理，毕竟西安这方面的专家也很多，路途也近。

"你要想好咧，那兄弟就陪你去一趟西安，顺便看看兵马俑。"高小伟拍着谈庚旺的肩膀说道。

谈庚旺知道高小伟愿意陪他去西安也有自己的私心，但最多的还是出于他们俩的兄弟感情。昨夜的梦境历历在目，他读了四年的大学，还真没交到一个跟高小伟一样交心的朋友，他也拍了拍高小伟的肩膀："谢了。"

高小伟的手用力一带，与谈庚旺的肩膀用力一撞，然后笑嘻嘻地说道："谈庚旺，你不把我当兄弟咧，兄弟之间哪有这么多的虚礼，还不如来点实惠的，晚上我要吃泡馍。"

定下了去西安的时间，高小伟去村里给在镇政府工作的高父打了电话，然后便在谈庚旺家住了下来。谈庚旺个子高一些，高小伟壮一些，两个人的衣服尺码却是一样的，不用担心换洗衣服的事，上学那会儿他们就经常换衣服穿，还真像大家说的那样——穿一条裤子长大的。

到了晚上，两人还是睡在一个屋子里。这次谈庚旺把那对青铜枕放回到石匣之中，又把石匣放到了地窖里。他自打捡回那石匣确实做过噩梦，但像昨晚那样让人脊背生寒的梦倒是头一次做，只怕是他与这对青枕接触得多了，受了其影响。且那对青铜枕之所以放在石匣之内，也必定有它的用意。

这晚两人虽然也做了些乱七八糟的梦，却没有前夜那梦可怕。谈庚旺心道，看来只要远离那对青铜枕便不会做噩梦。却不想到了第三天的晚上，还是出了事。

依旧是睡到半夜，谈庚旺突然感觉有什么东西，一下又一下地挠着他的脸。他睁开眼，就看到一团黑乎乎的东西在他的头上。他连忙用手去赶，那东西却突然飞了起来，还发出粗嘎的声音。谈庚旺这才听出来，刚才在他头上的是一只乌鸦。这大半夜的，乌鸦是怎么飞到他屋子里来的？

此时那乌鸦扑棱着翅膀，如受了惊一般，叫声一声比一声刺耳，但细听又有点像女人撕心裂肺的哭声，那一声声的哀泣随着耳道穿过耳膜，直击他的心脏，让他周身每一根神经都紧张了起来。

他连忙起身打开窗户驱赶乌鸦，却发现原本睡在他身边的高小伟不见了。他原以为高小伟可能是起夜，却突然看着一个黑影从窗前一闪而过，直吓得他倒退了好几步。待他稳定了心神后顺窗望去，就见院子里一个人正手舞足蹈地跑来跑去，其姿势十分滑稽可笑，好像模仿鸟在飞行。

谈庚旺蹙起了眉头，心道不好，只怕是高小伟梦游了。他赶紧冲到院子里，却又被眼前的一幕吓了一跳。只见院子上空成群的乌鸦在不断地盘旋，不一会儿的工夫便有乌鸦俯冲而下，直奔着院子里那黑影而去。

谈庚旺心惊不已，可又不敢大声叫嚷，不能提醒高小伟注意身后的乌鸦，因为他听说梦游的人不能被叫醒。这时几只乌鸦已经俯冲下去，高小伟却灵巧地躲过，嘴里还发出粗嘎的声音，继续做着扇动翅膀的动作。

谈庚旺这才反应过来，刚才的叫声，并非飞进他屋子里的乌鸦，而是高小伟。高小伟这动作和声音，只怕是在向乌鸦挑衅。飞禽走兽都有领地观念，高小伟如此这般，那些乌鸦当然会奋起反抗。

第一批乌鸦偷袭不成，紧接着第二批、第三批乌鸦也冲了过来，院中的黑影却是动作敏捷，上蹿下跳，竟比那乌鸦反应还快。谈庚旺知道高小伟学过两天功夫，比上不足，比下有余，却也没见过他如此矫健过。也不知道这高小伟是错搭了哪根筋，跟这些乌鸦杠上了，就连做梦都要跟这些老鸹干上一架。

又是一群乌鸦盘旋而过，谈庚旺满心无奈，他听老人讲过，乌鸦最是记仇，要是谁家用石头打了乌鸦，那乌鸦定会每日去啄那家人的眼睛，直到报复够了为止。他只得跑过去，准备把高小伟拉回屋子里，否则那些乌鸦若是被激怒了，指不定要如何报复高小伟呢。

谈庚旺刚跑出去两步，还没等到院子中央，就被一群俯冲下来的乌鸦啄了后背。他来不及躲闪，又被几只乌鸦踩着头啄头，直痛得他抱着头往屋里跑。心想是自己大意了，他低估了那些乌鸦的愤怒程度，他此时出去，并不是那些乌鸦的对手。还是得想个办法，再去将高小伟拉回屋子。

那几只乌鸦也不是好惹的，追在谈庚旺的后边一下又一下地啄着他的后脑勺。谈庚旺刚跑了一步，却又被另外一个黑影堵住了去路。这时突然出现的黑影让他猝不及防，他感觉心脏漏跳了一拍，吓得张大了嘴巴。好在月牙虽弯却有微弱的月光，借着那依稀的月光，他方才看清前方堵在他身前的人正是高小伟。

谈庚旺一把拉住高小伟的手，却感觉高小伟的手异常冰冷。他不敢多言，拉着高小伟的手便往屋子里跑。可头上的乌鸦穷追不舍，对他们两人发起了一轮又一轮的猛烈进攻。就当两人快要跑到屋子里的时候，身边传来了粗嘎且犀利的叫声。谈庚旺心头一紧，后背已经生出了白毛汗。此时高小伟在他的身旁，那这叫声又是谁发出来的？

他慢慢转过头，却见黑夜之中，还有另外一个黑影依旧在与那群乌鸦缠斗。只见一只乌鸦掠过那黑影的脸庞，扑棱的翅膀拍打着那黑影的头。那黑影用力一跳，一只手将那乌鸦稳稳抓住，下一秒，那黑影发出诡异的笑声。那笑声比刚才高小伟发出的挑衅声音更为瘆人，听得人心惊胆战。

这还不算，只见那黑影另外一只手也抬了起来，抓住了那乌鸦的头。乌鸦用力抖动着翅膀，想要挣脱桎梏，可那黑影的双手用力一拧，竟将那乌鸦的头硬生生地拧掉。谈庚旺吃惊不小，这动作也着实残忍了一些。

他不想多看，也不想管这人是谁，大半夜跑到他家院子里，他此时只想把高小伟拉回屋子里，可就当他要转过头时，就见那黑影张大嘴巴，将那乌鸦的身体塞到了嘴巴里用力地咀嚼了起来。

谈庚旺感觉整个人都不好了，他只得拉着高小伟的手逃也似的跑回了屋子，可他回到屋子里之后，却发现高小伟的表情呆滞，双眼却是半眯着。他将高小伟拖到炕上，想要强行将人按下，可不想高小伟刚一躺下就一个鲤鱼打挺，又跳到了地上，接着一个箭步再次冲了出去。

片刻后，院子里传来两个人的粗嘎声音，无疑高小伟也加入了挑衅者的行列。谈庚旺看着院子里两个学着鸟飞的黑影，心里已经绝望透顶。他无法想象高小伟也做出拧断乌鸦脖子，还把乌鸦连皮带毛生吞下去的画面。他感觉自己不能忍受这样的举动，于是他披上棉被，防止乌鸦再次袭击他，然后便冲回到了院子里。

裹着棉被的谈庚旺成了众矢之的，很快被一群乌鸦包围。值得庆幸的是，棉被起了一定的保护作用。但不幸的是，只几秒钟，棉被已经被攻击而来的乌鸦啄得面目全非。更不幸的是，高小伟已经开始伸手试图去捕捉袭击他的乌鸦。好在他的动作还不够熟练，几次伸手都未能得手，但观其动作走向，却是不断地吸取上一次失败的经验，精进手法，想必再试几次，便能成功俘获一只乌鸦。

谈庚旺顾不得那许多，嘶吼一声："高小伟，你快醒醒！"却不想这一声，像是引爆了定时炸弹，所有的乌鸦都向着他袭击而来。霎时间谈庚旺便被成群的乌鸦压制得寸步难行。他无奈将身体缩进破败不堪的棉被之下，以此来躲避乌鸦的众袭。可那棉被不是铜墙铁壁，怎能抵御住众乌鸦的群起之击，很快便有乌鸦的喙透过棉被啄到了谈庚旺的耳朵，只一下，谈庚旺的耳朵便挂了彩。避无可避，谈庚旺也被这些乌鸦激出了火气，大吼一声，便将身上的棉被一掀，手臂用力，抡起满是窟窿的棉被，便要与那一众乌鸦拼个你死我活。

显然谈庚旺的身手不如高小伟和院里那黑影矫健，那棉被只抡了一两下，就被飞扑下来的乌鸦压制住，啄得他七荤八素，彻底没有了脾气。此时那些乌鸦已然被那黑影彻底激怒，下口极重，次次见血，似有深仇大恨，一副欲给同伴报仇的架势。

第三章　晨曦访客

　　谈庚旺怎是那些乌鸦的对手，他身上多处受伤。他不断地呼救，却不知道为什么，周围的邻居没一个赶来帮忙的，这有违常理。按理说即便他不呼救，不论是院子里的人还是乌鸦都闹出了不小的动静，怎可能没人听到，夜里越是寂静，声音传播得越快才是。

　　谈庚旺思忖之下，突然眼前一亮。难道他这是在做梦？否则他无法解释此时的情形。他用力地掐了一下自己的胳膊。痛，很痛，痛得他直哆嗦，他却没有醒来，这个认知让谈庚旺心头一紧，若不是在做梦，那眼前的一幕可就太过惊恐了。

　　他一番心理斗争之下，却是忘了此时正处于危机之时，趁谈庚旺一个不注意，一只硕大的乌鸦俯冲而下，看个头应该是这群乌鸦的头儿。那乌鸦眼神凶狠，张开鸟喙，直奔谈庚旺的眼睛而去。

　　那乌鸦速度极快，谈庚旺根本来不及躲避，他心已经凉了半截，只怕这次非死即残。要是运气好些，兴许能变成独眼龙。若是运气再差些，以后他要靠盲杖过完后半生。若是那些乌鸦铁了心地跟他过不去，只怕他即将成为被乌鸦啄死的第一人。

　　电光石火间，谈庚旺的耳边传来了风声，接着便见那只领军鸦不知被什么东西打中，重重地落到地上，张着的鸟喙里喷出不少的血，颤抖着身体在地上不断地呻吟。这一下整个院子上空的乌鸦都停了下来，不约而同地飞向天空，仓皇而逃。

看来谈庚旺并没有想错，刚才那只要啄他眼睛的正是乌鸦的头儿。就像一支部队一样，若是将军被俘获了，那些小兵自然溃不成军，只有逃命的份儿。

乌鸦成群而飞，只留下一地残血和羽毛。谈庚旺长舒了一口气，一切终于结束了。也不知刚才是谁出手打中了那只领军鸦。他四下张望，院子里边空无一人，就连高小伟和刚才的那黑影都不见了。

周围寂静无声，只有萧瑟的风吹过，吹得他心头发紧，总是感觉毛骨悚然。这时不知为何，他的身体被人晃动了一下，可他四下看，还是看不到任何人，只是身体在不断地晃动，直到他感觉身体不断地坠落，如同从几十层楼的高空中自由落体，最后三魂归位，他方才睁开了眼睛。

只见天已经蒙蒙亮了，而他正躺在院子里的枯井旁，眼前有个精瘦的老头正笑眯眯地看着他。见他醒了，那老头问道："小伙子，你可醒了。"谈庚旺摸了摸头上的冷汗，感觉身体异常疲惫。

那老头也看出来他身体不适，便将他扶了起来，他这才发现，身边还躺着两个人，一个是蓬头垢面、一身黄土的高小伟，另外一个人脸上满是污垢，嘴角挂着血迹，手里还攥着一只死乌鸦。这人看着有几分眼熟，但实在是身上污秽不堪，根本看不清模样。谈庚旺想了半天，猛地一拍额头，这不是隔壁的二大刘坎山吗！只几天的工夫，他怎么成了这样，瘦得皮包骨，跟个乞丐似的。想来昨夜那黑影也是他了。这到底是怎么回事？

谈庚旺心里不解，他明明已经将那青铜枕放在石匣里，又将那石匣放到了地窖里，那他又为什么梦魇？而且这次的梦魇，要比上次更加惊险。若这样的梦再做几次，即便他年轻力壮，也承受不起。

这时他突然又想到了另外一个问题，刚才叫醒他的这老头又是何人？别说本村，就是邻村的人，平时赶集交公粮，总也是见过几面的。这人肯定不是这周围的村民，那既然不是这边的人，为何天没亮就跑到他家这院子里来了？

再看老头五十来岁，皮肤黝黑，穿着一身朴素的深蓝色衣裤，看上去十分普通，眼神却异常深邃，一看便知阅历丰富。

"请问您是？"谈庚旺客气地问道。

老头笑容温和，他笑着回道："我叫祁光宗，是特意从镇上来找你的。正巧看到你们几个惊梦怎么叫也叫不醒，便用了点法子。"说罢指了指谈庚旺的手。

谈庚旺低头看了一眼手臂，只见手臂之上不只有之前的掐痕，还有一根银针。这银针他见过，这是中医用来针灸的。

"谢了。"谈庚旺道了谢，想要问此人为何要专程来找他，可看向一旁沉睡着的高小伟和刘坎山，他们的手臂之上也有银针，却不见两人转醒。不过观其二人胸口起伏，呼吸均匀，鼾声此起彼伏，倒不像是有事的样子。

"小伟，小伟。"他唤了高小伟两声，可高小伟头枕着枯井的沿儿睡得正香，听到有人唤他，眉头一拧，转了个身继续打起了呼噜。谈庚旺看向祁光宗，祁光宗回道："没事，就是折腾得累了，等睡够了，自然就醒了。你要是能动，就起来把他俩挪到屋里去。这地上睡久了只怕是要生病的。"

谈庚旺慢慢起身，也是感觉头晕眼花，双腿直打战。好在缓了一下，还能勉强动弹。两人将高小伟和刘坎山抬到屋里的炕上。老头找来了一些馍，又烧了开水，谈庚旺吃了些东西方才有了体力，他连连说道："多亏了祁大咧。"

祁光宗看了一眼沉睡着的高小伟和刘坎山，缓缓开了口："我知道你在心里合计我是谁，为啥天没亮就跑来找你。其实我家住在镇上，是高小伟的朋友，我们都是淘弄老货的，这次来是想找你打听个事。"说罢他从兜里掏出一张照片。

那照片是黑白的，上边不是别的，正是那夔纹石匣。石匣边上有几块石头，看不出是在哪儿照的，只能看出这照片很新。谈庚旺蹙眉，看来这祁光宗是冲着夔纹石匣来的，只是不知道他手里的照片又是打哪儿来的。

难道这石匣以前是有主的，只是机缘巧合，才被他捡了回来？现在人家正主来了，想要回那石匣？可他爹起死回生的时候说过，那石匣里的青铜枕是他们老谈家最大的秘密，祁光宗若是想要回石匣，他到底要如何应答？

谈庚旺转念一想，这祁光宗看着为人和善，若那石匣真是人家的，他也只能物归原主。不过这石匣确实诡异万分，留在家里不知是福是祸。且祁光宗只拿出一张照片，又没说明其来意，倒不如打听一下他的来意再做打算，于是就回道："祁大是要找这石匣？"

祁光宗点了点头，说："是来寻这石匣，也为着寻你。"谈庚旺更是不解，若这石匣之前是他人之物，那祁光宗找这石匣就是，为何还要找他？祁光宗看出谈庚旺眼里的疑惑，便也不再打哑谜，直接把来历说了个清清楚楚。

要说这祁光宗，还真认识高小伟。陕西的黄土里可不只埋皇上，还埋了不知多少的王侯将相。这大墓多了，随葬品也就多了，于是自古以来便衍生了一个行业——土夫子，也就是盗墓贼。最早一批干古玩生意的，哪个不认识几个土夫子，毕竟专业的土夫子，可是要比一些戴着眼镜的专家更为专业，且更有实践经验。

那天高小伟曾出去了一趟，本是找熟人问问行情，他也就是想多长长见识。可这青铜器都是重器、大货，哪个听了不好奇，这一来二去，不多时便传到了当地很有名的土夫子祁光宗的耳朵里。于是祁光宗就联想起了一宗秘事，便寻着高小伟来到了谈庚旺的家。

这事说来话长。那是两年前，一位故友突然到访，委托他帮忙办一件事。这行有行规，一个行业便是一个江湖，特别是干他这一行的，在土里刨活计，难免也有马失前蹄的时候。多少年以前，正逢乱世，那时祁光宗还是个乳臭未干的愣头小子，便想着干一票大的，结果一铲子打错了洞，陷入防盗沙土层里，差一点被活埋，好在那人出手相救，他算是捡回一条命来。

之后那几年世道更乱得很，他为了生计越了界，跑到别人的地盘上打了土坑，结果被人堵了个正着。又是万分凶险，差一点被人算计成了墓中的陪葬品。又是那人出手相救，事后又出手说和，对方才饶了他一命，只拿走了他刨出来的一半东西。多年来祁光宗都念着那人的好，这次人家找上门来要他帮忙，他只能尽全力。

当时那人只说让他找一个姓谈的人家，那家人手里有一个夔纹石匣，石匣中存有夔纹青铜枕一对。让他引着谈家的人去京城一趟，并给了他1000元钱。当时的1000元钱可是个大数目。那人并没说这么做的用意，只说他也是受人之托，但他眼下有件大事要去办，无法亲自完成他人之托，便想到祁光宗就住在这镇上，想来认识的人多，定能将此事办好。

两年来祁光宗也四处寻找，谈姓虽然不多，但这镇上十里八村的，他一时间还真找不全。于是时光荏苒，转眼两年，他总是想着如何才能忠人之事，却不想前不久镇上突然有人拿了这照片寻找卖主。

祁光宗闻听有人拿着夔纹石匣的照片寻找卖主，就派徒弟去打听，方得知那人是走乡串镇的货郎，专门干一些投机倒把的勾当。于是他便找人搭线，想通过这货郎打听出这石匣可是出于谈家人之手。可不想线刚一搭上，那货郎便出了车祸，连人带车摔下了山崖，闹了个横死崖下的悲催下场。

他又找到了货郎的家人，想要打听那石匣的出处，可货郎进乡走村从来也不与家人多言，家里人只管要钱，并不管那钱是如何挣到的。又问了常与货郎交易的人，他们也只是见货郎拿着照片找下家，却对那夔纹石匣的出处只字不提。都道同行是冤家，若是换成了别人，只怕也不会说出货的来历，都怕中途被人截和。

问了半天，祁光宗也没打听到有用的信息，直到前几天，高小伟找了几个朋友打听夔纹青铜枕的来历。他那时正好不在家，等回来后听到了信，便追寻着高小伟来到了谈庚旺的家。

"也得亏我来了，你可不知道，昨夜你们几个也是万分凶险，若我来不及打碎那梦魇，叫醒你们，只怕你们会在梦里活活累死。"祁光宗边抽着烟边说道。

这倒不是祁光宗危言耸听，按昨夜的梦境，再让谈庚旺他们三个折腾下去，恐怕真的会要了他们的小命。若不是身体极度疲乏，谈庚旺也不能那么用力掐自己都没醒。

谈庚旺自是明白这道理，连声道谢，直说要下地给祁光宗做泡馍。

祁光宗拦住了他，说他现在身体不宜多动，倒是应该多休息，自己则拿着干馍泡着水吃了起来。不过这祁光宗为了他人之托如此尽心尽力，倒是让谈庚旺感动不已。只是祁光宗从事的这个职业有些违背伦常，刨人家祖坟的事做得多了，总归不好。所以谈庚旺看待人，总是一分为二的。

祁光宗见谈到自己职业之后谈庚旺看他的目光就有些异样，便知道这大学生心中介意。他来只是受人之托，再则高小伟也识得他，知道他是干什么的，若此时隐瞒，只怕谈庚旺事后知道了生戒心，反而会影响到他要办的事儿，于是他才开诚布公地将自己的情况和盘托出。

"小伙子，我知道你现在怎么想。你觉得老头子我就是个盗墓贼，是上不得台面的，所以心里对我有想法。这也正常。可我小的时候是个孤儿，若不是个老盗墓贼把我救下，给我口饭吃，我也活不到今天。那个年代人活着可是不易，我没托生个好人家，便只能认命。我干这一行也不为别的，就为能活着。

"再则，虽说都是盗墓贼，我可从来没干过绝户的事。我刨坑都是见好就收，从不指望着这发财，否则当初我那恩人也不会两次救我。后来年景好了，我也受过教育，我现在也不干那一行了，都是跟着几个老专家去帮工。这几年咱陕西这边出土了不少的好东西，有不少都是我帮忙挖出来的。这事你别不信，等一会儿高小伟醒了，你问问他就知道咧。再则那石匣在你家里，必定招来祸事，所以我才来找你。"

祁光宗这话算是打消了谈庚旺的芥蒂，想着高小伟定不能骗他，等他醒了，找他问问便知这人的底细。可祁光宗讲了这半天，只说是受人之托引着他们去北京一趟，并没说那人是何人，为什么两年前就要找谈家。要知道那石匣可是他前不久才捡回来的，怎么可能两年前就跟谈家扯上了关系。

这样想来，谈庚旺又有点看不清祁光宗这人了。若单看外表，祁光宗长得慈眉善目，言语和善，并不像个坏人。且他话语诚恳，也不藏着掖着，直接说明了自己的身份。但他话中所说的两年前委实不可思议，难道那石匣之前的主人也姓谈？世上怎会有如此巧合的事？谈姓又不似张王李赵遍地有，十里八村，姓谈的都是他未出五服的亲戚，他也没听说哪一房家里有过这石匣。

谈庚旺心生疑窦，只得说道："祁大，不是我不信你，只是你说两年前便有人找到你，说谈家有一石匣，那石匣内有一对青铜枕。这事咱姑且不论，你又怎么能肯定那石匣就在我家？我家是姓谈，高小伟也是找人问过那石匣的事儿，但他是帮别人问的。"

祁光宗一听却是笑了，将手里的烟掐灭扔到了地上说道："小伙子，之前我追着高小伟来到了你家，只听说你家姓谈，也不敢肯定那石匣就在你家。可就当我到了你家院外，看着你们三个在院子里闹腾，我立马就能确定那石匣就在你们家。"

谈庚旺面露疑色，又问道："为何？"

"这个简单。老头子我干了一辈子刨土的活，别的见识没有，但对于地下的老货自认比一些省城的专家还专业。你们那时的状态，我一看就知是被魇住了。平常的人怎会被魇住，定是动了地里的什么物件。等我救了你们几个之后，又从你们的身上闻到了一股味道。"

谈庚旺连忙追问道："什么味道？"

"土腥味，这是常年在地下的人才能闻得出来的味道。再则当初我那故友说过，那石匣内的一对青铜枕是殃榜枕头，会带来祸患。若处理不好，只怕你一家人都会殉葬。所以我断定，那石匣此时就在你家。我虽是受人之托，可也当这是一个善举。小伙子，你若不信，可以研究研究那对青铜枕，里边自有提示给你。"

"提示？"谈庚旺更为疑惑，"那祁大的那位故人让你引我家人去往北京何处？"

祁光宗点了点头："他没说，只说能开得石匣的人，就一定能找到枕内的乾坤，到时一切便有答案。"

第四章　青枕密书

祁光宗说完了来意便告辞离去，他临行前留下一个电话号码，让谈庚旺想好了再联系他。他还给了谈庚旺几颗药丸，说是可保他们七天不受梦魇之扰。

祁光宗走后，谈庚旺还是有些恍如隔世的感觉，总是觉得自己还在梦里，而祁光宗也并未出现过，一切都显得既突兀又很不真切。

谈庚旺将捡到石匣后的事情捋了一下。好像一切不寻常的事情，都是在他打开那石匣之后。乌鸦，梦魇，祁光宗，这一切都与那夔纹石匣有关？可又一想，不对，乌鸦早在他捡到石匣前便出现了，梦魇却是在他打开了石匣后。

而祁光宗的出现就最为诡异，他称两年前便有人提到过石匣以及石匣内的青铜枕，而且还提到过谈家。那人还让祁光宗引谈家人去北京，可又没留下地址。他现在还无法分辨祁光宗的话是否真实。而镇上的专家也给了他一个地址，说来也巧，也正是北京的。不过北京是首都，定是各路神仙的聚集地。真是分不清，理还乱。

谈庚旺决定先去看看那石匣。他看了一眼在一旁睡得都流出口水的两人，想着他们一时半会儿还醒不了，于是便去了地窖。地窖的入口就在厨房里，他刚走到厨房便发现地窖的盖板被人打开了。他记得之前将石匣放到地窖里后明明盖上了盖板，难道是高小伟去过地窖？

他顺着梯子下了地窖，却一眼发现那石匣被人动过。他走到近前一看，石匣确实被人动了，上边的夔纹被人挪动过，但想必是那石匣的开启方式太过错综复杂，所以石匣并没有被打开。谈庚旺一拍大腿，这石匣明明放在地窖里好好的，前几天他们都没有再梦魇，昨夜却又做了那么诡异离奇的梦。估计是高小伟一时好奇，想要打开这石匣，所以才会夜里惊梦。这样看来，他们的梦魇确实与这石匣有关。

他快速挪动着上边的夔纹，再一次将石匣打开，并把中间的青铜枕取了出来。他将青铜枕放到了灯下仔细观看。那青铜枕上的夔纹纹理清晰，与石匣上的十分相近，却也有不同之处。石匣上的夔纹是雕刻出来的，所以纹理是凹陷的。而青铜枕是铸造出来的，所以上边的夔纹是凸起的。

一凹一凸，一阴一阳，就如同那太极图，故易有太极，是生两仪。两仪即为太极的阴、阳。古人将太极应用于许多的范畴，比如服饰和建筑。难道说这夔纹也是密码？这青铜枕内也有乾坤？

于是谈庚旺便按着打开石匣的方法轻触青铜枕上的夔纹，发现那夔纹确实可以移动。可他尝试了几次，并没有打开青铜枕。看来他需要重新推演一下青铜枕上夔纹的推动方式。不过之前他已经成功推演出了一次，想必这次也用不了太久的时间。

他将青铜枕放回到石匣里，准备上去做点饭，待高小伟和刘坎山醒后，再来推演青铜枕的开启方式。他将石匣挪到角落里，又用稻草盖好，最后回到了厨房。他先是回了自己的屋子，看看高小伟他们醒了没有。高小伟依旧打着呼噜，但一旁的刘坎山不见了。谈庚旺出去寻找，却见刘坎山回了家，此时正从墙头露出一个脑袋看着谈庚旺傻笑。

"二大。"谈庚旺喊道。

只见刘坎山表情十分古怪，一双惊恐的眼睛，不断地看着院子里的每一个角落，说道："庚旺，我跟你讲，昨天我又看到那干尸咧，这次我跟他干了一架。我变成了乌鸦，还把他给吃了。哈哈哈哈，以后他就再不敢来招惹我咧。我爹说得对，鬼怕恶人，要是遇到恶鬼，你就要比他还凶咧。"

说罢刘坎山双臂向后背，然后抖动着双臂，仿佛准备起飞的鸟雀，他的嘴里还发出粗嘎的声音，那声音诡异且听得让人毛骨悚然。谈庚旺打了个冷战，也不知道刘坎山怎么就成了这样，难道也是这青铜枕的原因。可这不应该啊，刘坎山虽然住在他家隔壁，却从来没有碰过青铜枕。而且刘家只有刘坎山犯了癔症，却没听说其他人成天做噩梦。

还是那句话，诡异得很，最近发生的事都诡异得很。

只是今天这院子里异常安静，谈庚旺似是意识到了什么，他猛地抬头，果然看到院中那棵老树上只有繁茂的树叶，却是连一只乌鸦都没有了。谈庚旺苦笑了一下，难道那些乌鸦也同他们做了同样的梦，梦到它们的领军鸦被打死，所以被吓得离开了这里？

高小伟是第二天醒来的，醒来的时候双眼迷离，缓了好半晌方才惊叫出声："旺哥，我又做噩梦咧。我梦到隔壁的刘二大把我变成了乌鸦，然后我们就跟上次井里那具老僵尸干了一仗，那老僵尸被我们给啄得衣服破烂，遍体鳞伤，还被刘二大给吃咧。哎呀，场面那叫一个恶心。"高小伟说得绘声绘色，最后还做了一个十分恶心的动作。这让谈庚旺想到在梦里看到刘坎山生吞乌鸦的场景，也跟着胃里翻滚。

谈庚旺摇了摇头。那被啄得衣服破烂、遍体鳞伤的哪里是什么老僵尸，分明是他呀！不过这倒是让他想到了一点，那就是梦魇的实质。他想有没有一种可能，他做过的梦都是在没有意识的时候经历的真真切切的事，他们的梦魇不过是在梦游。

比如说高小伟和刘坎山梦到变成了乌鸦，他们便在院子里模仿乌鸦的动作和声音。他们梦到跟僵尸打了一仗，其实是把他当成了僵尸。于是高小伟和刘坎山一起袭击了他，而他在梦里认为袭击他的是那群乌鸦。至于声音，应该是他们当时还处于无意识的状态，只是张嘴却没有发出任何声音，这样周围的邻居也就没有发现他们的异常。他不知道他的这个猜想是否正确，但他觉得这是目前这种情况下最符合自然科学的猜想。

这种梦魇的行为，无疑是出现在他打开石匣拿出青铜枕之后。也许，他们离青铜枕的距离，能决定梦魇的严重程度。离得越近，梦魇就越是严重；离得远些，受到的影响就越小。那么为什么刘坎山也会梦魇呢？这一点还是说不通，难道梦魇也有随机性？

不对，这不太可能，二爸和三爸两家当初都亲眼看过那对青铜枕，此后他们也做了噩梦，但远没有到梦魇的程度，这可以佐证距离是决定梦魇的主要条件。换句话说，青铜枕可以影响到人的睡眠，可距离决定了青铜枕的影响程度。这样的理解就更有逻辑性了。

而刘坎山的特例也很好解释，他触碰过那对青铜枕。他爹停灵的时候，这对青铜枕原本是要用来陪葬的，也许在某一天，刘坎山偷偷进了灵棚，碰过那对青铜枕，毕竟刘坎山跟他爹的关系很好，前来吊唁也是情理之中的事。

而昨天夜里的梦魇，也许是因为去地窖动了石匣的人并非高小伟，而是刘坎山。之前谈庚旺发现地窖里的石匣被人动过，他第一反应是高小伟，因为这院子里只有他们两个人，既然不是他，那就一定是高小伟。现在看来，他可能是先入为主了。与他家一墙之隔的刘坎山如果想要进来也十分方便，小时候他就曾经翻墙去隔壁玩。

想到这里，他便问道："小伟，你是不是又动了地窖里的石匣？"

高小伟一听，尴尬地挠了挠头，嬉笑着说："庚旺哥，我就是好奇，但是我没打开，那玩意儿还挺精密的。"

谈庚旺蹙眉，看来动了石匣的还是高小伟，那刘坎山为什么也会梦魇？可随即谈庚旺又想通了，看来他再次犯了主观主义错误，那石匣高小伟动过，不等于刘坎山没动过。

"庚旺哥，你咋咧？是不是不高兴咧？你别那么小气，大不了我以后不动那破石头匣子咧。"高小伟见谈庚旺一直在愣神便以为是自己偷看了那石匣，结果惹得谈庚旺不高兴。

谈庚旺看着一脸认真的高小伟，他俩是光着屁股一起长大的好哥们，他当然知道高小伟从小好奇心就重。"说啥咧，我咋会生你气咧。就是以后你别动那石匣，否则又得像前天晚上似的做噩梦。"

"啥，前天？"高小伟并不知道自己已经睡了一天一夜。谈庚旺将那晚的事情原原本本地告诉了高小伟。高小伟听后啧啧称奇："庚旺哥还是你精明，分析得头头是道。当初我就说了，你是咱全镇上最聪明的人，要不你咋能考上大学咧。我以后可不敢再动那石匣咧，我说我肚子咋唱空城计呢，原来我睡了一天一夜。"

谈庚旺也很无奈，他把前天的事情一五一十地告诉给高小伟，他的重点是想问祁光宗的来历，可高小伟的关注点明显没在那上面，高小伟更关注刘坎山吃乌鸦的时候到底有没有吐毛。谈庚旺只得无奈地再次问道："你到底认不认识那个叫祁光宗的？"

高小伟连忙点头："认识，认识，镇上干我们这一行的没有不认识他的，听说他在省城也很有名气。他有个工作证，看兵马俑都不用花门票钱。庚旺哥，我说你咋不叫醒我咧，要是能认识他，我可有面子咧。"

谈庚旺心里稍安，看来祁光宗并没有撒谎。如果他所言非虚，那么为什么两年前就有人提到过这石匣以及谈家？不想了，想了也没有结果。倒是得先给高小伟做饭，他睡了一天一夜，只怕肚子饿得紧了。

吃过了饭，高小伟和谈庚旺去给谈老汉上坟。谈老汉葬在村后的土坡上，那里都是各家的老坟，平时并没有什么人上去，只有清明和年节的时候，各家各户才会去上坟。

穿梭在大小坟包中间，谈庚旺突然有了一种别样的思绪。人——小孩，大人，老人。坟——新坟，老坟，有碑的，无碑的。人活着其实就是一种传承，周而复始，一代又一代。所以他爹起死回生的时候说，那对青铜枕是他们谈家最大的秘密，现在想来，他爹是不是要把那对青铜枕传承下去的意思？

等等，他怎么之前没有想到。他爹说那对青铜枕是他们老谈家最大的秘密。这话他一直百思不得其解，只认为他爹让他搞清楚那对青铜枕的来历，可他没想过他爹这话还有另一层含义。他们老谈家最大的秘密，那是不是就意味着，之前这对青铜枕就已经与谈家有了联系？祁光宗的那位故人，不也是两年前就提到了青铜枕和谈家吗？

那边谈庚旺正想得出神，一旁的高小伟却拉了拉谈庚旺的衣襟。谈庚旺看向高小伟，问了句："咋咧？"只见高小伟面无血色，神情紧张地指了指前方，谈庚旺顺着高小伟手指的方向看去，就见不远处的树上乌漆墨黑的一片，远远看去密密麻麻的，直让人起了一身的鸡皮疙瘩。

　　高小伟说了一句："这群老鸹居然又跑这咧。"谈庚旺看着那满树的乌鸦，就见那群乌鸦正用警惕的目光一同注视着他们，那一双双黑豆般的眼睛，仿佛要洞穿他们的身体，将他们生吞活剥了。这眼神跟他梦里见到的如出一辙，越看越觉得瘆得慌。而那群乌鸦不偏不倚，正好都落到了谈老汉坟头的那棵歪脖子树上。

　　邪门，很是邪门。都说动物有灵性，它们不可能无缘无故地集体栖息在老谈家。谈庚旺觉得还是自己的学识不够，眼前有越来越多的事情他无法解释了。看来以后他空闲的时候要多去图书馆里看看书。

　　高小伟看着手里拎着的供品，觉得不能这个时候尿了，于是心一横，继续向前走去，心里却是战战兢兢的。谈庚旺跟在后边，心里也直打怵，毕竟那晚之后院里的乌鸦集体失踪了，因为乌鸦长得都一个样，他此时也不能确定这树上的乌鸦，是不是他家院里的那群。可若是的话，那晚刘坎山确实是弄死了一只乌鸦，还拧下了那只乌鸦的头，也不知道这群乌鸦会不会如梦境里般袭击他们。

　　两人蹑手蹑脚地上了供，又给谈老汉磕了头。整个过程中，树上的那群乌鸦都紧盯着两人的一举一动，虽然没有任何动作，但总给人一种伺机而动的感觉，似乎下一秒它们会群起而攻之。

　　待上完了香，两人方才舒了一口气，如释重负般起身收拾东西准备走人。可就在这时，一只乌鸦飞了起来，两人被吓了一跳，以为这只乌鸦是要袭击他们，于是两人赶忙退了一步。高小伟更是捡起了一旁的石头，做出了防御的动作。却不想又有几只乌鸦飞了起来，高小伟二话不说，扔出石头就打向了乌鸦。显然现实中的高小伟并没有乌鸦的速度快，一击不中，反倒惹怒了那群乌鸦。

顷刻间一群乌鸦惊起，冲两人飞了过去。两人见势不妙撒腿就跑，但两条腿的人哪里能跑得过长着翅膀的乌鸦。于是两人后脑勺被乌鸦啄出了好几个大包，痛得直咧嘴。事后两人反思，那群乌鸦兴许也没想攻击他们，只是他们与乌鸦皆存戒心。那几只乌鸦不过是想离开，却被高小伟扔了石头，于是便一石激起千层浪，乌鸦们倾巢动动，攻击了他们。

　　回到了家，谈庚旺觉得无论如何都要解开石匣内青铜枕的秘密，否则他的生活便会一团糟。他将青铜枕拿在手里，又开始推演了起来。这次有高小伟的帮助，倒是事半功倍，高小伟毕竟也是上过高中的。两人从中午算到了下午，又从下午算到了深夜，可不论他们怎么推算，那青铜枕上的夔纹都无法正确组合起来。

　　做了一夜的无用功，谈庚旺和高小伟决定先睡一觉待醒后再说。有了祁光宗给的药丸，两人倒是没再梦魇，可谈庚旺夜里还是做了一个梦，一个繁冗的梦。他梦到自己成了一个黑衣的刺客，手持一把寒芒利刃的大刀，追着一个穿着清朝官吏衣服的男人，直到将那男人追到了井旁，并让那男人交出手里的东西。

　　那男人没有就范，于是他用力一击，手里的刀透过那男人的身体，那男人身体后仰，头下脚上地掉到那口井里，井水瞬间被血水染红。他搬来一旁的石磨压住了那口井。之后他又莫名其妙地变成了那口井，他看着那井里的水一点点干涸，井里的尸体慢慢被淤泥掩埋。

　　之后井边多了一户人家。男人围着井边干活，女人蹲在井上洗衣服，孩子们则围着井边玩耍。时间一年年地过去，冬去春来，隐秋夏至，井边的人不断变化着模样。后来他在井边看到了他爹和他娘，还有小时候的他。

当他从梦中醒来之后，恍如隔世，仿佛已经过了几个世纪。他看着镜子里的自己，虽然容貌年轻，可心已垂垂老矣，那种无法言说的落差感让他好半天没有缓过神来。他看着地上自己的影子，想着昨天的那个问题。人生而复死，从嗷嗷待哺到满是坟头草的硬土包，连百年都不到。而他这辈子是谈庚旺，上辈子可能就是那杀人的黑衣刺客，抑或是一口装了尸体的枯井。

谈庚旺记得，《子不语》中有这样一个民间传说。四川的酆都县有一口井，那便是人鬼阴阳的交界之处。因这县里每年都会安排人焚纸钱帛镪投于此井，花费颇高，称之为"缴纳阴司钱粮"。如有人吝啬不烧，则必定会发生瘟疫。

后来有一个叫作刘纲的知县到了酆都县上任，听说此事后下令禁止，老百姓自是不敢听令，唯恐瘟疫横行。这县令却坚持己见，于是老百姓便提议道："刘大人你若执意如此，那就跟鬼神说明一下，我们方敢同意。"刘县令便问当地百姓："那鬼神又在何处？"百姓回答："那方古井就是鬼神的居所，但是从来没有人敢去。"

于是这刘县令命手下取来长绳，将自己和他门客李诜绑缚再坠入井中。进入古井中五丈（16—17 米深）深后突然由暗转亮，甚至开始有灿烂的阳光。两人看到了城楼宫室，倒跟阳间的几乎一模一样。只是这鬼城之中的人身形矮小，且没有影子，还是双脚离地凌空行走，鬼城的人根本就不知道什么叫作"地"。

原来生与死，不过是一井之隔。井外是活在阳光下鲜活的一家人，井内却是暗无天日、惨死异乡的枯槁干尸。这一口井像极了中国的传统阴阳鱼，井外是阳，井内为阴。只隔一个井壁却是相隔阴阳。

阴阳，突然间谈庚旺好像想到了什么。他猛地一拍额头，他怎么早没有想到。他快速拿出纸笔重新演算，很快便得出了结果。他再用演算后的方法推动青铜枕上的夔纹，这次那些夔纹终于归位，并在枕中处弹出了一片竹简。

第五章　乾坤所指

原来这青铜枕的开启方法与那石匣正好相反。一凹一凸，还真是一阴一阳，所以推演方法也是背道而驰的。他若早一点想通这些，也许又要省去好些时间。

再说那弹出的竹简已经呈深棕色，不知用了什么工艺处理，才能在这青铜枕里保存经年。且上边依稀能看到有些字迹，那些字都是一些繁复的古文，即便他是学历史的，也无法辨认其中的内容。他只得将那些字抄在纸上，等着回西安后再请教他们大学里的老教授。做完了一切，他又将竹简小心翼翼地放回到了青铜枕内。

这几个字，便是这青铜枕内的乾坤，只是不知道这枕内的密书又会将他指向哪里！

找到了竹简之后，谈庚旺便坐不住了，他跟高小伟商量了一下，就起身去往西安。一路上舟车劳顿，待到了西安已经是第二天的早上了，两人下了车便直奔谈庚旺的学校。

吕教授在我国古代文字研究领域有着极深的造诣，谈庚旺通过自己的导师联系上了吕教授。两人拎了些蛋糕、水果，便去了吕教授的家。进门后寒暄几句，就将字条给了吕教授。吕教授一看那字条便来了兴致，先是追问上边的字是从何处抄写而来。

谈庚旺不想青铜枕之事被太多人知晓，便胡乱说了一个理由。只说邻居家迁坟，挖出了竹简，那竹简见光便风化了，现在已经碎成了粉末。这几个字是他在竹简出土后凭记忆写下来的。

吕教授听后大失所望，只道可惜了，要是这竹简还在，拿过来让他研究一二，没准能改写一些古代文字的历史。

谈庚旺听后更为疑惑："这几个字竟然如此不同？"

吕教授立马回道："当然不同，是大不同，大大的不同。这字是上古的文字，曾在一些壁画中出现过，你是学历史的应该知道，中国历史上有一段空白，至今国外一些人都在质疑我们的文明，就是因为那段时间的历史并没有文字考证。但这些上古的文字，早随着时代更迭退出了历史舞台，如今居然出现在了竹简上，那意义当然非比寻常。"

谈庚旺点了点头，竹简在商周时才开始使用，若竹简之上记有上古文字，那就意味着那段空白的历史并不是无证可证，这不只会改变我国古代文字的历史，其意义其实更为深远，这也难怪吕教授听后会如此惋惜。说完了这几个字的来历后，吕教授便下了逐客令，原因是他已经迫不及待地要开始研究这几个字了，谈庚旺和高小伟只得先行离开。

因为正好是放假，宿舍里没人，谈庚旺跟宿舍的管理员阿姨打了招呼，便和高小伟住进了宿舍里，想着等上一两天，吕教授那边就会有结果了。但他们俩低估了那几个字的翻译难度，而吕教授为此还专门去了一趟北京，只是当时吕教授一心扑在研究竹简文字上，却忘了告诉谈庚旺自己的去向。

这边谈庚旺和高小伟等了两天，并没有等来吕教授的答复，两人便去吕教授家打听情况，结果却被告知吕教授出门了，归期不定。两人很是失落，却也无可奈何。吕教授本就是知名学者，平时忙得很，一时间把他们这点小事给忘了也是难免的。

两个人无所事事，在高小伟的怂恿下，两人便去了旧物市场。那个时候的旧物市场都是自发形成的，规模不大，多半是在一些公园附近。高小伟在旧物市场上看中了几个小玩意儿，东西不大，也很不起眼，但就连谈庚旺都能看得出，那些东西有些年头了。那时候老百姓的文物意识不高，只当那些东西是常年不用的破烂，却不想正是那些被他们弃如敝屣的破烂，几十年后会在拍卖会上拍出天价。

两个人边走边逛，高小伟的眼睛里看到的都是商机，谈庚旺却满市场地找跟青铜枕有关的东西。两人逛了小半天，却在准备回去的时候遇到了一个熟人。

谈庚旺没想到在这里能遇到祁光宗，他原本是想等吕教授研究出那几个字的含义之后，再给祁光宗打个电话，却不想他们就在这儿遇到了。祁光宗表现得很淡定，高小伟却异常热情，一口一个祁大，还非拉着祁光宗去吃饭，美其名曰是感谢人家。

谈庚旺手头拮据，高小伟这两年淘弄老货倒是挣了些钱，再则那天的事确实要感谢祁光宗，于是三个人一起去了一条老街吃小酥肉。这家店里的小酥肉很有名，谈庚旺之前也来吃过。此时不是饭口，所以店内的人并不多，几个人坐下之后，祁光宗便问起了两人为何来了西安。

谈庚旺是个明白人，他怎么会看不出来祁光宗是问那青铜枕的事，只是碍于彼此还不熟悉便找了个话题好往那上边引。既然祁光宗也是受人之托，他也想打听一下祁光宗那位故人的身份，于是便将如何打开青铜枕，得到枕内竹简，后又来了西安，想要弄明白竹简上那几个字的含义的事说了一遍。

祁光宗一听陷入了沉思，只道那石匣和青铜枕确实精巧得很。言语中祖露出对那石匣以及石匣内的青铜枕都充满了兴趣，这倒是让谈庚旺对此人印象加分了不少。不论从职业角度，还是出于正常人的好奇心，只要听说了石匣和青铜枕的事，都是难免想要亲眼见上一见，可祁光宗上次到了他家始终没有提过一句想看的话，想来是怕给他造成困扰，可见祁光宗行事十分有度。

祁光宗又说道："那竹简上的字你可记得怎么写？写出来我瞅瞅，没准能蒙出个一二来。"

谈庚旺找来笔纸，依样画葫芦，将那几个字又写了一遍。谈庚旺的记忆力很好，这一笔一画间几个字倒是临摹了个九分像。祁光宗看着纸上的几个字，再次陷入了沉思。等小酥肉都上了桌，祁光宗才说道："这样的文字我之前见过，可一时半会儿我又想不起来在哪儿见过了。不过我知道这是很古老的一种文字，即便是在当时，也并没有大范围地使用，所以留传下来的文字记载甚少，只怕想要破解这几个字的意思难度不小。不过你们算是找对了人，吕教授在这方面确实是行家，要是这些字他都不知其意，只怕这世上就没人知道这些字的含义了。"

"那现在看来，我们只能等吕教授回来了。"一旁的高小伟说道。祁光宗则说道："眼下也只有等了。"

吃过了饭，祁光宗问两人在哪儿住，两人自是说住在学生宿舍里。祁光宗便提议让两人去他家里住，一来现在是放假学校食堂没有开放，二来他还有别的事要说，这里人多眼杂，倒不如去他那儿小住，说起话来也方便些。

谈庚旺和高小伟商量了一下，觉得住在宿舍里确实不便，于是三人先去宿舍取东西。当时大学院校，可是所有人心之向往的地方。之前高小伟第一次进入校园的时候，便如同刘姥姥进了大观园似的，嘴里不断念叨着，若是当初他再努力一点，兴许现在也成了大学生。可高小伟嘴上是这么说，表情却没有多少遗憾，毕竟人各有志，高小伟上高中之后压根就没有想上大学的心。若说高小伟是假矫情，那祁光宗便是真遗憾了。他看着校园里的一草一木、一砖一瓦无不叹息："老头子我要是晚生个几十年，兴许就赶上好年景了。"

走着走着，祁光宗突然回了头，他盯着刚才与他们擦肩而过的人的背影看了很久。高小伟见祁光宗停下了脚步便问他："咋了祁大？""没事，就是看那小子眼熟，好像一个人。"高小伟不以为意，说道："兴许也是这学校里的学生。"祁光宗却说："不可能，那人我若没记错，应该是这一片的闲痞，可他平时都是在老街一片闲逛，怎么还跑到学校里来了？"

这事不过是个小插曲，并没有引起几人的注意。可当几人到了宿舍之后，谈庚旺一眼便瞅见宿舍的窗户打开了。他记得走之前明明关了窗户，他想着难道是有舍友回来了，结果进了宿舍，就见里边一片狼藉，东西被扔得到处都是，明显是进了贼。高小伟喊着要去报警，祁光宗却拉住了他，说道："别急着去报警，先去其他的寝室看看有没有被盗。"

还是祁光宗的社会经验丰富，打他看到那个闲痞的时候心里就已经犯起了嘀咕，后来谈庚旺说宿舍窗户开着时他的心里已经有了不好的预感，当他进来后立马就看出来这不是一桩普通的盗窃案。这贼目的明确，就是奔着谈庚旺而来的，否则谁会在放假的时候跑到学校来盗窃，还是在光天化日之下。都说穷学生穷学生，这个道理哪个贼心里会不清楚？他若是没猜错，那贼就是与他们擦肩而过的闲痞。

谈庚旺也看出了情况不对，他和高小伟查看了一圈，其他寝室并没有被盗。他们带来的东西都不值什么钱，唯一值几个钱的就是他的一块手表，那是他大二时参加辩论赛获得的奖品，可那贼并没有把表带走，可见那贼不是冲着钱财而来的。谈庚旺身上没有钱，高小伟身上倒是带了些钱，可这小子一直都把钱放到裤衩的兜里。既然没有财物，那这贼又是冲着什么来的？难道是青铜枕？

等谈庚旺回来的时候，祁光宗便问他："你咋个想法？"谈庚旺苦笑了一下："我觉得就不用声张了。本身让小伟住在咱们宿舍就是违反规定，而且这也没丢什么，收拾收拾就行了。"高小伟倒是没多想，他素来是听谈庚旺的。

祁光宗点着头："小伙子不错，大学生就是不一样，比同龄人通透内敛得多。我想今天这事就是刚才那闲痞干的，至于他为什么而来，想必你也能猜到几分了，所以这事不宜声张。当然这事也不能就这么算了，老头子我虽然不常在这西安，却总在这片行走，认识几个狐朋狗友，等回去我就找几个人放出风去，谁要是在这里对你俩不利，那就是跟我姓祁的过不去。打今天起你俩就把心放肚子里，这事不会再有。不过古董这一行水太深，你俩行事还是要低调一些。"

祁光宗话只说了一半，他还得找人打听打听，那闲痞不会无缘无故找上谈庚旺，定是受了什么人的指使。

谈庚旺和高小伟把宿舍收拾好后，就跟随祁光宗去了西城。西城城墙下的一个小院，是祁光宗在西安的落脚地，院子挺大，里边有四间房，谈庚旺和高小伟住在靠外边的一间。安顿好了之后，祁光宗便出门买饭去了。谈庚旺又跟高小伟借了10元钱，屋子是借住的，但三餐不能白蹭人家的，可祁光宗死活不要。

晚上的时候祁光宗回来了，手里拎着一些熟菜和几瓶啤酒，可表情不似走之前那么轻松。谈庚旺一眼便看出祁光宗这是心里有事，但也不好多问，只默默地干活。吃过了晚饭，三人也喝了点酒，微醺，量不多不少，正好。祁光宗也打开了话匣子。

"今天的事就算是过去咧。"祁光宗的话算是点到为止，谈庚旺也听得明白，所谓过去了，就是他们不必深究，可对方也不会再找他们的麻烦，两边相安无事，这已经是最好的结果，否则那些人要真盯上了他们，以后也是个麻烦事。谈庚旺说道："谢祁大咧。"

祁光宗摆了摆手："这事儿完咧，可我还打听出一件事来。你家院中那口枯井里是不是挖出一具干尸，清代的？"谈庚旺点了点头："有这事，当时我不在家，我爹报了案，尸体当天就被人拉走了。祁大，那尸体可是有啥说法？"

"其实早些天我就听说了这事，那尸体不是被拉走了嘛。你们也知道，咱陕西这地界里哪朝哪代的古尸没有，文物局的人根本没把一具清朝的古尸放在眼中。拉走了之后就放进了库，准备等有空了再去研究。前几天医学院的人想要借一具古尸，他们才想起那具干尸，结果一看，尸体不翼而飞了。"

"啥？"谈庚旺和高小伟面面相觑，"尸体没咧？"

"丢了，说丢了也不太准确，当时那尸体被拉回去之后就没登记，记录没查到，尸体也没找见，最后弄了个连怎么没的都不知道。"祁光宗不免讥讽道，"那看门的和登记的都是找关系进的单位，根本狗屁不懂。丢了尸体还算是小事，据说之前还丢过更重要的文物呢。"

"祁大，要说有人偷石碑我能理解，可咋还会有人偷古尸咧，那玩意儿多晦气。"谈庚旺说道。对此高小伟更清楚一些："这你就不知道咧，保存完好的古尸也值钱。听说有人运到国外去展出，收门票咧。"

谈庚旺还是无法理解那些人的想法，这要是把古尸拿去做医学或是考古研究，确实有研究价值，可拿去展出就有些不道德了。那些古尸说白了都是老祖宗，就算你对祖宗不尊重，那对死者也应该有一分敬畏。不过人为财死，鸟为食亡。为了一点钱杀人越货的不占少数，更何况倒卖一具古尸了。但祁光宗不会无缘无故提到古尸的事，于是他又问道："祁大，那古尸跟青铜枕有什么关系吗？"

"这个目前还不清楚，我也是无意间听说的。"祁光宗欲言又止，其实他还打听到了那货郎的死并非单纯的意外，而是有人故意为之。而且最近一些捕风捉影的小事，貌似都与那石匣有关。可当时他并不知道整件事就如同一出迂回曲折的大戏，此时只是幕布刚刚被掀起。他若知道谈家这一个月来发生的事都与之后的事情息息相关，那他早就将所有的事情和盘托出，也许他们就会少走很多弯路。

到了第二天，祁光宗的小徒弟来到西安，顺便还讲了一件怪事。说是一伙盗墓贼想去挖一座新坟，结果掐算好了时间，刚一下铲子，那新坟边上的老树上便飞来了一群乌鸦。那几个盗墓贼胆子并不小，见乌鸦成群也没当回事，继续甩开膀子铲土，结果不知道什么原因，就惊了树上的那群乌鸦。那群乌鸦只怕在坟地里待得久了，也邪气得很，一群一伙地便攻击起了那伙盗墓贼。那伙盗墓贼也不是好惹的，抢起铲子就跟那群乌鸦对上了。一来二去，几铲子拍死了几只乌鸦，可那伙盗墓贼也没占到什么便宜，头上、身上被啄了不少的包，其中一个人的眼睛还被啄瞎了。

那伙盗墓贼彻底红了眼，一把火就要去烧那棵老树。不想那群乌鸦衔着树枝就把火给灭了。本来乌鸦就被惊了，这下又红了眼，向那伙盗墓贼发起了猛烈的攻击。

那小徒弟说的是吐沫横飞，手舞足蹈，好像他当时就在场似的。总之最后乌鸦虽有不少的伤亡，可那伙盗墓贼则彻底失去了战斗力。

最初谈庚旺和高小伟把这事就当个笑话听，可听着听着，一想到满树的乌鸦和新坟，立马就意识到了什么。谈庚旺拉着那小徒弟的手问道："你说的可是石头峪镇的大丘村和小丘村中间的那片坟地？"那小徒弟点了点头："对，对，你也听说咧？"谈庚旺一脸的悲愤，他爹的坟差一点就被人挖了，那伙盗墓的肯定是冲着青铜枕去的。于是他百感交集地说道："不行，我得给家里去个电话。"

第六章　掩人耳目

祁光宗就近借了一个电话，谈庚旺把电话打到了村里。这一打电话不要紧，家里人正四处找他呢，昨天已经把电话打到了学校，却得知谈庚旺和高小伟两个人刚刚离开。

电话里谈庚旺听到了另外一个版本的事情始末。一伙疯狂的盗墓贼为了烧保护坟地的乌鸦，放了把火，结果乌鸦没烧成，却引起了山火，这才惊动了村民赶来救火。村民们赶到的时候，山火只烧了几棵枯树，倒是没什么大碍。而那伙盗墓贼连人带工具都被抓了个现行，他们称是为了偷盗女尸配阴婚。

谈老汉坟边的歪脖子老树并没有着火，家里人找谈庚旺是因为谈家二娘去帮谈庚旺家里喂猪，结果就发现他家里招了贼，屋子里的东西被翻得到处都是，但好在电视机和半导体以及饼干盒底藏着的30多元钱都没丢。

此时的谈庚旺舒了一口气，家里也被盗了，看来那伙人还真是冲着那对青铜枕去的。好在他临来前把那对青铜枕放到了一个安全的地方，他当时也不是为了防盗，只是怕刘坎山再去碰了那石匣，万一再梦魇出什么事可就不好了。

那伙盗墓贼也着实可恨，祁光宗的徒弟跟他们是同行，所以知道他们的目的是挖坟。可村里人不知其中门道，还真信了那伙人是为了卖尸体配阴婚。谈庚旺暗暗想到，他得想个法子，让那伙人彻底打消那个念头。

虽然谈庚旺把青铜枕藏得很好，但他还是准备回家一趟。他把这事跟祁光宗说了，祁光宗想了想，便叫小徒弟骑了辆摩托车，送谈庚旺回家。这里离谈庚旺的家也有200多公里，但大客车只有早上一班，坐了大客还要倒小客，这一去就得一整天，还真是摩托车快些。

祁光宗的小徒弟叫二毛，二毛也是苦命的孩子，根本不知道自己的身世，只知道自己是被人扔到了乱坟岗。祁光宗将他捡了回来养大，自然而然就跟着祁光宗当了徒弟。虽然二毛是个孤儿，可祁光宗将他养得很好，所以他性格开朗，甚至有些话痨。

"哥，我跟你讲，你觉得挖你家祖坟的人缺德，我和师父也是干这行的，但我和师父可不一样，我们可是讲规矩的。我师父可厉害着呢，他能从书上，甚至一个民谣里分析出一个隐秘的古墓在哪儿，我们就只下这样的墓。墓你懂不，不是坟。墓是古代有身份的人的，坟是咱穷苦老百姓的。我师父说就算是饿死，也不能祸害老百姓。但有的人就不一样了，他们可能是封建剥削阶级，他们的钱财都是搜刮咱穷苦老百姓得来的。那群撒尿十的事叫缺八辈子的德，我们这是还富于民……"

一路上二毛迎着大风黄沙，吹得头发都根根竖立却还吐沫横飞地说起个没完。可落到坐在后边的谈庚旺耳朵里没留下几个音，大多是嗡嗡的风声。谈庚旺也只觉得好笑，二毛的行为就是典型的五十步笑百步。这也不怪他对二毛有些意见，谁让他爹的坟还差一点被他们那一行的人给祸害了，老百姓对于这种情况是很难赞同的。

200多公里的路，两人骑了小半天就到了，中间二毛还加了油。看二毛的熟练程度，想必这条路他并不是第一次走。谈庚旺进了院子便看了一眼自家的猪圈，发现猪圈里的猪膘肥体壮，猪粪被清理在了一旁，一切如常。屋子里传来二娘的哭声，二娘是个没主意的农村妇女，见谈庚旺家被盗，就觉得是自己没给人家看好院子，此时正心中忐忑地擦着眼泪，一旁还有几个好心的邻居在劝着二娘。

谈庚旺进了屋子跟大家打了招呼后便直奔地窖，没一会儿工夫又跑了出来，然后对着院子里擦摩托车的二毛喊道："石匣不见了，怕是被人偷咧。"二毛一头雾水，祁光宗交代他要将人好好地送回去，再好好接回来，可没提什么石匣的事儿啊。"啊？"二毛道。

谈庚旺一拍大腿，坐在自家门口捂着脸便哽咽道："我合计把那石匣卖了，能卖200元钱，正好够我在学校附近租个房子等分配，这下好咧，200元钱没咧，只得卖猪了。"二毛眉毛拧成了一个川字，虽然不知道到底发生了什么，还是去安慰了谈庚旺："哥你别急，不就是200元钱吗，不行我找我师父借给你。"

二娘和邻居们一听丢了个什么石匣，能值200元钱，一下子就跑到了院子里，七嘴八舌地问着，到底是个什么石匣。谈庚旺便把自己捡回来一个石头匣子，又从里边找出了两个青铜枕，后来那对青铜枕又差一点成了谈老汉的装老枕的事简单地说了一下。大家恍然大悟，谈庚旺家在村里不算富户，却无缘无故地招了贼，而且没丢钱财也没丢电器，却只是丢了一个老货。

大家也只得劝着谈庚旺，那东西本就是捡来的，现在丢就丢了，就当压根没捡到过。谈庚旺也只得点着头，感谢大家的关心。一旁的二娘却哭得更厉害了，她记得谈老汉起死回生时说的话，那对青铜枕连着石匣都丢了，这都是她的错。

一时间院子里热闹得很，直到谈庚旺将好心的邻居们都送走了，二毛跑去上厕所的时候他才对二娘说："二娘，东西没丢。"二娘乍一听以为谈庚旺在宽她的心，先是愣了一下，接着哭得更大声了。谈庚旺有点手足无措，他一回来就见一屋子的人，他也就没提前跟二娘说一声，方才让二娘白上一次火。

"二娘，我没骗你，那东西真没丢，我那么说就是为了掩人耳目，要不那伙人只怕是连你家还有三爸家都祸害了。"二娘擦干了眼泪，见谈庚旺的表情不像是在撒谎，便又问道："那东西你没放地窖？"谈庚旺笑着回道："我咋能把东西放地窖，那地窖就在人眼皮子底下，我是把东西放在了一个谁也找不到的地方，你放心，刚回来的时候我看过，那伙人没找着。"这下二娘才放下了心，下地去给谈庚旺做饭去了。

谈庚旺便和二毛住了下来，夜里谈庚旺见二毛睡了，便偷偷进了猪圈。一阵不知名的风吹过，黑树发出阵阵奇怪的声音，站在院中望去，又像是一个挨着一个的巨大的怪物，即将把整个世界吞噬。谈庚旺在里边鼓捣了半天，才抱着一个布包回了屋。整个过程都十分小心谨慎，可这一切还是落入了院子外一双贼溜溜的眼睛里。

第二天谈庚旺把家收拾了一下，就带着谷子上了坟山。临走的时候谈庚旺和高小伟还来过坟山，现在一看，四周光秃秃的，寸草皆为灰烬，只有他爹坟头上的歪脖子老树还在，而且枝繁叶茂。一边依旧是成群的乌鸦落在树上，远远一见，如黑色屏风，看得人心里压抑，不敢轻易靠近。

二毛比较迷信，上来就便左拜右拜的。谈庚旺先是给谈老汉上了香，又将谷子倒在了地上。他对乌鸦说道："还得谢谢你们咧，要不是你们，只怕我爹死了都不得安宁。"说完他拱了拱手。那群乌鸦像是听懂了谈庚旺的话，也做出了与他冰释前嫌的动作，三五成群地飞下来吃起了谷子。

这群乌鸦已经被这附近的村民封了神，有叫鸦兽的，也有叫镇墓兽的，叫法不同，但都说是这群乌鸦护住了这坟山，护住了这附近几个村的祖坟，所以每每来上坟祭奠，都会带些谷子，还会系一根红线在那棵歪脖子树上。此后远远一看，红色布条随风而动，但颜色的改变，并没让那片坟山看上去更亲和一切，反而让人更加望而生畏，倒是连供果都没丢过了。

上过了香，二毛看谈庚旺的眼神就变了，带着几分好奇，还带着几分探究以及几分崇拜。"哥，没想到你也是个高人哪，那群乌鸦能听懂你的话，怕是你专门养来给谈大守坟的吧，哥，你这本事教教我呗。"

谈庚旺当然说没有此事，乌鸦许是饿了，见了谷子自然飞下来吃，并不是听懂了他的话。二毛却说："乌鸦通灵，再则这坟山都烧秃了，就只有那一棵歪脖子树没烧，要不是你让它们守在那儿，它们为啥不飞走，非在一棵树上挨饿？"对此谈庚旺也解释不通。二毛又说："我师父说了，很早以前有些人练习了一种本领，叫驱兽，能让百兽听他们的话，为其左右。"谈庚旺觉得二毛的思想有些跳跃，总是能臆想到一些乱七八糟的事儿。

回了家谈庚旺把猪赶到二爸家，告诉二爸和二娘，他得在学校附近等着分配的消息，然后还得报到实习，恐怕得过年才能回来了。二爸、二娘免不了又叮嘱了几句，最后拿出 100 元钱，让他在城里好好上班，要是钱不够花就给家里来个电话，虽然谈老汉走了，但他还有二爸和三爸。谈庚旺心里五味杂陈，一步三回头地上了二毛的车。

上路的时候都已经下午了，约摸着天大黑了才能回到祁光宗那小院。谈庚旺回来的时候只带着一个绿色的老式书包，走的时候则大包小包地带着不少的东西。而他斜挎着的绿色背包里则被什么东西塞得鼓鼓的。

摩托车一路颠簸，很快就到了无人的坡路，坡的四周都是黄土，坡的另外一边是个断崖，谈庚旺当初就是在那儿捡到的石匣。二毛依旧迎着风说着什么谈庚旺根本听不清的话，还时不时地吐一吐嘴里的黄沙。可车子刚要下坡，谈庚旺就感觉车子一顿，然后车子便划着诡异的弧度，向着山坡的一旁而去。按照这个走向，只怕车子要掉下山坡。山坡之下只有一米多宽的山路，山路的右侧就是断崖。根据车子的惯性，车子若滑下山路，必会摔到断崖之下，那样的话只怕两人小命不保。

二毛人虽小，动作却十分敏捷，就在车子侧滑的时候，他一把拎起谈庚旺的行李往车轱辘下一扔。因为是下坡，行李没能阻挡住车子的下滑，但也减慢了车子下滑的速度。给了车上两人反应的时间。

二毛喊了一声："哥，跳！"谈庚旺虽没听清二毛喊了啥，但也知道纵身一跃，可此时车子已滑到了坡下的黄土路上，又直接掉下了断崖。而两人先是重重地摔了一下，接着也向着断崖滑去。断崖下传来一声巨响，接着便火光冲天。

谈庚旺心道不好，好在二毛手里不知什么时候多了把短刀。只见他一边脚刨地阻挡下滑的速度，一只手里的刀还用力地钉在了地上，另外的一只手则拎着谈庚旺的衣领。两人的身体重力使得刀在地面上划出很深的沟壑，一米多宽的土路很快要就钉到尽头了，就在谈庚旺的脚已经腾空之时，两人终于停了下来。

二毛迅速地爬了起来，起来后便拉着谈庚旺也起身，嘴里还急切地说道："哥，咱俩得快点上去。"认识两天，谈庚旺还是头一次看到二毛如此紧张的神情，可见事情的严重性，他也快速地爬了起来。好在二人的动作够迅速，可还没等两人跑出去多远，前路便被几个人拦住了。

这些人皆穿着老旧的工厂制服，皮肤黝黑，二三十岁的样子，看着面生得很。"站住！"带头的喊了一声，听口音不是西北的人。接着几人亮起了家伙，有长有短，明晃晃的，一看就是有备而来。

二毛咧嘴一笑："大哥，有话好好说，不用亮家伙，你要劫财还是劫色？"这一句话差点没把谈庚旺给弄笑了。若说劫财，刚才掉到山崖下的摩托车倒是值几个钱。可若说是劫色，那就有点无中生有了。他们两个大老爷们，又不是大姑娘，劫哪头的色。

带头的明显不想节外生枝，也没工夫跟二毛闲扯，他晃了晃手里的刀，用刀尖对着谈庚旺说道："闭嘴，把你这挎包给我。"谈庚旺看了二毛一眼，手死死地护着挎包。那人见谈庚旺并不就范，又上前了一步，喊道："你这是不见棺材不落泪啊，识相的把挎包交出来，我们留你一条活路，否则我把你俩从这上边扔下去。"

谈庚旺回头看了一眼山崖下已经烧成铁架的摩托车，心里有些松动。"大学生，可别干那舍命不舍财的傻事儿，这东西你留着也没啥用，还不如给我们。"带头的继续催促道。

这时二毛终于反应过来了，他看着谈庚旺说："哥，我才想明白，你不说那个啥枕的被人偷了吗，难道你是在骗人，东西就在你这挎包里？"谈庚旺有些不好意思地看向二毛，露出一个尴尬的笑容，却是一句话也没解释。眼下四拳难敌众手，他们两个肯定不是这些人的对手，于是他便准备把挎包交给对方。

可这时二毛按住了谈庚旺的手，表情凝重地说道："哥，不能给他们，他们手里的刀都带着血腥味，都是亡命徒。要是把东西给他们了，咱俩更没有活路了。再说我师父让我好好地把你送回来，再好好接回省城去。这两个好字，第一个好是你的人要好，第二个指的就是你身上带的东西要好。这两个好一个不能少，你人和东西也一样不能少。"

话音刚落，二毛已经冲了上去。带头的没想到二毛人小，个儿小，身子还瘦，却有这样的爆发力，一点心理准备都没有，就被二毛拿下了手里的家伙。接着二毛一个飞脚，将那人踹了个人仰马翻。几个人见同伙吃了亏，也都扑了上去。二毛说得没错，这伙人都是亡命徒，个个动作敏捷，刀刀都直奔要害。

谈庚旺也冲了过去，从地上捡起被二毛踢过来的刀。这时一把刀划了过来，拿刀人作势就要抢挎包。那人本想着谈庚旺是个文弱书生，结果谈庚旺一脚踹了过去，却是踢开了那刀。谈庚旺倒是没正经练过，但架不住高小伟痴迷于此，再加上高小伟上学那会儿，没少惹是生非，这打架的次数多了，谈庚旺多少也学了几招，虽然也不是那伙亡命徒的对手，但总不能看着比自己小的二毛冲上去，自己在一旁傻站着。

二毛确实有两下子，一个人能跟好几个人缠斗，现在谈庚旺算是明白了，祁光宗这是未雨绸缪，让二毛来不只是为了开摩托，还为着保护他。你来我往，就见刀锋划过来，划过去，看得谈庚旺心惊肉跳，一个不留神，差一点被人捅上一刀。他惊叫一声，险险地躲过，却不想这一声让二毛分了神。带头的一脚踹到了二毛的膝盖上，二毛脚一软的工夫就被一群人给按在了地上。

带头那人脸露凶相，厉声喊道："还敢跟老子动手！"说罢夺过二毛手里的刀，就要下死手。这时谈庚旺喊了一声："放开他，我把挎包给你们。"带头的拎着二毛的衣领。二毛的身上已经挂了彩，血混着身上的黄土，看上去十分狼狈。二毛虽处于下风，嘴却不服软，直喊道："哥，别管我，快跑。跑回去告诉我师父，让他给我报仇，他们这群尿货一个也跑不了。"

第七章 故布疑阵

带头的一刀柄便挥了过去，打得二毛头一歪，头上的血顺着头发和脸颊滴到了地上，一滴滴刺痛了谈庚旺的心。他顿时红了眼眶，自己不过是捡了一个石匣，却惹出了这么大的灾祸。要是这祸事只找上他，他也没啥好说的，可他不想伤及无辜，连累二毛。

他将挎包摘了下来，对着那伙人喊道："放了他，包给你们。"说完他将手里的刀扔到了地上。可攻击他那人冲了上来要抢谈庚旺手里的包，谈庚旺抬腿就是一脚，直接踢到了那人的下体。那人痛得嗷嗷直叫。谈庚旺借机退到了山崖边上。

带头的见同伙吃了大亏，把刀架在了二毛的脖子上。"再不老实，老子把你们都弄死了。"二毛冷笑一声，一口混着血的吐沫就吐到了带头的人的脸上。带头的这下恼了，抬手又要打人。这时谈庚旺又喊了一声："我猜想要这东西的人不止你们一伙人吧，知道啥叫螳螂捕蝉，黄雀在后不，你们在这儿堵我俩，没准就有人在山崖下等着坐收渔翁之利呢。"

带头的一脸疑惑之色，他问谈庚旺："你这话啥意思？"二毛却在一旁说道："没啥意思，他吓唬你呢。"带头的立马呵斥道："你闭嘴，这儿没你事，你给我老实点。"二毛的话痨本质又体现了出来。"我说的是实

097

话，这下边根本就没有第二伙人。刚才我俩在那崖边的时候根本没见着人。"带头的一听这话，立马警惕了起来，示意一旁的人过去看看。

另外一个人小声地说道："老大，你说河南那伙人会不会又跑来截咱的胡。"带头的却说："不可能。那伙人根本没摸到门路。"谈庚旺原本就是想拖延时间，现在看来有机可乘，便又说道："对，就是那伙河南人，他们一直蹲守在我家附近。我原本以为你们是一伙的，但你们穿的衣服都不一样。"

另外那人问道："蹲你家附近的人穿着啥衣服？"谈庚旺哪里知道他们穿的什么，他不过是信口胡诌，但一想这些人常年在外，穿着肯定很普通，得耐脏，还不显眼，于说继续胡诌道："天黑没看清，深色的，反正又旧又破。"

带头的人又问边上的人："你们前两天看到那伙河南人了吗？"边上那人摇了摇头："没有。"二毛接话道："你傻啊，他们能让你们看到吗，他们躲你们还来不及呢。"带头的点头，觉得二毛的话有道理，可又一想，这二毛的话听不出风向，肯定是没安好心，于是又呵斥道："叫你闭嘴听到没，再多话，老子把你舌头割下来。"二毛不是三言两语能吓唬住的人，他非但没闭嘴，反而说道："那人我见过，卖过东西给我师父，别人管他叫二哥。"

一旁的人小声说道："大哥，那伙河南人里还真有个叫老二的。"带头的人骂了句脏话，好像又想到了什么问题，便问谈庚旺："你说这话啥意思？"谈庚旺眼睛一直盯着几人的动作，见带头的人问他，笑着回道："我的意思就是说，我现在把包扔下去，那包里的东西指不定会落到谁的手里。"说罢，他将挎包抡出去老远。那包在空中划出一道抛物线，然后向着山崖下掉去。

此时所有人的目光都被挎包吸引住了，带头的喊了一声："不要！"手已经松开了二毛。谈庚旺这时冲了过去，推倒了一旁的人，二毛也精得很，见状也跑向了谈庚旺。两人几个闪躲，直向那山坡下跑去。那几个人这才反应过来，有两个人撒腿想追，却被带头的人喊住："别追了，还是赶快下去找东西要紧。"

谈庚旺和二毛一路狂奔，见没人追来，两人才一屁股坐在地上喘口气。谈庚旺从衣兜里拿出手绢给二毛包扎，二毛倒是不以为意："哥，我没事，就是我没完成师父交给我的任务，要不等我歇一会儿，咱下去把那东西抢回来。要不回去我师父肯定得罚我。"

谈庚旺满心的感动，这二毛看着是个人精，可骨子里简朴的信念却是难能可贵的。他摇了摇头说："祁大不会罚你，他要看到你受了伤，心里肯定会难过咧。"二毛也固执得很："不行，那东西肯定很重要，咱还是去抢回来吧。再说了，你刚才没把我一个人扔下逃走，那就是把我当兄弟。是兄弟的，就不能看着你的东西被人抢走了。走，咱得去抢回来。否则我二毛丢不起这个人，以后还怎么在这道上混啊。"说罢二毛就要起身。

谈庚旺叹了口气，心里满是愧疚。这二毛不提摔到山崖下的摩托车，也不提身上的伤，只一心想帮他抢回东西，倒是他一直防备着二毛。打从宿舍被盗之后，他就知道自己摊上事了。后来又听说家里招了贼，他爹的坟山还差一点被人点了，他的心里便有了一个计划。

他故布疑阵，为的就是让那伙贼人彻底死心。可他还是低估了那伙人的疯狂程度，而且因为他一直不信任祁光宗和二毛，所以并没有把计划告诉给两人，结果差一点酿成大祸。刚才要是二毛有个三长两短的，他一辈子都不会原谅自己。

"二毛，对不起，我那包里根本不是青铜枕，而是两个砖头。"谈庚旺如实说道。二毛蹙眉，却直接喊道："砖头，那你说那啥枕呢？该不是真丢了吧？"可又一想，"不对，要是丢了，那伙人也不会在山坡上算计咱们了。"

谈庚旺点头说道："我放这砖头另有目的，原本我就是想着能引着那伙人跟我去西安，这样他们便不会去祸害我二爸、三爸家。现在看来，那伙人是不达目的不罢休了。"

"那是，他们都是亡命徒，东西没到手，能盯死你。要是你那挎包里是砖头的话，那咱还是快点跑咧，别等他们发现了再追上来。"说罢二毛跳了起来，拉着谈庚旺向前继续跑去。跑过一个土山头就到了另外一个村子。狼狈不堪的谈庚旺找了一家相熟的人家借宿，顺便给二毛处理伤口，只说是出了车祸。二毛都是皮外伤，简单包扎之后，又吐沫横飞地跟人家聊了起来。

这一宿两人睡得十分香甜，第二天两人体力恢复了不少，搭着村里办事的车去了镇上。到了镇上，算是到了二毛的一亩三分地。二毛把谈庚旺领到了一个院子里，又给谈庚旺找来一身衣服，让他自己洗漱一下，自己则骑着辆破自行车出了门。

到了傍晚的时候，二毛骑自行车回来了，拉上谈庚旺便走。谈庚旺问他做啥，他说要报仇雪恨。谈庚旺不知其意，只得坐在二毛自行车的货架上，跟着二毛来到了一个偏僻的院子。

这院子应该是谷厂，现在不是收公粮的时候，所以锁着门。二毛拍了一下门，便有人探出手来，将门锁打开。门"吱呀"一声打开。二毛和一脸疑问的谈庚旺进来后，门又被反锁上了。

开门的人比二毛大，却管二毛叫哥。两人在前头带路，将谈庚旺引到了后边的土坯房里。那一排土坯房已经塌了半截，另外半截则立在那儿继续受风吹日晒。此时墙边站着几个手拿着大西瓜刀的人，墙根下还蹲了几个人，面对着土坯墙，背对着谈庚旺。

待谈庚旺几人走近，二毛说了一句："都给爷转过身来。"拿西瓜刀的人踢了蹲墙根人一脚。蹲墙根的人才一点点挪动着身体转过身来。二毛啐了一口，又说道："给爷把脑袋瓜抬起来，一群屄货，这会儿咋没能耐了。爷昨天可说了，你要不弄死爷，等爷缓过气来，肯定轻饶不了你们。"

谈庚旺即便没看清人脸，也算是听明白了，蹲墙根的人正是昨天算计他们的那伙亡命徒。只见那伙亡命徒抬起了头，个个都是鼻青脸肿，带头的那人鼻子里还流着血，可见刚才已经被"修理"过了。谈庚旺蹙眉说道："二毛，人你也打过了，就送公安局吧。"

二毛拿出一把铁锹对着谈庚旺说："哥，你别心软，这是道上的规矩，今天我二毛要是吃了这哑巴亏，以后这帮人就得蹬鼻子上脸了。撒野也不看看地方，在这片儿地也敢动我们？我今天非打他们个半死，否则我二毛以后也别想在这道上混了。"说罢二毛挥舞着铁锹就冲了上去，谈庚旺说到底还是个本本分分的大学生，他哪里见得了这个，即便那些人动手在先，他也还是主张用法律来解决问题，毕竟只有法律才是正道，私刑则是歪门邪道。

他刚要上前阻拦，却见二毛嘴里放的是狠话，手上却有着准头，一铁锹下去，吓得那几个人抱头鼠窜，有的甚至趴在地上磕头求饶："二爷爷，你就高抬贵手，放我们一马吧。"二毛边挥铁锹边骂道："现在管我叫二爷爷了？晚了。"带头的腿被拍了一锹，痛得直叫娘，谈庚旺见二毛并没想要伤人性命，也就不再阻拦，因为他知道二毛这么做肯定有他的目的。

果然拍了几下后，二毛便问带头那人道："说，你们接了谁的盘子，敢跑来找我们的晦气？"带头的被打得不轻，虽都不是致命伤，但也吃了不少的苦头。见二毛这么问，却只道："二爷爷，搭桥的是西北老吴。具体是谁的盘子，我们也不知道。我们收了1000元钱，说是东西到手再给2000。"

二毛一脚踹了过去，道："屁，1000元钱你能给我俩下死套？"带头的被踹倒在地上，摔了个四仰八叉，嘴里吐出一口血沫子，又被刚才开门那小子来了一脚，踹回到了二毛的脚下。二毛抬腿，将人踩在地上，然后冷着脸问道："再给你最后一次机会，说实话，否则后果自负。"说完从裤腿里掏出一把短刀架在那人的脖子上，稍微用力一压，带头的脖子上一凉，血便流了下来，吓得他直叫娘。

"我说，我说，刀下留人……"

谈庚旺明白二毛这是为他出头，今天若弄不清楚对方的底细，只怕之后他连自己是怎么死的都不知道。而且这也算是敲山震虎，把这伙人制服了，再有人想要害他们也得掂量掂量自己的斤两。等回去后，他可得好好感谢一下祁光宗，若不是他，只怕自己早就落得坠崖而亡的下场了。

那人这次倒是如竹筒倒豆子般说了个一干二净。先是说半个月前，一个货郎拿着个石匣的照片找买家，之后便有人找到了西北老吴，让他找人截和，也就是从货郎的手里抢货。这伙人便用了同样的办法让货郎的车出了车祸，等他们摸到悬崖下，却没找到那石匣。其实他们并不知道，当时那石匣就在货郎的尸体之下，但货郎的尸体被摔得太过惨烈，所以他们才没有找到那石匣。他们找了半天也没有找到想要的东西，这时便有赶路的村民路过，他们只得先离开了。

后来等尸体被拉走之后，他们又折返回来，可依旧是一无所获。他们又打听了一下，警察也没有在现场找到什么石匣，这时他们想到了经常抢他们活的一伙河南人。所以当谈庚旺谎称肯定不止一伙人惦记他手里的东西，而二毛也说看到一个叫二哥的河南人后，他们立马心生疑窦。

"那帮河南人说是从北京来的，前几天在西安还弄到了一具古尸，说是清朝的，要送到北京去，说是有大买主。没想到他们明修栈道，暗度陈仓，居然又跑回来截我们的胡了。二爷爷，那东西也没在我们手里，是被那帮河南人给截和了。等我们到山崖的时候，那挎包里只有两块板砖。冤有头债有主，我们是算计了你们，可你们也把我们打个半死了。我兜里还有1000多块钱，算是赔偿二爷爷的摩托车钱，你们就放过我们吧。"带头的人也一肚子苦水。

一旁的谈庚旺觉得好笑，他那挎包里本来就只有板砖啊，没想到他撒了一个谎，居然把这帮亡命徒给骗得团团转。二毛也憋着笑，看了一眼谈庚旺，咳嗽了两声方才说道："钱在哪儿？"带头人把手伸进了裤裆里，不多时摸出一把钱，都是大团结。谈庚旺心道，高小伟这藏钱的方式还挺被广大人民群众所喜爱的，就是这钱的味道恐怕重了点。

二毛倒是不嫌弃，那辆摩托车是借来的，如今烧成了车架，肯定是要赔给人家的。他将钱分出来一份，给了刚才开门的人，然后将其余的钱放到了兜里，说道："把他们关起来，关到只有一口气的时候再放了，否则他们不长记性。"开门的小伙收了钱，笑嘻嘻地对二毛说："谢了二哥，这事儿你放心。"谈庚旺却走过来说："放了他们，让他们去找那伙河南人把东西抢回来。"二毛眼睛一眯，可随即就明白过来了。他向谈庚旺竖起了大拇指："哥，还是你高。"然后对着那伙人说，"还不滚，磨磨叽叽等着把你们屎都削出来吗？"

带头那人一听要放了他们，连忙道谢："谢谢好汉，等俺们把那东西抢回来，肯定还给二爷爷。"说完一群人连滚带爬地跑了出去，可不一会儿的工夫又跑了回来，对着谈庚旺鞠躬。谈庚旺心道，这些人还挺讲礼貌的，结果带头那人说道："几位大爷，行行好，把那门钥匙借用一下，这墙太高，我们几个挂了彩，实在爬不上去了。"

这次谈庚旺彻底绷不住了，直接笑出了声。一旁的二毛也笑得人仰马翻，笑得牵动了头上的伤口隐隐作痛，他咧着嘴捡了块石头就扔向了那群人。"钥匙没有，再不滚，抓回来再打你们个半死。"那群人一听立马撒腿就跑。实践证明了，人在危急关头的潜力是无限的。几个人叠罗汉似的爬了墙，再用裤腰带将最下边的人拉了上去，最后提着裤子就跑，一边跑还一边回头，生怕二毛他们反悔。

待人走远了，二毛问谈庚旺："哥，你这主意虽好，但依着我，还得再打他们一顿再放走。"谈庚旺却说道："再打一顿，他们哪还有力气找那帮河南人啊。"二毛点着头，觉得谈庚旺说得有道理。谈庚旺又小声对二毛说："你找人放出风去，就说我带的东西被这伙人给抢了，你找到他们，结果却被他们给跑了，东西也没追回来。"二毛瞪大了眼睛，再次竖起了大拇指："哥，你真乃神人也，你这招叫啥，叫，叫明许董卓暗许吕布，故布疑阵，打草惊蛇。"

谈庚旺一脸的苦笑，这都哪儿跟哪儿啊！这二毛哪儿都好，就是没啥文化，思维却异常活跃，所以说出来的话，多少有点不着边际。想必二毛这是搜肠刮肚，把知道的那几个成语都用上了。

事后大家才知道，谈庚旺的故布疑阵还真起了大作用，而那几个河南人还不知道，他们已经惹祸上身了。

第八章　遭人算计

二毛找人放出了风后，又将身上的伤口换了药。二毛要请谈庚旺吃饭："哥，咱手里有钱了，先吃顿好的。"谈庚旺却过意不去："是得吃顿好的，但得我请。你那钱还得赔给人家呢。"二毛却说："那可不行，那摩托车是我道行不够，没看到他们在地上下的排钉。这要是换成我师父，一准能躲得开。哎，你就让我请你一顿吧，要不师父一定得罚我。"

两人客气了半天，最后吃了顿泡馍倒是让二毛的一个熟人请的客。第二天二毛不知道打哪儿又借来了一辆摩托车，骑上它带着谈庚旺回了西安。这一来一去走了好几天，等回去的时候便见高小伟在巷子口已经望眼欲穿了。

"庚旺哥你们可回来咧。"高小伟拉着谈庚旺说了好半天的话，听谈庚旺说完了这几天发生的事后，便对着二毛来了个九十度的大鞠躬。他说："二毛，别的不说，你以后就是我兄弟咧，走，咱老街吃灌汤包去。"

二毛摆了摆手："灌汤包留着，我得赔了人家摩托车再说。"说罢小心翼翼地瞅了眼祁光宗。祁光宗微微点了点头："这次你事办得还可以，不过有些事还欠了些火候。不过也罢了，你们是赶上了好时代，要是还干着我们那时候脑袋别裤腰带里、刀头舔血的活儿，只怕是九条命也不够你死的。"

谈庚旺一路上听二毛如何如何地怕师父，他想着祁光宗为人还算和善，不像是那么严厉的人。现在他多少明白点了，祁光宗教二毛的，不只是活计，还有保命的本事。这可比种地还要难，种地种错了，最多耽误一年的收成，可干他们这行的若是出差错，那就是命没了。生命只有一次，他们容不得半点错误。

　　二毛见祁光宗并没有苛责他，就嬉笑着去赔人车钱了。谈庚旺自是感谢了祁光宗一番，接着他又说道："我算是知道了我那石匣的来历。我捡到那石匣的地方，正好是那货郎出车祸的山崖，说来还真巧。可就是不知道，为什么你那故人两年前就提到了谈家。如今那位故人又在何处？我想问问他，我们谈家哪房与这石匣有过渊源？"

　　祁光宗却回道："打从你家回来之后，我便找了我那位故人，可听说他两年前出门，说是帮个朋友的忙，打那儿以后便没再回家，至今杳无音信，不知道是福是祸。想来当年他便知道他此行必有波折，否则也不会将找你们的事儿交给了我。只是当初我也没料到此事如此复杂，也就没细问他。唉！如今倒是想问一问，也找不到人了。"祁光宗的话里满是唏嘘，干他们这行的，若是哪次下了洞没上来，那便是连尸体都难寻得了。他不愿意把话说得太满，只是在心里留了一分的希望。

　　"那我还是给吕教授打个电话吧，也不知道这么多天了，他人回来了没有。"谈庚旺说道。

　　祁光宗带着谈庚旺去借了电话，谈庚旺将电话直接打到了吕教授的家里。吕教授的老伴说吕教授回来了，回来便去学校找了谈庚旺，却听说他们已经离开了。此时吕教授人不在家，但留了口信，说只要谈庚旺来电话，便让他不论多晚也要去一趟吕教授的家。

　　听到了这个消息，谈庚旺自是高兴不已，挂了电话，买了些水果，便直奔吕教授的家。他和高小伟到的时候，吕教授也刚刚到家，见谈庚旺来了便打开了话匣子。先是说了为了这些字是如何查阅典籍，最后发现这些字居然与古代一个失落的文明有关。

于是他又打电话给了几个业内的好友，和几个老头一研究，决定要开个见面会，详细研究一下这几个字。于是吕教授就坐了时间最近的火车去了北京。到了北京，又是四处探访，还是查了不少古籍，当中又是一番波折，最后才将那些字破解了出来。

吕教授将一个字条交给了谈庚旺，谈庚旺接过字条便迫不及待地打开看。这一看不要紧，自是吃惊不小。就见那洒金的宣纸之上，铿锵有力地写了几个字：水心斋。一旁的吕教授解释道："经过我们研究，只有这三个字可以确定，而另外的几个字我们还在查资料中，只是要再等上一段时间了。不过也不排除是那竹简上写错了，毕竟这种文字早就失传了，竹简则是要比这文字晚上了几百年，所以书写错误也是很有可能的。"

此时谈庚旺的心已经是百转千回了："水心斋"，居然跟镇上的老专家说的是同一个地方。不过又一想，难道那青铜枕是"水心斋"仿制？否则天下怎会有如此巧合之事。若是真的，那"水心斋"定是存世几百上千年了，这怎么可能？或许就是这样，否则他也无法解释这种巧合。

拜谢了吕教授之后，谈庚旺便和高小伟往回走。一路上谈庚旺心事重重，高小伟则问他道："庚旺哥，你这是咋咧，打你在吕教授家看了那字条便有些魂不守舍的，你倒是说说那字条上写的啥咧。"谈庚旺将字条交给了高小伟，高小伟借着路灯仔细一看："'水心斋'。庚旺哥，这名字听着好像有点耳熟。"谈庚旺则从兜里又摸出一个字条交给了高小伟，正是镇上那老专家给写的字条。高小伟打开一看，上边"水心斋"几个字十分醒目。

高小伟张着嘴巴，满脸的难以置信："庚旺哥，你说这不会是个套吧？"就连高小伟也觉得这事情太过蹊跷。谈庚旺说道："只有一种可能，那青铜枕是仿品，那里边的竹简也是近代的，这些东西都是那个叫'水心斋'的古董铺子仿制的。"

高小伟觉得谈庚旺分析得有道理。可又一想，觉得整件事情还是有说不通的地方："那祁光宗为啥说得有板有眼的，说两年前便有故人找到了他，让他找那石匣和你们谈家。"

谈庚旺摇了摇头，这一点他也想不通。他只是在想，那伙亡命徒居然为了一个仿制品差一点就要了他的命，要是他当时真的有个三长两短，他得死得多冤枉啊。不过他现在即便知道了那青铜枕是仿品，也不得不去趟北京。他现在对祁光宗只相信了一半，但对镇上的老专家和吕教授可是全然相信的。这整个事情变得错综复杂，他现在就等于被人架到了一个尴尬的境地。现在即便那"水心斋"是龙潭虎穴，他也必须要去上一趟了。

"小伟，明天就订车票，咱得去趟北京。"谈庚旺终于下定了决心，他若不去，就有太多的疑问解不开。人都有好奇心，他要是不把这整件事情搞明白，只怕是日日都会想着这个问题，再则他也怕有人会伤害谈家其他的人。只道自己当初手太欠，捡了那破石匣，如今他不得不将此事彻底解决了。

高小伟听谈庚旺要去北京，倒是有些不同意了："庚旺哥，要是那对青铜枕是赝品，那你为啥还要去北京咧，我说倒不如将那东西找个地方一埋，以后你过你的日子，也省得再有人来算计你。"

谈庚旺却不认同；"小伟，你仔细想想，整件事情是不是有些脱离我们的掌控？现在不管那对青铜枕是不是仿制品，我们都必须去一趟北京。若那东西是仿品，我们就要正大光明地将事实公之于众，以免再有人惦记那东西。或是有人要算计我谈家，那我就更要去趟北京。是福不是祸，是祸躲不过。做人啊，没事儿不要生事端，有事儿咱也不能怕事儿，得去解决了它。"

"可是哥，你为啥非得去北京后再说那青铜枕是个赝品，你在家说不是一样的吗？我还是觉得这事儿太过复杂，咱还是不要去的好。"高小伟将字条叠好还给了谈庚旺又道。谈庚旺笑着反问高小伟："小伟，这就跟大书里讲的那样。若是有什么武功秘籍现世，恰巧被你得了。你看后说那秘籍是假的，你觉得会有人相信吗？"

高小伟立马摇了摇头："不信，打死我也不会相信。哥我明白了，现在这就是赶鸭子上架。那青铜枕不是真的也得是真的了。""对，"谈庚旺说道，"就是这个理儿，北京咱必须得去，这事儿总得有个结果才行，否则谁也过不好日子。"

想好后两人直奔火车站，结果却因为没带证件无功而返。两人回了祁光宗的院子，再见祁光宗时，两人觉得有些无法面对他了，主要是祁光宗说那位故人两年前就提到了谈家，这事是真是假又无从考证。

谈庚旺想了一会儿，也想通了。他谈家一穷二白，现在只有村里的破院和几口没出栏的猪，也没什么值得祁光宗惦记的。就算是人贩子骗人去当苦力，那也是往各地的煤窑里骗，也不能往北京骗。而且经历了这么多事儿后，谈庚旺还是觉得祁光宗不像是个坏人。虽然这种心理挺矛盾的，但这事情前前后后，换成谁都得觉得不靠谱。

祁光宗听说两人要去北京，便让二毛托人买了去北京的火车票。二毛也不怕天黑，又跑了一趟火车站，一个多小时后便买回了四张票。两张给了谈庚旺，余下两张给了祁光宗。谈庚旺有些不解，祁光宗则说道："两年前我受故人之托，这一次和二毛亲自护送你们去，也算是了了这件事儿。"

谈庚旺见祁光宗车票都买好了，也知道他是铁了心要跟去了，他只道了谢，便拿出钱要将四张票的钱还给祁光宗。祁光宗却没收，反倒拿出了900多块钱说道："当初我那故人给了我1000块钱，除了买票的钱，其余都给你。"谈庚旺怎么也不肯接这钱，他没有平白无故拿人钱的道理。祁光宗见他不肯收钱，也觉得这事有些突兀和离谱，是会给人造成困扰，于是将钱收了回来。"你不收也罢，这钱就先放在我手里，一路上吃喝拉撒，都由我来付就是了。"

二毛买的是第二天晚上夜车的车票。祁光宗还是挺有门路的，买的都是卧铺，这样睡一觉也就到北京了。临行前谈庚旺心里总是感觉不踏实，事情发生得太快，这一趟北京之行不知是否顺利。再则，祁光宗到底为什么要跟着他们去北京？真的是为了完成故人的委托，还是另有其他的目的？人年龄越大，接受的教育越多，阅历越是丰富，就越难相信一个人。

祁光宗和二毛不知道在忙些什么，进进出出的，上一秒刚见人影，下一秒人又走了。直到出发的时间，方才拎着几个网兜回了院子。网兜里有熟食和水果，还有几身新衣服。他将衣服交给了谈庚旺，谈庚旺一时间有些说不出话来。他的其他衣服都跟着摩托车掉下了断崖，现在只有这一身，他这几天心里乱，也就没顾得上这事儿，没想到祁光宗如此细心，竟然连鞋袜都给他买了新的。高小伟也好几天没换衣服了，两人简单擦了擦身子，换上了新衣新鞋，便跟着祁光宗去了火车站。

直到上了车，谈庚旺依旧感觉有些恍恍惚惚的，这世上的事，有的时候还是挺奇妙的。他放假回家，没想短短的半个多月时间竟然发生了这么多的事儿，现在他又坐上了去首都的火车，越想就越觉得不真切。

谈庚旺和高小伟还是第一次坐卧铺，多少有点兴奋。祁光宗和二毛应该是坐过的，上了车将车票交给了乘务员，便先去洗漱，然后喝了一口酒后倒头就睡。睡前祁光宗对谈庚旺说道："你俩只怕是没这么早睡，那我俩就先睡了，你要是困了就把我俩叫醒，下半夜我俩守着东西。"那年代扒手多，谈庚旺也没多想，只认为祁光宗说要看着的东西是他们带来的行李。

一路上高小伟着实有些兴奋，躺在下铺翻来覆去地睡不着，最初还好，可以跟谈庚旺说说话，可到了晚上10点以后，上铺的人都已经睡了，他们也不好吵到人家，便躺回到自己的铺上想事情。高小伟的睡眠质量一直很好，翻了几下便睡得沉了，可谈庚旺思来想去，睡意全无。

大约到了晚上12点的时候，谈庚旺也有了些困意，他看了一眼睡在中铺的祁光宗和二毛，想着他们也是累了，这卧铺应该挺安全的，再则他们也没带什么值钱的东西，就不叫醒他们了。

到了半夜两点多的时候，谈庚旺突然被什么声音吵醒，却见一个中年妇女抱着孩子，用一双疲惫的眼睛，一动不动地盯着谈庚旺。谈庚旺冷不丁地睁开眼，被吓了一跳。那妇人马上小声地对谈庚旺哀求道："小伙子，能不能求你个事儿。我带着孩子上下铺不方便，你能不能跟我换个位子，你放心，大姐不白让你换，我给你两倍的差价。"谈庚旺看着那妇女手里抱着的孩子，也就二三岁的样子，应该是刚哭过，闭着眼的睫毛上还挂着泪珠。一个女人带着这么小的孩子在外边肯定多有不便，谈庚旺起身拿起自己的包，便跟着那妇女去了另外一节车厢。

妇女一边哄着孩子一边向谈庚旺道谢："小伙子，一看你就是个好心人。我刚才一路上求了好多人，就你同意跟我换了。你看你长得一表人才，人又善良，也不知道哪里的大姑娘有好福气，将来嫁给你当媳妇。对了小伙子，你有对象没，我有个外甥女是个高中生，长得可标致了，要不把我那外甥女介绍给你当对象。你放心，我那外甥女也可善良了……"

谈庚旺被说得有些脸红，也没办法搭茬，只尴尬地笑着。好不容易到了那妇女说的车厢，还好是个中铺，倒是比上铺要方便许多。那妇女道了谢，谈庚旺又说道："不必谢了，就是等我那几个朋友醒了，麻烦你把换铺的事告诉他们就行。"妇女点头应下，拎着行李抱着孩子便走了。谈庚旺则脱了鞋上了中铺。

睡在下铺的是个年轻人，看谈庚旺去中铺，用眼睛斜楞了他一眼。谈庚旺就当没看见，想着这人肯定是个不好相处的人，否则那对母子也不会走了好几个车厢才换到了下铺。

谈庚旺躺在了铺上，却总有一种说不出来的感觉，好像有一双眼睛一直盯着他看。他蹙眉，假装闭上了眼睛，耳朵却认真地听着四周的动静。此时上铺传来窸窸窣窣的声音，而睡在下铺的年轻人也好像起了身。谈庚旺立马警惕了起来。这大半夜的，这些人不睡觉，怎么都起身了呢？

正当他想着，他应该回原来的车厢，跟高小伟挤一挤。可他突然感觉脖子上一凉，好像有什么东西刺入了他的皮肤，下一秒他的意识便开始混沌不清。他心道不好，自己怕是中招了。在他快要昏睡过去的时候，他听到耳边有人说道："动作轻点，别吵醒了周围的人再叫来乘警，那可就麻烦了。"混合着车即将到站的广播声，接着他感觉自己的身体被人挪动着，然后便彻底陷入了昏迷。

第九章　未见“水心斋”

待谈庚旺再次醒来的时候，正对上二毛那张放大的脸。见谈庚旺醒了，二毛便说道："师父，醒咧，醒咧。"谈庚旺眨了眨眼，感觉意识还有些模糊，等缓了一会儿，方才想到刚才他被人算计了。他猛地坐了起来，却发现自己睡在最初的那张下铺上。而地上则蹲着一个男人，正是刚才睡在他下铺的人。

祁光宗见人醒了便问："感觉怎么样？"谈庚旺有些不好意思地说道："没事儿，就是感觉脖子有些不得劲。"祁光宗叹了口气说："我不是跟你说咧，要是想睡觉就跟我说一声。你说你这不声不响的，还跟别人换了铺。你可知道，出门在外，人不能乱好心。"

谈庚旺连连点头。祁光宗这话说得对，确实是他大意了。现在想一想，那抱孩子的妇女肯定跟算计他的人是一伙的，故意来诓骗他，好让他自投罗网，否则一个女人抱着那么小一个孩子，要真跟人好好说，肯定会有好心人跟她换铺位，怎么可能走了好几节车厢。当时他只觉得对方是个妇女，也就放松了警惕，好在有祁光宗在，要不他定是要吃大亏的。

"祁大，还真多亏了你。"谈庚旺心怀愧疚地说道。祁光宗又叹了口气说："小谈啊，你也别怪我心肠硬，你要知道，你现在可不比之前了。

不论上哪儿都要多长个心眼，不论见谁都不能以貌取人。要知道人心险恶，刚才那女人可不是善男信女。下手黑着咧，刚换过来就把高小伟给算计了，你看，人现在还睡着呢。"祁光宗向后一躲，就见高小伟的脖子上插着一根银针，正张着嘴打着呼噜。

"那针上有麻药，"一旁的二毛解释道，"那女人出手快着咧，我拦都没拦住，还是让小伟哥中了招。"谈庚旺心里一阵后怕，他还真没想到，那些人在火车上就敢动起手了，还真是胆大妄为。后来谈庚旺才知道，对方一共六个人，也就是说，那节车厢里原来的六个人都是一伙的。

一般人见了妇女和孩子都不会有戒心，却不想那女人可厉害得很，还是那六个人的头儿。等祁光宗带着人赶到的时候，他们已然将谈庚旺套到了麻袋里，正准备连人带东西一起带下车。车厢内地方狭小，双方又都怕惊动了乘客，都没敢有大动作，最后祁光宗的人将谈庚旺救了下来，顺便抓了一个人，那妇女和其他的人则逃下车去了。

原来二毛当初买的不止四张车票，而是六张。睡在最上铺的两个年轻人也是祁光宗的手下，他们先一步上车，就是为了以防万一。一场风波之后，谈庚旺彻底没了睡意，他坐在过道的椅子上，看着窗外漆黑的夜色。此时他的心情也如这暗夜一样，不透亮，需要找到一些光明。"天快点亮吧，要是太阳出来了，一切也都过去了。"谈庚旺想着。

祁光宗见谈庚旺一脸惆怅，就坐到了谈庚旺的对面："小伙子，你现在也应该知道人心险恶了吧。不过老头子我也算佩服你，你也算是人中龙凤了，就是社会经验浅了点。这也不怨你，你是念书的高材生，哪里见过江湖上这些坑蒙拐骗的腌臜事，要是换了其他人，还未必有你这两下子呢。"

谈庚旺摇了摇头："祁大你说笑了，我哪里厉害咧，竟给你们添乱来着。"祁光宗凑近了说道："就说你能把东西藏得这么好，这一点就没几个人能做得到。"他指了指谈庚旺的行李。谈庚旺脸色有些尴尬。祁光宗又接着说道："那些人做梦都想不到，你把东西一直寄存在车站里。也对，那寄存处是国营的，要是不拿出你的证件，肯定是不会把东西拿出来的。"

谈庚旺只得小声地说道："祁大，你都知道咧。"祁光宗点了点头："嗯，你在候车室时说要上厕所，结果比正常人多用了3分钟，回来后你的身上就多了那东西。我之前就告诉你了，那东西带着地里的土腥味，老头子我一闻便知。你这倒是把我都骗咧，我也以为你把那东西埋在家里的什么地方了。"

谈庚旺是怕刘坎山再去找那青铜枕，于是将石匣埋在了猪圈里，青铜枕则包好了带到了西安。可带着这两个东西上哪儿都不方便，公共汽车站和火车站紧挨着，于是下了车后他也是借着买东西上厕所的时间，直接将东西寄存到了行李处，结果却意外地保住了这对青铜枕。

"对不起了祁大，这事儿我不该瞒着你们的。"谈庚旺又是抱歉地说道。"不，你防着我们是对的。记住我说的话，出门在外，跟谁都得长个心眼儿，别人的话永远信半分，不要把自己搞得没有退路。"谈庚旺这次是真的受教了。人总是在成长的，而迅速地成长，代价就是要经历一些别人一辈子都很难经历的事儿。

谈庚旺又问："祁大准备如何处理那人？"祁光宗看了蹲在地上那人一眼，然后说道："这人嘴挺硬的，他也是知道，在车上我们不好来硬的。人肯定是不能带到北京去，下站就把人带下去，然后找个地方好好问问对方的底细。"谈庚旺觉得祁光宗思虑得周全，又坐着跟祁光宗说了会儿话，直到有了困意方才回去睡觉了。

接下来没发生任何事儿，谈庚旺心里有事儿，有一点动静就醒，睡得很不踏实，早起的时候睁着对熊猫眼，双眼满是血丝，看上去一点精神都没有。高小伟则一觉睡到吃早饭，倒是精神很好。祁光宗和二毛已经习惯了这样的作息，两个轮换着睡觉，也是没什么影响。

到了北京，几人直奔了"水心斋"。祁光宗好奇，为啥谈庚旺会知道"水心斋"的确切地址。这时谈庚旺才想起，他忘了把镇上那老专家给了他地址的事情告诉祁光宗了。祁光宗听了先是一愣，最后哈哈大笑了起来："我就说你为啥一直防着我咧，原来还有这么个事儿。这事儿也太过离奇，别说了，要是换成老头子我，就算是走了大半辈的江湖，也不敢轻易相信这事儿是真的。不过你这么一说，我倒是对这'水心斋'好奇得很咧，这店难不成是开了千八百年了？不过这世间哪有什么千年老店，这人世间多苦难，战争瘟疫，但凡开得久一些的店，也皆是停业多年又由子孙继开，都不是正宗千年老店。若非要说千年老店，也就只有黄泉路上，忘川河畔的孟婆亭了。"

谈庚旺和高小伟是第一次来北京，不认识路。祁光宗和二毛倒是来过几次，只是路不熟。几人一合计，还是雇了两辆人力车，一前一后，直奔"水心斋"而去。到了老专家给的地址之后，几人皆傻了眼。这哪里是"水心斋"古董铺子，分明是间炒货铺，糖炒栗子、东北大榛子、五香瓜子儿倒是一应俱全，唯独没有古董。

几人面面相觑。再三确认了地址后，发现这里就是他们要找的地方。想必"水心斋"早已不复存在。几人皆失望至极，便向炒货铺的老板打听"水心斋"的消息。老板却说，他在这里卖炒货已经卖了十余年。这间铺子之前是家寿衣店，他从未听说过"水心斋"，这条街上也没有过古董铺子。

谈庚旺想着许是镇上的老专家将地址弄错了，可偌大的北京城，东来顺、北京烤鸭店倒是好找些，可想要找到一个叫"水心斋"的铺子，却不是一件容易的事儿。现在他有两种选择：一是打道回府；二是打电话给镇上的老专家，问问"水心斋"的地址。打道回府，这一路上旅途颠簸，别说是谈庚旺，其他几人也不会甘心。还是先打个电话给镇上的老专家再说。

于是几人商量了一下，便由谈庚旺给那位老专家打了一个电话。老专家很是热情，直说自己是记错了地址，并告诉谈庚旺原地不动，他很快就会联系"水心斋"的人去接他们。于是谈庚旺他们便守在炒货铺的附近，等了半个多小时，便见一个人骑着挎斗车姗姗而来。

这人大约50岁，穿着倒是挺时髦的。大背头，戴着一副时下流行的蛤蟆镜。上身是长袖花衬衫，下边一条阔腿的牛仔喇叭裤，脚上蹬了一双皮鞋，擦得倍儿亮。虽然打扮得时髦，可怎么看也跟古董铺扯不上半毛钱的关系，反而给人一种流里流气的感觉。

他下车便嬉笑着问几人道："请问哪位是谈庚旺兄弟？"谈庚旺上前一步说道："是我。"其实谈庚旺对此人的印象并不好，但毕竟是"水心斋"的人，再者有老专家的面子在，只得客客气气地跟人打了招呼。

"我是'水心斋'的店主，南宫奇。同志们好，感谢同志们远道而来，在下不胜荣幸。"南宫奇倒是有几分自来熟，拉着每个人的手都用力地握一握。直说大家远道而来是他怠慢了，让大家不要介意。说完了话还从兜里拿出了一包烟，那烟与市面上常见的烟并不相同，上面还写着英文。"这烟可是我一个国外的朋友带回来的，贵着呢，来来来，大家抽抽试试。要是抽着好。我给大家一人整上一条。"说罢就将烟一根根塞到了几人的手里。

此时不只是谈庚旺，就连祁光宗都皱起了眉头。这人给人感觉有些唐突，一身的社会气息。不像是学识渊博的古董铺子老板，倒像是蹲地摊儿的二道贩子，而且还有些崇洋媚外。谈庚旺本来就不抽烟，他直接把烟递给了高小伟。祁光宗倒是抽烟，可他没接南宫奇的烟，而是说道："不知您那'水心斋'在什么位置，我看天色也不早了，这里又人多眼杂，有些事情也不方便说，不如我们先去您的铺子里再说。"

南宫奇见祁光宗没有接烟，脸上露出几分尴尬的神色，但也没说什么，只是将烟放到了烟盒里，然后对几人说道："这天色确实已经晚了，想必您几位还没吃晚饭。你们大老远奔着我这'水心斋'来了，咱总不能饿着肚子谈事情。你们初来乍到，我必须尽地主之谊，今儿我做东请大家涮火锅去。"边说边将目光落到了谈庚旺的手拎包上。

谈庚旺觉得这人的目光有些问题，具体有什么问题也说不上来，只是觉得这人的目光不似平常打量东西那般，他下意识地用手捂住了拎包。南宫奇见几人还站在原地，没有要跟着他走的意思，便讪笑着说："大家甭跟我客气！火锅店离这不远，拐个弯儿就到了。"谈庚旺只得说道："我们刚才下车已经吃过了。咱们还是先去'水心斋'里谈事情吧。"

南宫奇踌躇了一下，又说道："我那'水心斋'离这有段距离，骑我这摩托车还得半个小时呢。你们也看到了，我这摩托车上算上我最多能坐下仨人儿，拉不下你们四个。所以咱还是就近找个地儿说话，我说的那家火锅店有间包房，就在那后厨的边上，安静得很。您几个放心，我们去那说事儿，一准没人打扰我们。咱边吃边谈。既解决了民生问题，又能把事儿办了，岂不是一举两得？"

谈庚旺还是没动。一旁的高小伟等了半天，心里早有几分急切，见来人说的话有几分道理，便对谈庚旺说："庚旺哥，我看咱还是入乡随俗，客随主便，总不好驳了人家的面子，咱还是跟着去吧。"谈庚旺想着几个人都是陪着他来的，一路上舟车劳顿，确实也疲惫不堪。此时眼前这男人虽给人感觉不太靠谱，可人家盛情邀请，倒不如先去看看再说。

南宫奇将摩托车锁在了一旁，然后带着几人直奔火锅店。老北京的铜火锅十分有名，这也是家老店，此时正是饭口，大堂里坐满了食客，围坐在铜锅前，将一片片薄薄的肉片涮后蘸到调好的麻酱汁里，再迫不及待地送到嘴里，接着个个露出心满意足的神情，看着就让人大咽口水。

高小伟的双眼已经看直了，二毛的喉头也在上下而动。毕竟那个年代的人生活刚刚好转，肚子里没啥油水。像涮羊肉这种吃食还没能走进千家万户，成为老百姓餐桌上常见的食物。在这种带着独特香气的气氛渲染之下，所有人都感觉馋虫上涌，肚子咕咕地叫了起来。

南宫奇进来便有服务员上前打招呼，一看也是这里的常客。南宫奇在服务员的耳边嘀咕了几句，然后便轻车熟路地领着四人到了里边的包房。南宫奇倒也没说错，包房里确实十分安静，是个谈事儿的好地方。

几人落座之后，南宫奇又忙着给大家沏茶倒水，还时不时地向年轻的服务员的胸脯瞄上几眼。不一会儿的工夫，服务员就将热气腾腾的铜锅放到了餐桌之上，又盖好了小烟囱。南宫奇这才回到了自己的座位上，说道："大家都别客气啊。动筷动筷。"说完便先夹了一片羊肉，自顾自地吃了起来。待几片羊肉下肚之后，他擦掉嘴边的油，对一旁的谈庚旺说道："听说你手里有对青铜枕，想要打听一下它的来历。"

谈庚旺点头称是。南宫奇又问道："那东西你带来没？若是带来了，不妨拿出来让我看看。在这方面不是我自吹，我是上知三千年，下知三千年，只要让我看上一眼，就没有我看不出的东西来。"

　　还没等谈庚旺回话，一旁的二毛就扑哧一声笑出声："南宫先生，您真乃奇人也。中国往上咱先不说。往下您这都知道三千年以后的事儿了，这是有啥特异功能，能预知未来吗？"

　　谈庚旺也觉得好笑，这南宫奇确实有些言过其实了。他无法理解，就这样一个轻浮的人，真的是镇上老专家极力推荐的人吗？这时谈庚旺感觉桌子下有一只脚踢了他一下。他不动声色地看向祁光宗，只见祁光宗轻轻地摇了摇头，只怕祁光宗也觉得这人不靠谱。谈庚旺原也没想将青铜枕拿出来，他微微颔首，表示已经明白了祁光宗的意思。祁光宗这才放心收回了目光，埋头吃起了羊肉。谈庚旺则说道："实不相瞒，那东西我没带在身上。"

　　一听这话南宫奇立马板起了脸："小兄弟你这话不实诚，你这是在防着我啊。我要是没猜错，东西应该就在你拎那包里，你要是信不过我，这顿饭就算我交了你一个朋友。咱别的也不说，吃饭，吃饭。"南宫奇板着脸，显然是有些不高兴了。

　　谈庚旺直接把拎包打开："南宫先生，你这话儿说的，我大老远地来，怎么可能信不过您。那东西带着身上有些重，又怕路上弄坏了，弄丢了。再则我们人生地不熟的，还怕找错了路，这才没带在身上。"他将包里的东西一一拿了出来。结果里边只是两包绑得方方正正的腊肉。谈庚旺也十分憨厚地解释道："这是我们陕西的土特产，不值几个钱，但多少是个心意，南宫先生拿回去尝个鲜。"

　　南宫奇接过腊肉，脸上再次露出了微笑："那对青铜枕你放在哪儿了？这老物件，里边的门道可多了，你嘴里描述的未必跟实物一样。所以你要想知道那东西的准确来历，就必须把东西带来，让我亲自验看一番。"

第十章　三日之约

这顿饭吃得味同嚼蜡，即便羊肉鲜美，酱汁酱香浓郁，可席间的气氛总是让人很不舒服。南宫奇一心想要看到那对青铜枕，三番两次地试探谈庚旺。谈庚旺四两拨千斤般地一一应对。最后几人约定，三天后谈庚旺带着青铜枕去"水心斋"再见南宫奇。

吃过了饭，南宫奇又要给大家安排住所，却被祁光宗直接婉拒了。祁光宗一副老实本分的模样，对南宫奇十分诚恳地说道："我们刚一来就让您破费了，心里已经过意不去，还怎么好意思让您安排住宿。下车的时候我们就已经找好了旅馆，国营的干净又卫生，边上还有个公安局，安全得很。我们的证件和钱都押在那儿，现在想退也退不了，只能先住那儿了。"

南宫奇只得找了两辆人力车，将几人送上了车，付了车钱，又说了一个地址，约定三天后不见不散。于是几个人便回到了旅馆。这家旅馆是祁光宗找的，之前他来北京也是住在这里。交通便利，附近还有菜市场，吃饭也方便。隔壁就是公安局，确实既干净又安全。几人刚才的饭虽然吃得食不知味，但也算吃得很饱。几个人坐在床边休息，并谈起了刚才的南宫奇。

谈庚旺心里有数，他觉得这个南宫奇很有问题，想必祁光宗也有同样的想法。高小伟也不傻，他怎会看不出谈庚旺并不信任南宫奇？他问谈庚旺道："庚旺哥，三天后你真打算带着那对青铜枕去'水心斋'吗？"谈庚旺没急着回答高小伟的问题，反而看向了祁光宗："祁大，你说咧，我该不该把东西带去？"

祁光宗脸上有了笑意："小谈啊，你肯定也看出这南宫奇不对劲吧？"谈庚旺点了点头。祁光宗又问："那你说说，他都有哪些不对劲。"

谈庚旺想了想后说："哪儿都不对劲。先说这人，他那身衣服一看就是新换的，皮鞋也是刚刚打了油。这个季节北方的风沙大，他要是真骑了半个小时的摩托车，鞋上怎么会一点灰都没有。我推断，他的出发地应该就在附近。另外他这人太过随性，不沉稳，跟我心里想象的古董铺子的老板不太相像。虽然说这世上人有千千万，但能让镇上的老专家极力推荐给我的，肯定不是凡夫俗子，至少不会像他那样轻浮。再后来我们进馆子的时候，他表面上礼数周全，对我们也是客客气气，他却安排错了位置。他安排的座位无主无宾，看着不像是有文化底蕴的人。"一间古董铺子的老板，不论男女老少，都必须有文化，且对古董文玩十分了解，因为很多古董本身就是中华文化的一种体现。

祁光宗对一旁的二毛说道："看到了没，他说的话你看出了几条？"二毛嬉笑着摇了摇头："庚旺哥是大学生，我这小学没毕业的主，怎么能跟庚旺哥相提并论。"祁光宗恨铁不成钢地拍了二毛一下，继续对谈庚旺说道："你说的每一条都对，现在我倒是想听听，你接下来有什么打算。"

谈庚旺蹙眉，有些话谈庚旺现在不方便直言，因为他一直觉得整件事情的背后有一只手，直接推着他来到北京。现在他的问题不是那对青铜枕，而是他急于知道那些人的目的，为什么会找上了他。

思来想去，他不知道祁光宗值不值得他信任，可祁光宗几次都出手救了他，眼前又没有别的更好的选择，只得先把东西给他看一看，也能替他拿个主意。谈庚旺从行李里拿出了一个布包，又将布包打开，露出了那对夔纹青铜枕。"祁大，你帮我看看这东西到底是不是真的。"谈庚旺将青铜枕摆到了祁光宗的面前。

　　祁光宗看了一眼谈庚旺，目光倒是又亲近了几分。他知道谈庚旺之前并不信任他。当然他也是习惯于不相信任何陌生人。他甚至教过谈庚旺，不要去相信任何人。所以在他不相信外人的同时，他也不期待陌生人对他的信任。但日久见人心，谈庚旺此时将青铜枕拿出来，就是对他信任的表现。

　　他从兜里摸出一副手套戴上，接过青铜枕，放到灯下仔细地查看了起来。大约几分钟后，祁光宗终于开了口："虽说这东西不论从重量还是外观和颜色，都与市面上的青铜器不太一样，可这东西确实是真货，古人铸造青铜器时用的材料不同，所以所铸造出来的青铜器皿重量和颜色也皆有不同。就像这对青铜枕，它颜色泛黑，想必是里边加了一些重金属，具体加了什么我也不太清楚。但像这样品相的青铜器，市场价格应该大打折扣，因为大家普遍会认为这样颜色的青铜器是残次品。再说说这上边儿的纹路，这纹路应该是夔纹，可又与我们常见的夔纹不太一样。若是让我说，我也看不出这东西的年代，但起码也有几百上千年了。老头子我还是有些孤陋寡闻了，我也说不出这东西的来历，只能说这东西确实是真的。"

　　经祁光宗这么一分析，谈庚旺心里已有了五分主意，他又将青铜枕打开，拿出里边的竹简，交到了祁光宗的手里。"祁大，你再看看这竹简。"祁光宗接过竹简，这竹简上的字在谈庚旺写的字条上见过，他只知道这竹简上的字是一种上古的文字，却不知其意。他细细地摸索着竹简的表面，最后蹙着眉说道："这竹简也就几百年的历史，这一点我可以肯定。虽然这上边的字是一种上古的文字，但这竹简的年头并没有青铜枕那么长，想必这竹简是后来才被放到青铜枕里的，至于为什么会书写上上古的文字，这就有点意思了。或许是写字的人把这种上古文字当成了一种密文，就如同我们现在的密码本一样，也可能是出于好玩临时起意的临摹。如果真想知道这上面文字的含义，还真得找一个这方面的专家详细问一问，但这个人肯定不是我们今天见到的南宫奇。"

谈庚旺又问道："祁大，若是这样的话，那这对青铜枕能值多少钱？"祁光宗斟酌再三，最后的结论是几百元。"其实这东西的价值远不止这些钱，但因为它的品相特殊，一般人并不喜欢收藏它，这也就影响了它真正的价值，算是有价无市，除非你遇到懂行的。要是遇到一些本着捡漏心态的古董贩子，给个一两百块也是有的。怎么这东西你是想出手吗？老头子我倒是劝你先留一留，现在这东西的行情不好，没准等上两年价格能翻上几倍。"

谈庚旺并非想将青铜枕出售，他只是在心里权衡利弊，想着是否拿这对青铜枕去见南宫奇。如果真是有人推波助澜，有意引他来北京见南宫奇，他总也得拿这对青铜枕探出那些人的真正目的。这些日子以来他都是被动挨打，他不能总是坐以待毙。现在听祁光宗说这东西并不值钱，他也就打定了主意，拿着这对青铜枕去见南宫奇，他倒要看看南宫奇会给他一个什么样的答案。

见谈庚旺不再吭声，祁光宗便知，他心里已有了主意。于是祁光宗试探性地问道："你是想带着这对青铜枕去见南宫奇？"谈庚旺点了点头："祁大，你能告诉我，当初让你引我来这里的那位故人到底是何人吗？说实话，我觉得这一切定有一只幕后黑手，我现在虽然不知道他们的目的是什么，但我三天后如果贸然拿着一对假的青铜枕去见南宫奇，只怕反而误了大事儿。既然这东西不值几个钱，倒不如拿着真的东西去探探南宫奇的虚实。"

祁光宗思忖了片刻，最后说道："不是我之前对我那故人的身份有所隐瞒，只是这位故人身份特殊。我原以为他也是干我们这行的人，可后来我才发现他的身份背景强大，而他干我们这一行貌似带着某种不为人知的目的。总之他跟我们不太一样，对于他的真正身份，没有人能说得清楚。两年前他将此事托付于我，我隐约觉得这与他一直找寻的东西有关。无论出于对这件事儿的好奇心，还是对于朋友的负责任，我都想弄清楚整个事情的真相，这也就是为什么我会执意跟着你们来。所以不只是你想知道事情的真相，我同样也想知道事情的真相，更想通过这件事找到我那位故人的去处。两年了他音讯皆无，不管你信不信，我都想把他找回来，无论是生是死。"

祁光宗这段话说得情真意切，感人肺腑，倒是打消了谈庚旺不少的顾虑。若之前他们能彼此信任，开诚布公地讲出今天的话，那样他们今天见到南宫奇的时候也不至于毫无准备。现在看来虽然他们初衷不同，但目的是相同的。就算是不能完全信任彼此，至少可以联手。

二毛对此有着自己的想法，他问祁光宗道："师父，不如我们找一件仿品，这对青铜枕即便再不值钱也是真东西，万一那南宫奇是图谋这青铜枕呢？"高小伟也觉得二毛这个提议可行。可祁光宗很快便否定了这个提议："青铜枕市面上本就少见，这一时半会儿很难找到十分相近的仿品。若是拿着一对假的东西去见南宫奇，只怕适得其反，非但不能探听出什么消息，引出南宫奇背后的人，反而让对方产生戒心，这样得不偿失。再则光天化日之下，又是在首都，想必谁也不会太过张狂。我自认有这个本事能护得住谈庚旺和那对儿青铜枕。"

谈庚旺说道："我认同祁大的想法。毕竟我此行的目的不是在于青铜枕本身的价值，只是想知道这对青铜枕的来历以及最近发生在我家那些诡异离奇的事儿到底是怎么回事儿。"

几人商量好了后，谈庚旺便将青铜枕再次包好，放到了枕头之下。好在有祁光宗之前给的药丸儿，这几天即便他离青铜枕如此之近，也没有再梦魇过。几人这几天舟车劳顿，身上难免有些汗臭味儿。这旅馆里正好有公用浴室。只要每人交上三毛钱，便可舒舒服服地洗上半个小时的热水澡。

几个人商量了一下，决定轮流去洗澡。二毛和高小伟先去，谈庚旺昨夜没有睡好，他要先眯上一觉再去洗澡。待二毛和高小伟走后，谈庚旺就小憩起来。可刚睡了一会儿，二毛便回来了，直接把谈庚旺叫了起来。

二毛显得有些慌张，澡虽是洗完了，但应该没有好好擦拭，他此时头上还挂着水珠，上衣没来得及穿，下边的裤子也穿得歪歪扭扭的。祁光宗没好气地说道："都说了你多少遍了，干什么事情总是慌慌张张的。"二毛胡乱用毛巾擦了一把头上和脸上的水，然后说道："师父，我刚才洗澡的时候，好像看到了几个熟人。"

"熟人？你快说说。"祁光宗知道二毛即便再慌张，也不会因为几个普通的熟人而慌忙跑回来。这说明二毛说的熟肯定跟他们此行的目的有关。二毛连忙回道："就是前一段时间跑到镇子上的那伙河南人。"

之前有伙人算计了谈庚旺和二毛。之后谈庚旺还使了一个小计谋，让那伙算计了他们的人误认为青铜枕落到了河南人的手里，却不想他们陷害的那群河南人，此时也来到了北京。

谈庚旺眉头也皱了起来，此时那群河南人的出现，只怕也与他们有关。他问道："高小伟呢？"二毛回道："他们应该见过我，高小伟脸生，我让高小伟跟着那群人，看看他们住哪个房间。"祁光宗适时地夸奖道："你做得对。这一点倒是我欠考虑了。这家旅馆本也是一个同行推荐我来的，想必这里原是一个据点。他们会在这里进行交易。这里离公安局近，算是灯下黑。只是不知道那群河南人来这里是单纯的巧合，还是跟着我们来的。"

这时谈庚旺想到了什么："对了，我想起一个事儿来。之前在火车上我被人算计。昏迷前我听到了一个人说话，他说的虽然是普通话，却带着一点河南口音，我们寝室里就有一个河南籍的同学。他虽然说了好几年的普通话，可还是带着一点口音，那个人说话的腔调跟我那同学一模一样。"

祁光宗也说道："火车上的那伙人确实带着点河南口音，现在太晚了，我们出去反而引起他们的警觉，倒不如在这里对付一宿，明天我们再找地方住。谈庚旺你和我抓紧时间睡觉，二毛你守着，三个小时后叫我。"二毛马上应下了。可计划没有变化快，过了10分钟后，高小伟并没有回来。这时谈庚旺有些急了，便要出去找人。

二毛拦住了谈庚旺："这里我熟，还是我去吧。"祁光宗却说道："谁也不能去，高小伟应该已经被他们按下来了，你们再去，只能让我们变得更加被动。你们放心，他们不会对高小伟怎样的，最多是用他来威胁一下我们。我们必须沉得住气，否则只会让我们和高小伟一样陷入危险之中。"

谈庚旺知道祁光宗说得对，可心里还是放心不下高小伟。他目光忧郁地看向门口。这时祁光宗拍了拍他的肩膀："别担心，有我祁光宗在，高小伟肯定不会有事儿。你要是真担心他，就过来帮忙，我们不能打没准备的仗。"

几个小时后，几个人偷偷摸摸地来到了谈庚旺所住的房间门口，其中的一个人在门上鼓捣了几下，门很快就被打开。那人慢慢将门推开了一道缝，接着便闪身进了屋子，过了一会儿的工夫，一只手从门里伸了出来，对外边的人招了招手，外边的人便鱼贯而入。

房间里便传来细碎的打斗声，但很快就恢复了平静。黑暗中祁光宗小声说道："轻点，别惊动隔壁的人。"二毛则说道："放心师父，我都查看过了，咱周围没住人。"

等绑好了人，谈庚旺终于舒了一口气，他将高小伟脱下来的臭袜子塞到了一个人的嘴里，那人马上便扭动起了身子，结果换来的是二毛重重的一脚。那人被踢得闷哼了一声，总算是消停了。

其实刚才过程也很简单，那几个河南口音的人在洗澡的时候巧遇了二毛和高小伟。他们确实是跟着谈庚旺等人来到了这家旅馆。但他们想着，他们没跟谈庚旺等人有过正面的接触，所以谈庚旺几人应该不认识他们。结果二毛眼尖，一眼就认出了他们之中的两个人，于是派高小伟去跟踪几人，这一下反而被对方察觉了，直接将人拉到了屋子里按倒，捆了个结结实实。

之后几个人做了一切的准备，就等着谈庚旺等人上门来找寻高小伟，结果没想到谈庚旺他们根本不按套路出牌，非但没有找上门来，反而按兵不动。于是几个人便有些慌了，他们怕谈庚旺弃车保帅，直接把高小伟扔下逃走。在焦急等待了三个小时后，几个人终于按捺不住，决定主动出击，结果当然是中了祁光宗设下的埋伏，进来的第一个人直接被二毛劈晕。然后谈庚旺把手伸了出去，将所有人召唤了进来。几人以为同伙已经得手，并未生疑，一个挨一个跟了进来，最后被祁光宗带头全部制服。

第十一章　节外生枝

在二毛的逼问下，他们得知了高小伟被藏匿的房间。之后祁光宗给了谈庚旺一把短刀，让谈庚旺留下来看着这群人，如果有人不老实，也不用跟他们客气。祁光宗则和二毛去救高小伟。谈庚旺拿着刀也只是威慑作用，地上的几人被捆得结结实实，想必也起不了什么幺蛾子。可他没想到，很快便来了个不速之客。

谈庚旺正坐在床上，突然听到窗外有窸窸窣窣的声音。起初他以为是外边的风声，可那声音越来越响，还掺杂着"吱吱"的摩擦声，这种声音听着有些让人毛骨悚然。他起身过去查看，撩开窗帘却什么也没看到，只有漆黑的夜以及呼呼的风声。

可他放下窗帘，声音又响了起来。他回头，却见窗帘上突然出现了一团黑影，谈庚旺心里"咯噔"一下，他快速撩开窗帘，就见窗户外出现了一张诡异且阴森的脸，五官都皱在了一起，看着好不吓人，吓得谈庚旺退后了一步。那窗户是木制的，用得年头久了，被用力一推便出现了一道缝。只见一只细黑的手指伸了进来，黑紫色的指甲用力一钩，窗户的插销一松，整个窗户便被完全打开。下一秒一道黑影窜了进来，直接奔向了谈庚旺的面门。

谈庚旺向后一躲方才看清，那黑影原来是一只猴子。只是比一般的猴子还要小一些，身上还散发着恶臭味。这臭味很特别，更像是尸臭味。那猴子跳将过来，抬手便挠了谈庚旺一把。谈庚旺来不及躲闪，衣服直接被扯开了一道口子。他吃痛向后退了两步，直接抵在了墙上。可那猴子落地后又一转身，龇牙咧嘴再次冲了过来。那猴子动作十分敏捷，两条后腿用力一蹬，尾巴调整着方向，一下便蹿到了谈庚旺的身上。张开大嘴露出尖利的牙齿，又开始撕咬起来。好在谈庚旺手里握着短刀，他回手就是一刀，却没有伤到那猴子分毫。

一只猴子已经很难对付，这时从窗户外又跳进了两只猴子。三只猴子上蹿下跳，开始围攻谈庚旺。几下的工夫，谈庚旺的身上就被开了好几道血口子。他哪里是这三只猴子的对手，只得节节败退，直至退到窗户旁。也不知道这几只猴子是打哪儿来的，但见他们只攻击谈庚旺却不攻击躺在地下的人，料想这些猴子都是那几个河南人养的。

几只猴子见谈庚旺已退无可退便一起蹿了过来。谈庚旺也知敌不过那三只泼猴，只得跳上窗台。他转头一看，隔壁的窗户正好也开着。他一个大跨步跳到了隔壁的窗台上，再顺窗而下，回手将窗户关好。

谈庚旺本以为逃过一劫，结果一巴掌劈头盖脸就打了过来，打得谈庚旺措手不及，脸上顿时肿出一个五指山，火辣辣的疼。他心中暗骂道："娘嘞！二毛不是说隔壁没有人住吗。"

"臭流氓！"一个女人的声音响起，虽然带着几分怒气，可声音依旧好听。这时屋子里的灯亮了起来，只见一个20岁出头的女人穿着背心短裤站在灯开关前，背心的领子里露出一片白皙的春光，衣领下则是傲人的双峰，巴掌大的细腰下是一双迷人的大长腿。谈庚旺哪里看过女人如此这般，尴尬地站在原地，走也不是，不走也不是。

"臭流氓，你还看！"女人怒骂一声。谈庚旺这才反应过来，立马解释道:"同志,对不起,我以为这儿没人。"那女人却回道:"什么叫没人?我不是人吗?"谈庚旺自知理亏,只得继续道歉。可他手里握着的短刀,又让他的道歉显得很没诚意。

"对不起,对不起,同志,我真的不是坏人。我就是被几个猴子追得没地方躲,才跑到你这儿来的。"谈庚旺说的句句是实话,却换来那位姑娘的一个白眼儿。"你这臭流氓,连说谎话都编不圆。这里哪来的猴子,你当是要猴戏呢。"

那姑娘话音一落,窗户处便传来插销摩擦的声音,紧接着那三只猴子又蹿了进来,龇牙咧嘴直奔谈庚旺和那姑娘。那姑娘惊叫一声,躲到了谈庚旺的后边,薅着谈庚旺的衣服,拿他当肉盾。那姑娘说:"这几只猴子怕不是孙悟空转世,成了精了,怎么还攻击起人来了?"

谈庚旺心想这几只猴子可不就是成了精了。猴子这种动物十分聪明,早在几百年前,便有山民养猴训练其攀岩越岭,掐取古树之嫩尖儿,回来后晾炒,后人称之为猴魁。可见经过专门的训练,猴子就可以做很多事情。眼下这几只猴子,只怕是那几个河南人养来攻击人的。

猴子在前,美女在后,谈庚旺行也得行,不行也得行;有困难要上,没困难更要上。眼见着一只猴子已经攀上了谈庚旺的肩膀,谈庚旺短刀一划,那猴子闪身躲开,随后他临门一脚将一只猴子踢飞,但另外一只猴子已经飞将过来,张着腥臭的大嘴,眼看就要咬到谈庚旺的脸。这时一条细长的腿从谈庚旺的身后掠过,直接将那只猴子踢飞老远。那猴子重重地摔在地上,发出一声惨叫,圆瞪着双眼,五官皱成了一团,显然已被激怒。它"吱吱"叫了两声,紧接着三只猴子一起向谈庚旺二人发起了猛烈的攻击。谈庚旺挥舞着短刀,那姑娘却也灵巧得很,在躲闪中时不时踢飞一只猴子,且临危不乱,甚至有些目露凶光,一看也是个练过的。

　　谈庚旺已经明白这姑娘并非善男信女，一个姑娘单独在外住宿，都会将门窗关好。这姑娘不仅开窗而睡，见到陌生人从窗户进来后，也没有呼救逃跑，反而将灯打开，她这些大胆的举动早就证明了她并非一般的女人。只她动作幅度过大，谈庚旺无意间总能看到些她背心下的春光，虽然情况危急，可还是不免红了耳根。

　　房间里便乱成一团，好在这时祁光宗和二毛从窗户跳了进来，就见祁光宗从兜里掏出了一个什么东西，那东西直直地飞向了一只猴子，片刻后，便听那猴子一声惨叫倒在了地上，浑身抽搐，口吐白沫。谈庚旺定睛一瞧，竟然是一条细小的蛇。另外两只猴子见后也发出愤怒的惨叫声，接着两只猴子又扑了过来，大有要替同伙报仇的意味。

　　祁光宗嘴一扭，喉咙里发出"哧哧"的声音，紧接着那蛇又蹿了起来，直奔另外一只猴子。那猴子正要袭击谈庚旺，此时见了蛇，只得跳转了方向，那条蛇则又蹿向另外一只猴子。这时外边传来了一声奇怪的哨声，那两只猴子听后，立马停下了动作。其中一只猴子，背上了地上的被蛇咬过的猴子，与另外一只猴子一前一后跳出窗外。那条蛇见猴子逃走了，便又钻回了祁光宗的衣兜里。

　　那几只猴子来得快去得也快，谈庚旺还没来得及消化刚才的事儿，便感觉身上几处伤口瘙痒难耐，他低头一看，却发现伤口变成了紫黑色，竟是跟那几只猴子的指甲颜色如出一辙，谈庚旺心道不好，自己恐怕是中招了。他感觉眼前一黑，直接向地上倒去。

　　待谈庚旺醒来，已经是第二天中午的事儿了。他意识有些混沌，看着坐在身边一脸愁容的祁光宗和打着瞌睡的二毛，却是不见高小伟。他方才得知，那天祁光宗和二毛上了楼也差一点中了那伙人的埋伏。他们好不容易脱险下了楼，结果发现房间里只有绳子，却不见一个人，他们听到隔壁有打斗的声音，便过去看了一眼，就看到谈庚旺和那位姑娘被猴子围攻。

说起那几个河南人，一点也不简单。他们其实属于盗墓的一种流派，叫马留派。马留指的就是猴戏，最早可以追溯到唐代。古人把猴子当成喂马的守护神，于是常在马厩里饲养猴子，并在重要的祭祀活动中让猴子表演猴戏。

之后随着历史的变迁，猴戏不再作为祭祀之用，但不知从何时起坊间便有人戏猴以博众彩，看似糊口营生，实则不然。这戏猴之人中，有一部分是只为生计，却还有另外一部分变成了马留帮。这马留帮也分上帮和下帮，上帮走乡串镇，白天戏猴讨彩，夜里则是驯猴偷盗。猴子身小灵活且极通人性，即便入室也不易被察觉。所以曾经有人白日里看了戏猴，晚上家里金银珠宝便不翼而飞。

而下帮白日里依旧是戏猴讨彩，夜里却深入山中，开铲扩洞，再让这些猴子潜入坟墓之中盗取随葬品。这也就是现在很多专家发现一些墓被人盗过，盗洞却很小的原因。有的专家甚至推断，那些盗墓贼本就是侏儒，或专门培养盗童下墓盗取宝物。实则不然，皆是那马留下帮所为。

他们遇到的正是下帮的人。那些人还让那些猴子在这旅馆的饮用水里下了迷药，剂量不大，但足以让这里的人都睡得很沉。所以前夜他们闹出那么大的动静，却没有惊动这里任何一个人。

而下帮饲养的猴子，为了培养其野性只喂生肉。那些年天灾人祸，哪里有生肉可供猴子吃，就连那死猫死狗都被人吃得连骨头渣都不剩。就有那丧心病狂的，用死人肉饲养猴子。所以那些猴子便满身的尸臭味，指甲里当然也有不少的尸毒。这尸毒极其容易感染人，谈庚旺便是中了这尸毒。之前别人把这尸毒传得神乎其神，甚至无药可医。现代医学发展得快，这尸毒也不过就是比较严重的细菌感染，只要对伤口消毒上药，再用些抗生素就能痊愈。

谈庚旺自是感念自己生在了好的年代，否则岂不死在这几只泼猴手上了。既而也感谢祁光宗，要是没有他和二毛，自己怕是几条命也不够被人算计的。如今他的伤口上了药，只是有些痒，倒是并无大碍。祁光宗叮嘱他不要抓挠，以免再次感染。他却担心起了高小伟："祁大，那小伟怎么办，那些人会不会害了小伟？"

祁光宗抽了口烟，然后说道："那群人不过是求财，或是接了谁的盘子，要你手里的东西。想必他们也是在寻找时机，等时机到了，自会送信过来。或是谈判，或是直接让你拿东西赎人。不过你放心，老头子我在这北京城里还有那么一两个好友，我也拜托了几个好友，替我打听马留正帮在北京城的落脚地。"

说话间，祁光宗的手从衣兜掠过，谈庚旺看着祁光宗的衣兜，整个人都不好了。他想到了那条粉红的小蛇。虽说那蛇帮他咬伤了那只猴子，可一想到他每日和祁光宗走得那么近，而祁光宗的兜里一直藏着一条蛇，他就感觉后背汗毛竖立，心里总是感觉毛毛的。

许是看出了谈庚旺眼中的畏惧，祁光宗将手放到兜口，就见一条粉红色的小蛇探出头来，很快便缠上了祁光宗的手腕。那蛇细小得很，也就比地里的大蚯蚓大了那么一点点。此时它老老实实地缠在祁光宗的手腕上，看上去更像是装饰品。如果那蛇不吐芯子的话，谈庚旺觉得它还是挺可爱的。

祁光宗告诉谈庚旺，这蛇是钩盲蛇，叫桂花。钩盲蛇由于体型细小，善于挖洞，曾被人误以为是蚯蚓，可是探洞的好手。这话谈庚旺可不敢信。钩盲蛇体型小，长6—17厘米，本无毒，大多是亮灰色，也有紫色的。可祁光宗养的这条蛇不太一样，不但身体呈粉红色，而且带有剧毒，否则昨天那只猴子，怎会被咬上一口就口吐白沫倒地不起了，要知道那只猴子，本身上也是带着尸毒的。

再则钩盲蛇已经退化，眼睛化成两颗小圆点，头部鳞片细碎，尾巴则只有一枚很细小的尖鳞。可这条蛇双眼清晰，足有黄豆大小，尾部分叉如同两个钩子一般，倒是与《山海经》描述的钩蛇十分相近，只是此蛇身体细小，并没有像《续博物志》中讲的那样，"先提山有钩蛇，长七八丈"。不过从进化论的角度来讲，任何一个物种都会随着环境的变化而不断自我进化。再则《山海经》所记载之神兽多有夸张成分。也许眼前这蛇，就是从传说中的钩蛇进化而来的也未可知。

因为谈庚旺的身体需要休养，几人便在旅馆里等着各路的消息。可到了晚上，谈庚旺又做起了梦，他梦到自己身穿甲胄走在阴暗的甬道之中，而甬道的尽头则通往了一个神秘的黑洞。他站在黑洞前发下毒誓，誓死效忠首领。

紧接着场景转换，山峦之巅，神鸟异兽皆与一群骑着食铁兽的人围剿一群人。这场景光怪陆离，风火雷电，尸横遍野，厮杀声、呐喊声混合交织，就连天地都变了颜色，此情此景却让谈庚旺想到了那场上古之战。而他手持战斧，脚下踩着不知多少人的尸体，血和泥土让他身上的甲胄变了颜色，他却嘶吼了一声，再次冲了上去。

"杀啊！"谈庚旺觉得整个人都热血沸腾，他周身的每个细胞，都蕴含着无穷无尽的活力。他要在战场上兑现自己的承诺，誓死都要效忠首领。就在这个时候，他感觉手臂一凉，整个人如坠冰窟，他好像又掉到了那口枯井里，而井上则站着一个人，那人在朝着他笑，笑得他毛骨悚然。

"我要杀了你。"谈庚旺怒吼一声，便用力向井上爬去，却又被那人踢到了井里。"我要杀了你！我要杀了你！"谈庚旺猛然惊醒，却见手臂之上已经扎了三根银针，他也并没有躺在床上，而是站在窗户边。窗户已经被打开，他半只脚跨在了窗台之上。他看着脚下的街道，突然感觉头晕目眩，差一点掉到楼下，好在一旁的二毛和祁光宗将他拉了回来。

窗前的风让他慢慢恢复了意识，他才想到，自己刚才又梦魇了，这梦比之前的任何梦都要真切，梦里的流光溢彩，好像让现实的世界都失去了颜色。他很难接受这种变化，甚至感觉自己还在梦中。可又一想，他每日都吃祁光宗给的药，之前都好好的，怎么今天又开始梦魇了？难道那药失效了？

"小谈，你好好想一想，你小的时候是不是梦游过？"祁光宗表情十分凝重地问道。谈庚旺有些脱力，他没有回答，只是摇了摇头。祁光宗又追问道："是没有，还是不记得了？"

这一句话倒是难住了谈庚旺，他之前摇头是想答没有。可听祁光宗这么一说，他又有点拿不准了。他对小时候的记忆很模糊，现在想来，他也不知道自己是不是梦游过，也可以说是不记得了。好奇怪的感觉，他居然第一次发现，自己竟然记不得 5 岁以前的任何事儿。

这到底是怎么回事儿？难道也是那对青铜枕的原因？

第十二章 不夜教

祁光宗又说道:"你说你爹起死回生的时候说过,那对青铜枕是你们谈家最大的秘密,还一直逼问你是不是记下了。我想当时你爹便有话要说给你听,可周围还有其他的人,只能用这种暗示的方式等着你自己找寻答案。"

谈庚旺一时没听明白祁光宗的话是什么意思。他有些蒙地看着祁光宗,又看了看一旁的二毛。就连平时不太正经的二毛,此时看向他的眼神都多着几分同情和严肃。仿佛他现在已行将就木,半只脚已经踏进了棺材。这种莫名其妙的眼神,让他细思极恐,越想越觉得不对劲,于是他用尽全力,问了一句:"祁大,你这话是啥意思?"

祁光宗几度欲言又止,这更让谈庚旺意识到问题的严重性。可他越是追问,祁光宗便越是不好开口,直到最后祁光宗只憋出了一句话:"小谈啊,你知道当初我第一次找到你家的时候,我看到了什么吗?""什么?"谈庚旺马上追问道。祁光宗说道:"我看到你站在院子里与一群乌鸦说话。"

谈庚旺想着那天梦魇时做过的梦说道:"那时我梦到一群乌鸦在袭击我。"祁光宗摇了摇头:"不,这跟你的梦境不一样,当时的你背手而立,对着那群乌鸦说着我听不懂的话。确切地说是发出一种古怪的声音，就有点像我召唤桂花时的声音。那时候的你不论从气质到表情，都跟平时的你大相径庭，判若两人。"

谈庚旺又问道："你是说，我在梦魇的时候，很像另外一个人。"祁光宗摇了摇头："不，如果你是在梦游，我也就不会如此问你了。因为当时你是睁着眼睛的，而且目光炯炯有神，甚至比平时的你还要有光彩。那个时候的你是醒着的。可后来我发现，你并不知道自己那种状态下都做了什么。因为当时我对你不了解，也就没多言，后来则是不知道如何跟你说这事儿了。"

谈庚旺有些难以置信地看向二毛。二毛也点了点头，有些惊魂未定地说道："庚旺哥，你这几天也是这样的。你可不知道，刚才你刚睡觉便跳了起来。你知道什么是跳起来吗？就是你整个人直起腰板就这么从床上蹦到了地上。然后你就瞪着眼睛对我说：我要杀了你，我要杀了你。哥，你那时候的表情特别吓人，凶神恶煞似的，要不是大白天的，我还以为我遇到鬼了。还有，昨天你就闹过一次了，就在你中了尸毒之后，那时候你走到窗户前，说了一堆莫名其妙的话。可把我吓死了。昨天我就想问问你，可师父不让我说，师父说你可能是中了毒的原因，怕我说了会吓到你。可今天你的样子比昨天还要吓人，还要恐怖。而且你也看到了，你刚才差一点就要从窗户跳下去了。"

这下谈庚旺彻底惊呆了，他只以为自己是梦魇了，或者是单纯的梦游。他也一直以为他的梦游是因为受到了那对青铜枕的影响。对此他也想过，许是那对青铜枕在冶炼的过程中，加了一些带有磁性或是放射性的物质，继而对他的神经产生了一定的影响。可他从来没有想过，他在梦魇时会变成另外一个人。

那他在梦魇的时候，究竟变成了谁呢？那个被推进枯井的清朝男人，还是穿着甲胄、在战场上奋力拼杀的古代男子呢？但不论是谁，这种现象都有些过于诡异。突然间，他似乎想到了一件事儿，一件特别奇怪的事儿。他从小到大从不做梦。小的时候，高小伟常跟他说夜里做了什么噩梦，他却说自己一觉到天亮，从来不做噩梦。不只是噩梦，连美梦也没有做过。最初他只以为是自己的睡眠质量高，可现在想想，这一点就已经有违常理了。

接着他又想到了另外一个可能，他看过一篇报道，有专家研究表明，人每天晚上都会做梦，只是大多时间人们记不住做了什么梦。所以他不是没做梦，而是一直记不住自己的梦境。

他记得《后汉书·仪礼志》中记载着："雄伯食魅，腾简食不祥，揽诸食咎，伯奇食梦。"难道他的身边就住着这样一只伯奇兽，将他的梦全部吞噬掉了？否则他也无法解释，为何自己20多年的人生中，除了这几天外，从来没有对梦的记忆。

而且他的梦境都异常真实，让他分不清是现实，还是梦境。他也分不清，是别人到了他的梦里，还是他到了别人的梦里。是庄周梦蝶，还是蝶梦庄周？是黄粱一梦，还是一梦黄粱呢？"祁大，你见多识广，你有没有见过我这样的情况？"谈庚旺问道。

祁光宗想了想后说道："倒是有这么个事儿，那是很多年前，我跟着我的师父摸进了一个将军的墓。可主墓室里没有棺材，只有一张床。那墓主人双手结印，盘膝坐在床上，虽已有千年可尸体不腐。当时我和我师父都很奇怪，一般坐着入殓的多为僧道，这人却是穿着战甲的将军，实在让人费解。后来我们在那张床下找到了他的墓志铭，上边写着：边陲不夜将军，天赋异禀，昼如文弱书生，总理边关事务。夜则武功盖世，取敌军首领之头如探囊取物。某一日突然盘床交谈，时书生，时将军，其两人争执不休，最后无故盘膝而亡。为表其功绩，修此不夜将军冢，待其百年后从梦里复死而生。"

意思就是一个叫不夜的将军，他白天和夜里判若两人。后来有一天，两人同时出现，争执了起来，之后不夜将军便睡死了过去。埋葬他的人，并没有将他葬于棺椁之中，而是让他保持着死前的姿势，甚至连他的床都一并下葬，就是希望他有一天从梦中醒来，死而复生。

"当时我小，只当这不夜将军的后人是脑袋被驴踢过，才做出如此荒唐的事儿。可等几年后，我又想到此事，便觉得这事儿有些蹊跷。那墓志铭只短短几个字，未必能将事情的始末讲清楚。也许不夜将军从来不睡觉，所以才叫不夜将军，而他假死应该也不是第一次了，故而他的后人认为他只是睡着了，才没有将他放到棺椁里。"祁光宗解释道。

说到这里，谈庚旺觉得这不过是个离奇的故事，只是这不夜将军夜里与白天判若两人，倒是与自己现在的情况相似。"祁大，你的意思是说，那位不夜将军也有梦游症？"祁光宗摇了摇头："若是这样，那也不叫离奇了。后来有一次，我意外看到了一些壁画，在周朝时有一个很小众的教派，叫不夜教。那壁画里画着的教众，便是双手结印盘膝而坐。据说那教派是由蚩尤手下的异人所开创，他们用特殊的祭祀方式，来唤醒自己梦中的守护神。"

"守护神？"谈庚旺和二毛同时问道。"没错，"祁光宗继续说道，"不夜教用唤醒自己的梦中守护神的方法来增加自己的实力。大家都知道，人的一生有三分之一的时间是用来睡觉的。可如果一个人不睡觉，那便等于比正常人多了许多时间。"

"那后来呢，不夜教又如何了？"谈庚旺追问道。

"后来，不夜教在一夜之间就神秘消失了，壁画的最后一幅，是一个奇怪的景象，当时墓道里太暗，我也没看太真切，但模糊地能看到许多的人脸和四肢散落了一地，铺成了一幅诡异的画卷，而画卷的最下角有一个黑色的人影，正默默地看着那一切。我当时是在一个探寻不夜教的术士墓里，看到了不夜教的壁画。但他的墓保存得并不完好，有一多半的壁画都已经损毁了，所以我只零星看到了这些内容。看完那壁画之后，我想那不夜将军想必也是不夜教的信徒。"

谈庚旺陷入了沉思，不夜教的目的只是为了争取一点比别人更多的时间吗？他觉得不太可能，以他对古人教派和祭祀活动的了解，任何一个教派都是有所图谋，不是图财，便是图权，抑或是乞求长生不老。

"祁大，你说有没有一种可能，不夜教的教众用祭祀来唤醒自己的守护神，其实就是为了唤醒自己身上的神力。因为根据很多史料记载，古人认为人生下来都是有神力的，只是因为我们生活的环境使得身体里的神力在不断减少。而不夜教唤醒了人身体里的神力后，即便死亡也能起死回生。所以不夜将军的后人，才会让他坐床入冢。"谈庚旺推断道。

"有这个可能。之前我对这个不夜教并没有什么研究。可是不夜教的信徒是因为祭祀才会这样，这跟你的情况又不太一样，难道你小的时候也拜过这不夜教？"祁光宗上下打量起了谈庚旺。

谈庚旺随即否定道："不可能，我们家没有任何的宗教信仰。"这时二毛说道："那不会是遗传吧？神话故事不也这么讲过吗，说一些神仙的孩子，都会从父母的身上继承神力？"

谈庚旺摇了摇头，他觉得二毛的说法更是无稽之谈。"那为什么我爹没有继承？"二毛很快就答道："返祖了呗。报纸上是咋说的来着，啊对，叫隐性遗传。"没想到二毛连隐性遗传都知道，可是神力一说皆为神话传说，抑或是坊间怪谈，都是一些不科学的迷信说法。他不相信不夜教可以真的唤醒人身上的神力，而他也不可能从祖先那里继承这种能力。他的这种情况就是最近事逢突变，他又几次遇险，所以才产生的一种疾病。等事情过去后，他应该就会恢复，最多去医院开点药，肯定不是什么大事儿。不过，他对祁光宗和二毛的关心还是心存感激的。

吃过晚饭后祁光宗出去了一趟，等他回来的时候说在城北一带见过马留帮的人，具体的情况他已经让人去城北打听了。谈庚旺心急如焚，可又无能为力，只得先赴了与南宫奇的三日之约。

第二天，三人带着青铜枕到了与南宫奇约见的地方，南宫奇找了一辆旧北京吉普，开了近三个小时，将三人拉到了郊外的一处院落。这院子坐北朝南，后边便是蔓延的山脉，远远能看到老旧的长城城墙以及垮塌的烽火台。院子外一块破木板的横匾，上边几个半新不旧的大字"水心斋"。

谈庚旺看着那半新不旧的匾额，想到了他听到过的一个传说。

几人在门口驻足了片刻，便跟着南宫奇鱼贯而入。进了院子南宫奇引着大家直奔正厅，两边的厢房都落着锁，紧闭着窗帘。南宫奇边走边说道："不好意思，这两边都是库房，这可都是我南宫家百年传承的底蕴，所以平时都锁着。"谈庚旺紧随其后，却在要跨进客厅的时候猛地回头，他的眼睛微眯，在南宫奇发现前，他又若无其事地进了正厅。

正房内有一个古董架子，上面零零散散摆放着一些古董，都是些无甚新奇的小玩意儿。鼻烟壶、线装书以及一些小摆件。品类繁多，摆放得也杂乱无章。委实没有看出南宫家的底蕴何在，也许这些不过是一些不值钱的玩意儿，好东西都放到了库房里。

南宫奇嬉笑着说道："大家不要客气，随便坐。对了小伙子，你那对青铜枕带来了吗？"说话间他又将目光落到了谈庚旺带来的背包上。

这人一进门就迫不及待地询问那对青铜枕，这让谈庚旺很是反感。但他还是从背包里拿出了那对青铜枕放到了桌子上。他说道："还烦请南宫先生相看一下，这东西是何来历，以解我心中疑惑。"

南宫奇看着桌上被报纸包着的青铜枕，露出一丝意味不明的笑容。"不错，一字压一鬼，这老物件儿，特别是从地里挖出来的，就用这旧报纸包着最好。"说话间，他打开报纸，露出了里边的青铜枕，又继续说道："小伙子，你算是找对人了，我南宫家百年传承，一眼识真古，从未打过眼。我对这青铜器最有研究。你看，这东西一看便知是商周时期的，而且是中原的。你们再看，这上边的夔龙纹是凹凸的，要是西楚的青铜器上边的纹饰是焊接上去的。但是——"

南宫奇突然停了下来，环顾四周，见所有人都伸长了脖子，一副洗耳恭听的模样，方才继续说道："最早的青铜器都是做祭祀用，直到西汉才有青铜枕的出现。而这对青铜枕，不论从颜色或是从工艺，都是一眼假。"说罢很随意地将青铜枕扔到了桌子上，"这东西不值钱，但做工还可以，小兄弟要是想出手，我出20块钱，就当个现代工艺品收了。"

祁光宗冷哼了一声："南宫先生，你可看好了，我这小兄弟的东西可是真的。"二毛也说道："就是，庚旺哥只是想问这东西的来历，又不是想出手，怎么可能拿个假的来。再说了，这东西上的铜锈可做不了假。"

南宫奇一听立马板起了脸："你们这是在质疑我了？我都说了我们南宫家百年传承，一眼识真古，从未打过眼。这东西就是一眼假，可非要问这东西的来历。倒是跟传说的不夜枕很像。只是传说中的不夜枕早已被毁，这东西不过是根据一些坊间传说伪造出来的。"

"不夜枕？"谈庚旺问道。

南宫奇又继续说道:"对,据说异人风后的后代开创了不夜教,这对不夜枕便是这不夜教的开教圣物。相传这不夜枕里封印了蚩尤的上古神力,所以可以唤醒异人后裔身上的能力。哎呀,这都是一些神话传说,而那对不夜枕早在秦始皇统一六国之后,便销声匿迹了,都说那对枕头早已毁于战乱。唉!可惜了。不过小伙子,你手里能有这样的一件仿品,说明你与这不夜教有着千丝万缕的关系。"

谈庚旺蹙眉,又是不夜教,难道整件事与这不夜教真的有关?可他爹是个老实本分的农民,怎么可能跟不夜教扯上关系。看来事情比他想象的还要复杂,这让他更加摸不到头脑了。他只得说道:"南宫先生,既然这东西不值钱,我就不能卖给您了,这东西我还是带回去留个念想。今天特别感谢您能解答我们的疑惑,那我们就不叨扰了。"说完他起身将青铜枕包好,装回到兜里,便准备离开。

南宫奇见人要走,直接拉住了谈庚旺的手:"不叨扰,不叨扰。一来我让人准备了午餐,二来听庄老师跟我说了你家里的情况,想必你心里还有更多的疑惑没有问,你还是坐下来,咱们慢慢细聊。再则就是你这对仿制的青铜枕,你带回去又没有什么用,不如换20块钱。你要嫌少,我给你涨到50,你大老远奔着我来的,50块钱,真的不能再多了。小兄弟你听我一句劝,这东西为了做旧用了强酸腐蚀,所以这东西在家里留不得。"

"50可不卖,这东西就是当工艺品卖,也不止50吧。"二毛嬉笑着不动声色地抽回了谈庚旺的手。祁光宗的动作最快,他人已经到了门口。南宫奇正要到门口去拦人,这时一把明晃晃的短刀就架在了南宫奇的脖子上。

"别动,再动别怪我不客气了。"谈庚旺声音阴冷地说道。那边二毛已经开始动手捆人了，而祁光宗早已将客厅的门反锁，此时正在拉着窗帘。南宫奇一脸惊慌地喊道："你们，你们这是要干什么？我南宫家可是百年大族，岂是你们能招惹的……"

第十三章　太虚幻境

　　谈庚旺将手里的刀往前送了送。南宫奇脖子一凉，立马服了软："小伙子，别冲动，我出 100，不，不，不，300，300 收你那对青铜枕，你不是求财吗，犯不上干那些个违法乱纪的事儿。"谈庚旺冷笑一声，说道："说，你们把我那兄弟藏哪儿了？"南宫奇瞪大了眼睛，有些蒙地问道："小伙子，你说什么呢？你们今天来的就只有仨人儿啊，不都在这儿呢？你可别装神弄鬼地吓唬哥哥我。"

　　二毛不像谈庚旺，上去就是一肘子，撑到了南宫奇的肚子上，这一下直打得南宫奇腹中翻滚，痛得直骂娘："我明白了，你们这是在跟爷我玩仙人跳呢。有讹钱、讹东西的，爷我今天可见识到讹大活人的了。"谈庚旺见南宫奇还是不老实，便用刀背拍了南宫奇的脖子一下。那冰凉的触感，终于让南宫奇意识到自己正处于弱势，嘴里却依旧说道："好汉，好汉，我真不知道你的兄弟在哪儿。"

　　只听祁光宗喊了一声："桂花。"便见一条粉红的小蛇从祁光宗的衣兜里飞了回来，一下就蹿到了南宫奇的身上。祁光宗说道："刀你不怕，若用刀子，只怕事后警察会查到我们。但这桂花是什么来历，想必马留帮的人跟你说过吧？你若被毒蛇咬死，就算是警察查到我们，那也不关我们的事儿。所以你想要留下小命，就快点把人交出来。"即便被刀扼住咽喉也面不改色的南宫奇终于变了脸色。他看着盘绕在他头顶上吐着芯子的桂花，哆哆嗦嗦地说道："在，在在在，西厢房。"

几个人押着南宫奇便去了西厢房，院里寂静无声，南宫奇也算老实，一直没有叫嚷，只是时不时看一眼他头上的桂花，显得很是局促不安。南宫奇用钥匙打开了西厢房的门。祁光宗为防有诈，便让南宫奇先进去，待南宫奇进去后，几人才走了进去。就见高小伟被绑在椅子上，整个人瘦了一圈，顶着大大的黑眼圈，嘴用黑色电工胶带封着，见谈庚旺等人来救他，差一点没激动得哭出来。他用力摇晃着身体。

二毛跑过去撕开高小伟嘴上的胶带，高小伟的嘴上留下许多黑色的胶。高小伟也顾不得这些，直说道："二毛兄弟，有吃的没，这些人一口水都没给我啊！"高小伟受了不少的罪，正欲大倒苦水，却听"哐当"一声，房门被关上了。

接着周围响起了诡异的声响，似脚步摩擦地板的声音，又似金属棍摩擦的声音，总之听上去让人毛骨悚然。接着窗户外瞬间暗了下来。谈庚旺一看不对，便用力压了压刀："别耍花样。"南宫奇声音颤抖着说："不，不，不是我耍花样，是，是，是这房子闹鬼。"祁光宗一把掐住南宫奇的脖子："放屁，大白天的就闹鬼，你当老头子我是吃素的？"

那南宫奇又道："你当这'水心斋'是何地方，这可是开了千年的阴阳店。你看这屋子里没什么东西，那是因为你们都是肉体凡胎，根本看不到。其实这里摆满了阴器，那都是要与阴鬼做交易的。我南宫家开店千年，白日里可以做许多营生，可以是纸扎店，也可以是棺材铺，还有那当铺。

"但不管白天是什么营生，夜里皆是阴司宝物流通处，专门卖一些阴器。这些阴器可助活人逆天改命，也可助孤魂野鬼早日投胎。现在这里不只有我们几个人，还有着一屋子的鬼。若你们敢动我一根汗毛，只怕这些急着投胎的阴鬼不会放过你们，不信你们就试试，看看这些阴鬼到底有些什么手段。

"啧啧，就在你那兄弟身边，就站着两个女鬼，这两个女鬼都是从故宫里跑出来的，生前皆是被她们的主子折磨至死。一个被拔了舌头，投到了井里。一个被挖了两眼，喂了乌鸦。等你们看了她们的样子，准保被吓个半死。

"这两个鬼可都是珍妃介绍来的。那珍妃你们总听过吧，就是光绪皇帝的爱妃，后来八国联军进北京城的时候，慈禧逃跑前就把她扔到了井里。她是冤死的，不能投胎，就来了我们'水心斋'，用身上的阴器换了投胎转世的机会。当时我爹爹就把那阴器给了袁世凯，帮他逆天改命，许他多些阳寿，可袁世凯非要当皇帝，若不是如此，他一准能活到100岁。"

谈庚旺见这南宫奇满嘴跑火车，什么珍妃、袁世凯的，倒是没有他不敢编排的了，便觉南宫奇是在拖延时间，正要言语恐吓一二，可就在说话的工夫，就见那南宫奇脖子一歪，接着整个房间彻底黑了下来。

与此同时谈庚旺感觉手中一空，他大叫不好，南宫奇要溜。祁光宗伸手一抓，却抓了空，只有桂花落到了他的手上。几人没想到有这种情况，并没有带手电，只能以声音定位，二毛则去摸灯的开关，可摸到的是一只冰凉的手。二毛连忙说道："庚旺哥是你吗？"却听到谈庚旺在后边回道："二毛你在哪儿？小伟呢？"

谈庚旺边说话边摸索着，这时一只手搭在了他的肩膀之上。谈庚旺便问道："小伟？"可高小伟在另外一个方向传来同样的问询声。这时一缕长发掠过了祁光宗的耳朵，祁光宗却冷笑着喊道："我倒是要看看是谁在装神弄鬼。"说罢一个擒拿手，却依旧扑了个空。祁光宗有些诧异，他常年在地下摸爬滚打，听声辨位，更是习惯了在黑暗中行动，可今天这种情况，他还是第一次遇到。

祁光宗已经摸到了门，可用力一推，门纹丝未动。他再用力一踹，却如踹到了铁板之上。这时屋里传来女人哭泣的声音，不知这女人在何处，却感觉这声音忽左忽右。几人的神经紧绷了起来，不知道南宫奇还会弄出什么花样来。但此时未有开门声，想来那南宫奇还在房间里。

接着屋内亮起了幽蓝的光，看不到灯源，只能见光在地上，四周雾气升腾。高小伟回头，却见一红衣长发披头的女鬼，惨白着脸，用没有瞳孔的瞳仁紧盯着他。高小伟"妈呀"一声，吓得坐到了地上。那边二毛也看到了同样的场景，可二毛回手就是一拳。说来也怪，这一拳过去，那女鬼便消失不见了。

接着整个房间好似入了阴曹地府，牛头马面，凶神恶煞的判官，一个个粉墨登场。又是十八层地狱，阿鼻、无间，场景不断轮换。烹油，石碾，看着好不吓人。

屋子里忽而蓝光、忽而绿影，飘忽间便有人哭鬼泣，怪声不断。红楼梦里贾宝玉梦幻之时是听到：春梦随云散，飞花逐水流。见得也是，蹁跹婀娜，仙袂乍飘，荷衣欲动。这里却是，鬼府魅影，哀号声声。

若是放到一般人眼里，定被眼前的景象吓得半死。祁光宗师徒自不必说，本就不怕这鬼神之说。谈庚旺是个大学生，哪里会这么好骗。他只是好奇："祁大，这又是何骗术，居然能以假乱真？"祁光宗回道："倒是有一种戏法叫古彩幻术。可以凭灯影和其功法，呼风唤雨，展四季、幻化花开花落。"

谈庚旺心想，这倒是门绝学，只是用错了地方。不过我国古代便有了对幻术的记载。《水浒传》中就有："偶游崆峒山，遇异人传授幻术，能呼风唤雨，驾雾腾云。"《西京杂记》中也有"余所知有鞠道龙，善为幻术……立兴云雾，坐成山河"等。诸如这样的记载不胜枚举。

而我国古代的幻术还有许多，如穿着衣服在火中走、空竿钓鱼、扯扇还原、耳边听字、隔物透视、意念取物、米变金鱼、灯上现龙、大变活人、烧纸现字，等等。

唐高宗时期，有个叫明崇俨的人，就是依靠幻术入得皇宫之中。明崇俨，洛州偃师人，父亲明恪，豫州刺史。据说此人长得眉清目秀，身形挺拔。自幼精通巫术、相术和医术。明崇俨小时候跟着父亲到安喜县上任，县中就有个会召鬼神法术的人，明崇俨一下子就被迷住了，于是前去拜师，就学会了那人的法术。

之后明崇俨应封泰山之举，授黄安县丞。他又用偏方治好了刺史重病的女儿。之后他的事儿被唐高宗知道了，便召见了他。

唐高宗为了试探他的法术，就命人在地下挖了一个洞，并让宫女在里面奏乐。等明崇俨来到皇宫后，唐高宗便说："爱卿，你听听这是什么邪物？又是从哪传来的声音，你且为朕止了这声音。"

明崇俨叫人拿来朱砂，当即就画了两道符。说来也怪，那音乐声竟戛然而止。唐高宗觉得很不可思议，就命人把洞中的宫女叫出来，盘问她为何不再弹奏了。那宫女连忙回道：她本在洞中奏乐，突然就见两条怪龙从天而降，那龙头威严，张着大嘴，好不吓人。她心中惶恐，便停下了手中动作。

唐高宗听后十分高兴，以为明崇俨是个高人，便开始宠信于他。盛夏时节，唐高宗觉得酷暑难耐，明崇俨就施法，从阴山取来白雪。冬天唐高宗想吃西瓜，明崇俨又施法取来西瓜。

然而明崇俨的能耐还不仅如此，据说他甚至还能调遣神灵。《广异记》就记载了明崇俨曾调动了"太一"。

后来明崇俨步步高升，可入阁供奉，还得到了武则天的宠信。可明崇俨十分狂傲，一心只求仕途，后被罗浮真人叶法善施下法咒，使得他的幻术突然失灵。其实叶法善不过是想给他一个教训，让他低调做人。可当叶法善撤掉法术后，明崇俨依然我行我素，最后得罪许多人，被人买通盗匪流寇，将其斩杀。

既然已识破了这幻术，高小伟也站了起来，骂着一群尿货，若让他找到了定把他打出屎来。几人在屋子中翻了一圈，却连一个人影都没有看到。可这屋子里只有一张桌子和几把椅子，不见南宫奇说的南宫家的底蕴，更不见南宫奇的人。

几个人折腾了半天，虽然不惧怕这屋子的幻术，却也感到心中压抑，因为门窗根本打不开。就在这时，房梁上传来脚步声。这房子是老屋，上边是房梁屋脊，并没有吊棚。二毛跳上桌子，用力一攀便跃上屋脊。待听准那房上之人走到何处时，用力将房顶瓦片掀开。

这一掀，上边的人直接摔了下来。摔得也巧，就摔到了刚才二毛踩的那张桌子上，只听"哎哟"一声。那人又跳下了桌子，便见屋子里鬼影幢幢，粗着嗓子喊了一声："这是闹的哪一出？"

这时棚上探出一个脑袋，小鼻子小眼，问刚才掉下来的人："华子，你没事儿吧？"听声音应该是个女人。那个叫华子的人，揉着屁股，只回了句："没事，要不你也下来看看，这屋子热闹得很。"这人见了谈庚旺等人也不怕，还招呼同伙也下来，倒不像是南宫奇的同伙，更像是来偷东西的，否则怎么会做梁上君子。

谈庚旺看向房上的女子，却听到那女人喊道："咻，臭流氓，怎么是你？"未等谈庚旺看清房上之人的长相，那女人纵身一跃，直接跳到了桌子上，然后好奇地看着四周："好家伙，好大的排面。这难道就是传说中的戏术？"

这时几人才看清，这女人正是那夜住在隔壁的女人。那天谈庚旺中了尸毒昏迷，那女人临走前倒是让二毛转告谈庚旺，说偷看她的事儿她记下来了，总有一天会找他这个臭流氓算账的。可后来事儿多，谁也没把这事儿放在心上，所以谈庚旺也不知道，自己早被安上了臭流氓的罪名。

华子问那女人："这几个就是你说的陕西人吧？"二毛反问道："美女姐姐，你怎知道我们是陕西人？""听出来的呀。你们这么重的口音，跟我叔叔简直一个样。对了，我叔叔在陕西工作，他倒不是土生土长的陕西人，只是在潼关插队，后来就留下了。"

之前在来北京的火车上，祁光宗就说他们来的可是祖国的首都，是中国的心脏，这里有各种肤色的外国人。他们满嘴的家乡话，只怕丢了全国人民的脸面，所以到了北京后大家尽量说普通话，结果还是能听得出来。

祁光宗见对方知道他们的底细，便对华子抱了一下拳："敢问这位兄弟怎么称呼，是打哪儿来？"华子憨笑了一下："我叫华子，她叫柳菲菲，我们是来找马留帮老巢的，我们与他们有些个人恩怨。上次菲菲也是无意间遇到了你们。不承想今天又遇到了，既然相遇就是缘分，一会儿找到了那马留帮的人，其他的人任你们怎么处置，但带头那孙子必须留给我。"一看这华子也是性情中人，快意恩仇，倒也对祁光宗的脾气。

柳菲菲瞥了谈庚旺一眼，先是微微一笑，又挑了挑眉，笑着问道："臭流氓你叫啥？"谈庚旺有点老实地回道："谈庚旺。"柳菲菲一脸的嫌弃："这名字还真是够土的，还是臭流氓更好听些。"谈庚旺眉毛一挑，他这臭流氓的名头咋还摘不掉了？

倒是人多力量大，如今房顶上露了一个大洞，几人便攀上了屋顶，可上了屋顶，便见一伙人已经等在了上边，带头的正是南宫奇。他阴笑一声："没想到你们倒是胆子大，不过姓谈的，你是怎么知道我和马留帮是一伙的？"南宫奇问道。

谈庚旺先是讥讽一笑："很简单，今天你接我们的车能坐五个人。除了你和司机，就只能坐下三人，这说明你早就知道我们最多来三个人。你若不是未卜先知，就肯定和绑了我们的人是一伙的。"南宫奇一拍脑门："这还是我大意了。不过没关系，既然你们来了，那就谁也别想走了。"

说罢，两边三伙人动起手来。谈庚旺和高小伟打架弱了点，但从小就在房上跑，倒也能站得稳。祁光宗和二毛是有功夫的，出手又快，很快占了上风。柳菲菲的大长腿就如那霹雳旋风。倒是那南宫奇，虽然看着流里流气的，身手却很敏捷。十几个人打来打去，房梁上施展不开，便又跳到了院子里。

高小伟好几天没吃饭了，心里憋着暗气，动手肯定占不到便宜，便一把火点了院子里的杂草。高小伟本想点把火吸引对方的注意力，却不想那火居然蹿到了房梁上。那火势一起，马留帮的人和南宫奇见老窝被人放了火，也动了真火气，可又不得不去救火。

只道："谈庚旺你个王八崽子，我南宫奇饶不了你！"没等谈庚旺说话，柳菲菲却说："见过不要脸的，就没见过比你还不要脸的。你就是猪鼻子插大葱——装象。南宫家何时出了个南宫奇了？你也不怕风大闪了你的舌头，被南宫家的人找上门来要了你的小命。"

南宫奇这才问道："你这娘们儿又是打哪儿出来的。老娘们儿家家的，别浑不浑的水都要蹚一脚，小心——"他话还没说完，就见主屋也起了火。南宫奇也急了，顾不得再与谈庚旺等人纠缠，直喊着人去救火。

谈庚旺几个见人都去救火了，就准备离开"水心斋"。而华子拎着一个人，好像问着什么，那人被华子打得鼻青脸肿，却一直摇头，想必他要问的事儿那人并不知晓。那些都是别人的恩怨，谈庚旺也不想多管，便推开"水心斋"的门，结果眼见一只猴子蹿了过来，龇牙咧嘴地就要咬人，门外还停了两辆面包车，车上下来的人拿着家伙就往院子里跑。二毛手疾眼快，连忙将门合上，又用门闩锁好。

几人退了回来，谈庚旺对华子说道："兄弟，外边又来了十几号人，好汉不吃眼前亏，撤吧，正门前肯定是走不了。"柳菲菲指着厢房边的围墙说道："从那儿跳出去，我俩的车就停在山脚下。"一群人翻墙而逃，钻进了柳菲菲和华子开来的小面包车里。

车子一路向南，倒是没有人追上来。高小伟揉着因长期捆绑而酸楚的手说道："没想到这'水心斋'就是个黑店。早知道咱就不来北京找什么'水心斋'了。"柳菲菲不由得蹙起眉头说道："这个'水心斋'是个冒牌货，真正的'水心斋'可是家百年老店，却十分神秘，可不是一般人想找就能找到的。"

谈庚旺一听，连忙问道："那真正的'水心斋'在哪里？我们几个从陕西大老远地来北京，就是为了找'水心斋'。"柳菲菲警惕地看着谈庚旺，想了想后说道："我也不知道那'水心斋'在何处，不过我叔叔他知道，我可以找他打听打听。"

华子开着车，一路上柳菲菲不时瞅一眼谈庚旺，每每四目相对，她便嗔怪道："臭流氓，为什么偷看我？"谈庚旺一脸的委屈，他何时偷看了。这车里就这么大点地方，他俩又坐得这么近，难免目光相对。再则柳菲菲要是不看他，又怎会知道他在看她。但他此时又不好招惹这姑奶奶，毕竟高小伟身体虚弱，郊外没有大巴，想要回旅馆必须得厚着脸皮坐人家的车回去。他好男不跟女斗，这姑奶奶爱怎么着就怎么着吧！

第十四章　古彩戏术

　　好不容易挨到了旅馆，谈庚旺等人道了谢，柳菲菲纤纤玉指一挥，说道："臭流氓，当初你偷偷跑到老娘的房间的事儿，老娘可还记着呢。老娘这人记仇，今儿老娘累了，不跟你计较，等哪天老娘闲着了，定会回来跟你讨个说法。"说完关上车窗，车子绝尘而去。

　　高小伟在车上睡了一道，下车倒有了些精神，他挤眉弄眼地问谈庚旺："庚旺哥，这娘们儿不错，你俩咋认识的？"谈庚旺被问了个大红脸，那日他也不过是无心之举。不过现在想想，事情不对啊！"那天二毛都说了他们隔壁根本没有人住，可为什么柳菲菲会出现？难道说柳菲菲是跟随马留帮的人来到旅馆的？"他自言自语道。

　　祁光宗和二毛都不断地点头："要是这样就说得通了。她在隔壁也听到了我们那天所有的动静，所以今天她见我们出现，就知道我们跟假南宫奇和马留帮的人不是一伙的。"谈庚旺不免抱怨道："这女人也太过胡搅蛮缠，她明知道还一口一个臭流氓地骂我，你说她这是图啥？"

　　二毛呵呵一笑道："庚旺哥，你这念过大学的人还看不出来啊！菲菲姐这是看上你了，想要跟你好。"祁光宗继续点头，脸上满是调笑。

　　谈庚旺觉得自己已经够倒霉的了，他可不觉得柳菲菲对他有啥意思。他说："这绝对不可能。"二毛一根手指在谈庚旺的面前左右晃了晃：

"庚旺哥，你此言差矣，你看你这有一米八的大个儿，一表人才，还是个大学生。菲菲姐看上你，那是她有眼光。咋的庚旺哥，你要是对菲菲姐也有想法，等哪天我再见她，就帮你撮合撮合。"

"甭了，我无福消受。"谈庚旺头摇得跟拨浪鼓似的。柳菲菲这种蛮不讲理的女人，他还是敬而远之的好。祁光宗拍了拍谈庚旺的肩膀，似笑非笑地说道："你别身在福中不知福了。像柳菲菲这样个子高、身段好的女人可不是到处都有的。"谈庚旺自觉说不过他们师徒俩，便扶着高小伟进了旅馆。

回了房间，谈庚旺便将青铜枕拿了出来，却突然感觉这青铜枕的重量不对。他快速打开报纸，看着里边的青铜枕，不论从颜色，还是纹理，都与之前有了明显的变化。他呆愣在原地，心道不好，这青铜枕竟不知何时被掉包了。

祁光宗看谈庚旺脸色不对，便拿过谈庚旺手里的青铜枕放在鼻子下一闻，也立马变了脸色。"不对，这东西不是你的。"二毛和高小伟也凑过来看，他俩虽看不出什么，可祁光宗都说这东西不对了，谈庚旺自是不会再抱任何幻想。

青铜枕被掉包了，最大的可能就是在"水心斋"的时候被掉包的。谈庚旺心里憋着火，不由得骂了一句娘。可骂完之后，又像是个泄了气的皮球。他虽然不计较这青铜枕本身的价值，但他必须将青铜枕的来历查清楚，更想知道整件事情的始作俑者是谁。可现在青铜枕没了，他一辈子都不会知晓那个答案了。"罢了，丢了也罢，丢了，这事情也就结束了，再也不会有人因为这对枕头来找我的麻烦了。"他自我安慰道。

"不成，你要不是为了救我，枕头也不会被掉包。庚旺哥，二大临死前说了，那对青铜枕是你们老谈家最大的秘密。咱得把那枕头找回来，否则我对不起二大。"高小伟虽然几天没吃东西，又跟着他们折腾了这半天，精神不济，表情却异常坚定。

祁光宗也说："对，这枕头必须找回来，否则我也对不起我那故友的委托。而且那个假南宫奇竟然在我的眼皮子底下把东西掉包了，这让我这张老脸往哪儿搁？"要是这青铜枕没了，祁光宗那老友的线索也就没了，所以他此时也是心急如焚。

"当初还是我太大意了，以为那东西不值钱，便带着真货去。我真没注意到，他是什么时候将这青铜枕掉包的。"谈庚旺百思不得其解，这青铜枕明明没有离开过他的视线。片刻后祁光宗终于说道："也是老头子我大意，我们压根就没瞧得起他南宫奇。其实我们都被他迷惑了。当初他是故意露出破绽的，让我们一眼就看出他不对劲。之后他让马留帮的人在这旅馆里捣乱，目的是偷走青铜枕，可若是偷不走，也能将水搅浑。到时候我们急于知道对方的目的，定会带着青铜枕去赴约。而他这个时候在我们面前唱了一出空城计，结果却用了古彩戏术，将我们骗得团团转。好在我们几个并没有中招。可他的古彩戏术是假，换青铜枕才是真。"

这古彩戏术始于南宋，本是在瓦舍街头表演。讲究的就是捆、绑、藏、披、撕、携、摘、解。所以偷梁换柱，本就是他们的拿手好戏。虽然当时那对青铜枕没有离开过所有人的视线，但那个假南宫奇倒是有很多的机会将其掉包。

"今天天也不早了，再则高小伟还在'水心斋'里放了把火，那群人肯定也挪窝了。等明天我去打听打听他们的落脚地儿。那伙马留帮的人不好找，但要找那个假南宫奇可容易得很。北京城里能把古彩戏术要得这么溜的，应该没几个人。"

正如祁光宗所说，祁光宗的朋友很快便打听到了。那人叫刘德财，本是古彩刘的徒弟，因私用古彩戏术坑蒙拐骗被撵出了师门，之后便更加肆无忌惮。但这人嗜赌，所以坑来的钱是一个大子儿也没留下。而他的落脚地在城北，离旅馆不是很远。

　　得了信后谈庚旺等人直接找上了门去，却在刘德财家的胡同口看到了柳菲菲和华子，还有另外几个人。"臭流氓，你怎么跟到这儿来了？"柳菲菲见了谈庚旺，便笑骂道。谈庚旺被骂得一脑门的官司，他这最近是倒了什么霉，接连被人算计，还遇到了这么个打不得又骂不得的姑奶奶。

　　"我不是跟着你来的，我是要找刘德财，他掉包了我的东西。"谈庚旺一本正经地解释道。柳菲菲却回道："那巧了，他也掉包了别的东西，否则我也不会跑郊外去找他。"果然谈庚旺之前猜测得对，柳菲菲确实是追着那伙马留帮的人，才到了他们住的旅馆。

　　"原来菲菲姐也被掉包了东西啊，不知道菲菲姐被掉包了什么东西？"二毛一脸好奇地问道。柳菲菲十分正色地回道："一具尸体。""啥？尸体？"高小伟一惊一乍道。二毛连忙捂住了他的嘴巴："你小声点，别让人听到了。"

　　"尸体？什么东西？"谈庚旺小声问道。柳菲菲立马答道："也不是啥，就是一具穿着清代官服的干尸。"原来柳菲菲的叔叔就在文物局工作，经他的手转运过一具干尸。可前一段时间发现那具干尸居然不见了，而原本存放干尸的库房里只留下了一个纸扎的人。

　　一时间干尸变成纸扎人的诡异事件被传成了各种版本，柳菲菲的叔叔因此吃了大处分。柳菲菲的叔叔从小就很疼爱柳菲菲，所以柳菲菲替叔叔鸣不平，暗中查访发现是马留帮的人干的，于是顺藤摸瓜便查到了郊外的"水心斋"。

既然几个人的目的相同，便分工合作准备将刘德财拿下。几个人商量了一番，谈庚旺、柳菲菲、高小伟和华子从前门进，祁光宗和二毛则从后门走，而柳菲菲带来的几个人则守在这院子四周，以防刘德财逃掉。

两组人前后夹击，冲进了刘德财家的院子里。可刚一进院子便傻了眼，只见刘德财家中院内的老树上，挂着几十具尸体，个个脸色青紫。有斜眼的，有扭脖的，还有手里拎着滴血的头的，总之形态怪异。一阵阴风吹过，那些尸体迎风而动，向众人露出诡异的微笑。那场景好吓人，直吓得在场所有的人后背生出了白毛汗。

高小伟被吓得腿直哆嗦，谈庚旺却说道："光天化日，朗朗乾坤，怎会有人敢在树上挂上这么多的尸体？看来肯定都是古彩戏术。"听谈庚旺这么一说，柳菲菲拎着带来的棍子，一个闪身冲到了院子里，直奔那些尸体而去。可让她没想到的是，她刚到近前那些尸体却不翼而飞了。

所有的人被吓了一跳，这到底是怎么回事儿？柳菲菲四处寻找那些尸体，却在她一转身的工夫，那些尸体再次出现在另外一棵小树上。小树不似老树粗大，可挂了这许多尸体，枝条却依旧挺拔。这大白天的见鬼，可比晚上更让人感觉毛骨悚然。

柳菲菲的脸色煞白，十分警惕地看着四周。突然一具尸体从她的头上掠过，吓得她惊叫了一声。可她往后退一步，又有一具脸色铁青、吐着舌头的尸体拦住了她的退路。接着四周各种怪异的尸体向柳菲菲涌来。正当她进退维谷的时候，谈庚旺喊道："不要管那些尸体，那些都是幻影，你闭上眼睛，我们直接摸进去找人。"

说罢一只大手拉上了柳菲菲细滑的小手，两人摸索着进了屋子。如此诡异的场景柳菲菲还是头一次看到，吓得她手脚冰凉。此时她的手被温暖包裹着，不由得露出了一丝浅浅的微笑，嘴里却说道："臭流氓，你又占老娘便宜。"一句话吓得谈庚旺立马松开了手，柳菲菲失去了重心，直接跌倒在谈庚旺的怀里。

谈庚旺只得睁开眼睛，却正对上柳菲菲似怒非怒的俏脸。好看，真好看。柳叶弯眉，挺俊的鼻梁，白里透红的脸蛋。可此时不是看美女的时候，他将柳菲菲扶好，然后便退后了一步，跟柳菲菲保持一定的距离。柳菲菲又不干了，她带着几分怨气地说道："臭流氓，你躲什么躲，明明是你吃了老娘的豆腐，却搞得像你吃了多大亏似的。也罢，老娘还有正事儿要忙，先不跟你一般计较。"

这时一道光影闪过，几人发现那些尸体如影随形跟在他们的左右。正当他们无视那些尸体时，一具尸体突然向他们发起了攻击。只见一把刀从柳菲菲的面前划过，柳菲菲向后一步，顺便又拉了谈庚旺一把，将他拉到了安全的位置。

"臭流氓你到底靠不靠谱，你不说那些尸体都是幻境吗，怎么还会袭击我们？"柳菲菲不满地说道。谈庚旺十分淡定地回道："你只管看着地上的影子打，那些幻境都是戏术，只有带影子的是人，人才能袭击我们。"

柳菲菲微微一笑："你这臭流氓说的倒有几分道理。华子哥，听到没，看着有影子的就往死里打，打死了算老娘的。"华子憨憨一笑，同样拎着个棍子便打了起来。

这一招果然有用，在虚虚实实之中几人一共找到了四个有影子的人。几人配合默契，很快便将这四个人打成了猪头，最后又捆了起来。这四个都是马留帮的人。再看这几人的穿着就很与众不同。身上画着与地板相同的纹路，颜色也与之十分相近，这几人配合那古彩戏术，便可隐秘在这屋子之中。

　　华子提起了其中的一个人："说。"他只说了一个字。可不到一秒的工夫，他又接着说道："不说？好。"只听"嘎巴"一声，华子卸掉了那人的一只胳膊，那人痛得嗷嗷直叫："你倒是问啊，问都不问就直接动手，是不是太不讲江湖道义了？"

　　华子可不管那些，他只淡淡地回道："我问了啊，是你不答。"那人已经痛得流出了眼泪，万分委屈地说："那也叫问？"华子不再理那人，又拎起了另外一个人。他继续问道："说不说？"那人心中叫苦不迭，嘴上却喊道："我说我说，你别动手。刘德财就在后院的煤棚里。"

　　华子点了点头，淡淡地说了一句："好。"随即快速出手，将那人胳膊也卸掉。那人直接痛得背过了气去。剩下的两个也没逃过被卸掉一只胳膊的命运。干完了这一切，华子对柳菲菲说道："这回他们跑不掉了。"

　　谈庚旺对华子简单粗暴的行为并不认同，但又觉得十分解气。几人没做停留，直奔后院煤棚，而此时祁光宗和二毛也赶了过来，看来他二人也遇到了同样的幻境，好在祁光宗蒙上了眼睛，又撂倒了两个人，方才赶了过来。

　　华子一脚踹开了煤棚的门，没想到这煤棚只是幌子，下边别有洞天。在暗室之中摆着无数个纸扎小人，惟妙惟肖，随风飘动，而纸扎小人儿的旁边是好多不同颜色的蜡烛，照得整个屋子里流光溢彩。高小伟惊讶地发现："这些小人跟刚才我们看到的尸体一模一样，原来这就是古彩戏术，就这么小的东西，竟然把我们吓得够呛。"

　　谈庚旺看着那些纸人正对着的墙上有一个小孔，他立马就想到了。"这是小孔成像，你们看那墙上有个洞，我相信那个洞的中间肯定还有一面或多面的镜子，再加上这里各色的烛光，就会通过小孔和镜子，将这里的情景投放到院中。而小孔成像都是倒着的，所以我们在院中看到的尸体都是头上脚下的。想必之前在'水心斋'见到的太虚幻境，也应该是这种方法投射出去的。"

几人四处寻找刘德财的影子，可最终在后院里发现了一个密道通往了街道。也就是说，即便柳菲菲带来的人已经将这四周围成铜墙铁壁，可那狡兔三窟的刘德财还是跑了。几个人十分泄气。刘德财老奸巨猾，既然这次被他逃脱了，那再想找到他也难了。

几人都一脸的颓色，心有不甘地向外走去。可就在这时，谈庚旺发现地上的烛影在跳动。"等等，"他说道，"这里只怕还有密室。"烛影跳动，说明这里通风，可这里是煤棚的地下，空气并不流通。他端起蜡烛四处寻找风向，很快他就发现了密室其中一面墙是假墙。他用力一推，虽然没推动，可那感觉分明就是木板糊上了泥土，伪装成了墙。

他叫来所有人，一起用力地推，三两下那墙轰然倒地，便见那另外一间密室里居然放着一口棺材，而那口棺材里正躺着一具清朝男性干尸。这正是柳菲菲一直苦寻的文物局丢失的那具干尸。说来更巧，这具干尸，也正是从谈庚旺家的枯井里挖出来的那具。

柳菲菲此行的目的算是完成了一半，干尸找到了，但偷走干尸的恶人还没有受到惩罚。当初干尸失踪的时候已经报了案。柳菲菲也只得报了案，让公安局的人来将这些盗贼绳之以法，并希望通过他们抓住的那几个马留帮的人，交代出主犯和刘德财的下落。

柳菲菲留下来等公安局的人。谈庚旺等人却是无功而返，他们几人苦着脸，低头向旅馆的方向走去，结果刚转了个弯，便被一辆豪华轿车给堵住了。谈庚旺认得，这车是皇冠车，是进口车，能开得起这车的人非富即贵。

第十五章　尘封的往事

这时从车上下来一个穿着笔挺西装的人。那人走到了谈庚旺面前，毕恭毕敬地说道："谈庚旺先生，我的老板想请您上车，他有一件很重要的事情想要跟您谈。"几个人面面相觑，一不知道这西装男人的来历，二不知道这人为什么知道谈庚旺的名字。

"谈先生请您放心，我老板他没恶意。而且我们老板已经在对面的聚贤居订好了饭菜，祁先生、高先生和二毛先生可以到聚贤居边吃边等您。"说罢做了一个请的姿势。

谈庚旺想着车里的人肯定跟这件事有关，否则也不会找到这儿来。这车，他还真得上去一看究竟。再则，虽说刘德财的老窝在胡同的最里边，周边又是一些废旧厂子的围墙，显得十分僻静，可出了胡同便是车流涌动的大街。这里车来车往的，想必这些人即便要对他不利，也不会挑这个时候动手。再则那对青铜枕已经不在他的手里，他又有什么好怕的。

他对祁光宗等人说道："祁大，你们就去对面等我吧。"祁光宗却对穿西装的男人说道："不，我们哪儿都不去，你们要谈就在这车里谈，我们就在这车外等着。"说罢拉了一下谈庚旺的手，谈庚旺的手腕上马上便传来了冰凉的感觉，是桂花。他十分感激地看了一眼祁光宗，然后便上了皇冠车。

这皇冠车确实很豪华，里边的空间很大，真皮的座椅上坐着一个戴墨镜、50多岁的洋人。那洋人却是没穿西装，反而穿着一身的长袍马褂，戴着一顶瓜皮帽，脚上一双老北京的布鞋，拇指上还戴着一只水头极好的羊脂玉扳指。

这长袍马褂可是有讲究的，马褂原是清代的行装，是正式场合所穿，原来的马褂较长，长及膝盖。后来民国改良了之后，便有了短款的马褂。而眼前这洋人穿的却是正统的行装，还绣了暗纹，滚了金边儿。若不是他暗棕色的头发和白色的皮肤，倒是正经的京范儿。

洋人说的一口地道的北京话，这让身为中国人的谈庚旺自惭形秽。"在下名为瓦斯鲁，很高兴认识您，谈庚旺先生。"谈庚旺觉得这洋人的名字有些好笑，他有个来自东北的舍友，那舍友管煤气炉叫瓦斯炉。他直截了当地问道："不知道瓦斯炉先生是如何知道我的名字的。"瓦斯鲁笑着回道："我是从刘德财嘴里得知你们的信息的。"

瓦斯鲁还说了一段不为谈庚旺所知的故事。瓦斯鲁说，他才是安排人找谈庚旺来京城的人。可不想他找到的那位庄柏青老专家居然为了钱跟一群盗墓贼合作了。于是他们将谈庚旺引到了北京去，却没有带着谈庚旺来找瓦斯鲁，而是让刘德财冒充南宫奇，又伪造了一个"水心斋"，企图用低廉的价格从谈庚旺的手里购得那对青铜枕，结果刘德财并没有得逞，便利用古彩戏术，从而掉包了那对青铜枕。

谈庚旺听得一头雾水，便问道："那你又为什么要将我引来北京？"瓦斯鲁哀叹一声，便谈起了那段尘封已旧的往事。100多年前，他的曾祖父便移居到了中国，还做起了古董生意。一次他的曾祖父意外得知了不夜枕的事情，便想要得到那对不夜枕。

不久后，他的曾祖父得知那对不夜枕在一个清朝的大官手里。他便带着人假扮土匪去抢劫，将那大官的一家老小屠杀殆尽。最后那大官将不夜枕交给了随从，让随从将不夜枕送到皇宫。他曾祖父一路追杀，最终那随从被他曾祖父用"转轮铖"击伤，跳井而亡。他曾祖父派人打捞，也没有找到那随从的尸体，更没有找到那对不夜枕。后来那大官的援兵赶到，他曾祖父只得逃回了京中。那随从正是从谈庚旺家里挖出的清朝低级武官。

之后，瓦斯鲁拿出来一个盒子，并在谈庚旺的面前将盒子打开，里边竟然是那对青铜枕。这绝对是那对真的青铜枕，谈庚旺十分肯定。因为那枕头上的每一个夔纹，他都细细地研究过，不止一次地摩挲过。

瓦斯鲁又说，他没想到事情变成现在的样子，对此他深表歉意。并表示愿意赔偿谈庚旺等人的精神损失费以及谈庚旺被猴子挠伤的医药费。"谈先生，我用重金将这对青铜枕买了下来，以免它流失海外。现在我把它交还到你的手上。希望用这种方式来取得你对我的信任。这样我们也好合作。请你相信我，我的目的只有一个，就是纠正祖先的错误，保护好这些珍贵的宝物。"瓦斯鲁言辞恳切，像极了电视里那些善良热情的国际友人。

谈庚旺却没有直接收下青铜枕，不知怎的，他总是感觉这瓦斯鲁不简单。也许是因为他是学历史的，对中国近代历史中的国仇家恨铭记于心，所以对洋人本身就没什么好感。他反问道："不知道我跟瓦斯炉先生能有什么样的合作？"

"我们的合作，非常简单，就是我把这对青铜枕交给谈先生。谈先生如果哪一天揭开了这青铜枕里的秘密，便将那秘密告诉给我。我将付给谈先生一笔数目不小的酬劳，以此来满足我的好奇心。"瓦斯鲁说道。

谈庚旺还是没有接过那对青铜枕。这时瓦斯鲁继续说道："谈先生，我之所以这么做，还有另外一个目的，那就是我要完璧归赵。"谈庚旺不得不感叹，这瓦斯炉还真是中国通，连成语都用得十分溜。

瓦斯鲁一脸愧疚，十分诚恳地继续说道："其实当初我曾祖父杀的那位清朝官员就姓谈。谈先生，你的曾祖父，正是谈姓官员的后人。我之所以之前没有说出来，是因为我怕你不肯原谅我。很抱歉，我的曾祖父犯下了累累罪行。他伤害了你们谈家，更伤了你的心。这是我不想看到的。所以请你一定要收下这对青铜枕，也接受我的道歉。当然，我也知道，不论我现在说什么，你也无法原谅我曾祖父因贪婪而犯下的过错。但是请你一定要相信，我跟我的曾祖父不一样。我已经把自己当成了中国人。而我将用我的一生来做慈善，以此来赎罪。"

他的一席话让谈庚旺震惊不少，原来谈家竟然还有这样一段往事。而刚刚匆匆看了一眼的清朝古尸，与他家还有着如此深的渊源。只怕这段往事他曾祖父也并不知晓，不过他倒是知道他的曾祖父本是个孤儿，说家人都死于流寇之手。原来当初杀了他先祖的并非流寇，而是一群唯利是图的洋人。

这要是说来，那青铜枕倒还真算是谈家最大的秘密。看来这件事儿，祁光宗的故友也知晓，否则他不会在两年前便让祁光宗去寻找谈家人和那石匣。后来他爹发现了井里的尸体，文物局的人拉走了尸体后，父亲在填平枯井的时候又发现了石匣。但那石匣又被走乡串镇的货郎发现了，并拍了照片去找卖家。货郎还在一个夜晚从他家里偷走了石匣，之后的事情他便知道了。

那石匣兜兜转转，竟然一直没有离开谈家，倒是天下奇闻一件。也许这便是命运的轮回，时间在不断地流逝，可有些事情，即便转了好几个圈，最终还是回到了原点。所以地球是圆的，因为原点既是起点又是终点。

最终谈庚旺还是选择了收下青铜枕，但他对瓦斯鲁的说法只信了三分。这种感觉说不好，有点像第六感。而且这个瓦斯鲁的话漏洞百出，他没法自圆其说。就一点，如果瓦斯鲁想要赎罪，为什么不在更早的时候直接去谈家，讲明一切，并将枯井里的尸体挖出来安葬，而非要引他来北京？

事情肯定没有这么简单，如果瓦斯鲁是一切的推手，那他的心机也太过深沉。所以不论从哪个角度分析，他都不会选择相信瓦斯鲁。

谈庚旺道了谢，但并没有答应瓦斯鲁合作的提议。瓦斯鲁也没多说什么，只是客气地让司机给谈庚旺开了车门。谈庚旺用英语说了再见，而瓦斯鲁则用蹩脚的英文回应。之后谈庚旺和祁光宗等人回了旅馆。

谈庚旺将瓦斯鲁在车里说的话又复述了一遍。几个人听后反应不一。高小伟直说道："庚旺哥，你不能听那些洋鬼子的，他们来我们中国就是没安好心。"

祁光宗则问谈庚旺会不会跟瓦斯鲁合作，听谈庚旺十分肯定地说不会，他便放下了心。对于这个问题，二毛的想法和高小伟的一致，他也认为从八国联军开始，他们就已经被钉到了耻辱柱上，是要被中国人世世代代仇恨下去的。

谈庚旺则认为，他眼下还不知道瓦斯鲁到底要在他的身上得到什么，不过现在青铜枕在他的手里，他只要静观其变就好。他相信，如果是只狐狸，就算隐藏得再好，也早晚会露出狐狸尾巴的。

之后的几天瓦斯鲁并没有联系谈庚旺，休息了两天，高小伟的身体也恢复得差不多了，但谈庚旺的梦游症反而更严重了。为防止他出意外，祁光宗每晚都给他施针，这样他倒是不梦游了，只是成夜地说梦话，搞得大家都休息不好。没办法，他只好跟旅馆的老板说，又给他开了一间房。

吃过了午饭，谈庚旺的房门便被人敲响了。谈庚旺打开门一看居然是柳菲菲。柳菲菲今天穿着红色背心，下边则配一条黑色一步裙，一步裙下是一双黑丝网格袜，化了淡妆，看上去既妩媚又性感。直把谈庚旺看得直了眼，杵在门口不知如何是好。

柳菲菲一把将人推到一旁，径直走进了房间，说道："臭流氓，你打算让姑奶奶一直在门口跟你讲话呀？"谈庚旺自知失礼，便连忙去给柳菲菲倒水。这时柳菲菲又说道："别忙活了，我是来给你送东西的。"说罢将一张字条递给了谈庚旺："喏，我叔叔感谢你帮他找回了那具干尸，听说你在找'水心斋'，就让我把这个地址交给你。我叔叔说能不能见到南宫店主就看你的机缘了。"

谈庚旺那天也随口一说，不想柳菲菲还真把"水心斋"的地址给找来了。"谢谢你啊。"谈庚旺客气地说道。柳菲菲一摆手："甭跟我客气。你要诚心感谢我，就请我吃顿涮羊肉。"谈庚旺一口便应下："行。"可马上又意识到自己囊中羞涩，于是有些尴尬地挠了挠头。

柳菲菲看出了他的窘境，又解围似的说道："今儿可不成，今儿我有事儿，过几天我要跟我叔叔出趟远门，这顿饭咱就记下。等老娘啥时候闲了，就去陕西找你，到时候你可不许赖账。你要是敢赖我账，老娘可不轻饶你。"说罢把粉拳一握，在谈庚旺的面前晃了几下。谈庚旺连忙说："好好，只要你来陕西，我请你去老街随便吃。"

柳菲菲走后，谈庚旺赶忙拿着字条去了祁光宗和二毛的房间。一番波折之后，四人又雇了两辆人力车，根据柳菲菲给的地址来到了真正的

"水心斋"的门口。

几人感慨颇深，想着这次总算是进了真庙，拜到真菩萨了。却不想那两个人力车夫，下了车直接向"水心斋"里边的人各要了一毛钱。给钱的男人，30多岁的样子，穿着一身长袍，应该是店里的伙计。

那人笑着对谈庚旺他们说道："见笑了，市场经济了嘛，人都是无利不起早。只要他能往我这店里拉游客，我就给他一人一毛钱。你们买不买东西不要紧，我就当支持北京的人力市场了，你们随便看。"说罢那伙计便将他们几人晒在了一旁，转身忙自己的去了。

谈庚旺面色凝重，特别是有了上一次的心理阴影，总怕这个"水心斋"是个冒牌货，搞不好还是家黑店，还是专门坑骗游客的黑店。如果是那样的话，那就有点对不起店外那块古朴又带着些许沧桑的匾额了。他的警惕之心又重了几分，这次他必须慎之又慎。

可再一看这满铺里的古董，有厚重的、有大气的。他是学历史的，多少也了解些古董的知识。只肉眼看，这些东西倒平和得很，不论从颜色还是上边的锈迹，每一个纹理、每一个釉面，都显得十分得体。他并不是专业的古董鉴定师，他看这些东西，都是带着历史眼光来看的，所以他的修饰语很与众不同。总之他得出的结论就是，这里的东西上都带着岁月更迭的痕迹，自然、不做作，看不出人为做旧的痕迹。

祁光宗对"水心斋"的做法倒是不以为意，毕竟人们的生活条件好了，各地都在开展旅游经济。旅游市场还在萌芽阶段，行业乱象丛生，这种现象他们也不是第一次见到了。祁光宗的目光已经落到了店中央的紫檀木桌上，桌上摆着一个西洋珐琅钟。

高小伟一进了"水心斋"就被铺子里琳琅满目的古董弄花了眼，想看看这个，又想去摸摸那个。他道行浅，只觉得这一屋的东西都是好东西，可就是不知道真假，只觉这些东西即便是赝品，那也是高仿，至少他分辨不出来。

"祁大，你看这些东西咋样？"高小伟问祁光宗道。祁光宗指着那珐琅钟说道："这东西可是个稀罕物，这叫六柱青铜镀金嵌珐琅时钟，中体的四周装饰有十多幅大小不一的珐琅画。你细看那几幅珐琅画都是希腊神话，一看便知是当年洋人进贡的那批。我要是没记错，故宫里也存着一个。再看钟下的那紫檀桌子也是明代的，卯榫结构，上边还有贝雕的和合二仙。紫檀本就贵重，咱先不说这贝雕工艺巧夺天工，就说那和合二仙手里的荷花与宝盒，皆是由各色碧玺宝石镶嵌而成。我们只看到了一面，而其他几面肯定也有同样的装饰，只是图案不同。就这两件东西放到任何一家古玩店里都能说是镇店之宝。可这里像这样的东西比比皆是。桌上的茶碗是元青花的；一旁立的净瓶是稀有的粉彩；就连挂着的字画，最不起眼的也是张大千的真迹。重点是，这些都是真品。整个屋子里，那么多不同年代的东西放在一起，居然没有任何突兀的地方，可见这铺子的主人设计精巧。"

高小伟点头如捣蒜，他倒是没有这样的见识。"哎呀，不愧是首都，就连个小铺子都比老家的店体面。"

谈庚旺听了祁光宗的话也吃惊不小，他也小声地问道："祁大，这铺面本身也有说道吧。别看这屋子里漆了白墙，可这一屋子的古董，哪朝哪代的都有，可放到这屋子里却显得相得益彰，人在这里边也觉得舒服得很。这里的一切，跟之前那个假'水心斋'相比，简直是一个天上，一个地下。"

虽说谈庚旺形容得有些不贴切，但祁光宗还是听明白了。从专业的角度说，这屋子分阴阳，阳宅是人住的，阴宅是死人住的。但不管是阳宅还是阴宅，都有聚气这一说。这屋子看似不起眼，却能聚八方之气。这里边还有另外一个因素，那就是人。房子即便再聚气，也得看住在这里的人能不能压得住。就像皇宫大殿一样，真龙天子能压得住，你要是草根平民便压不住，李自成不过是个地头蛇却要装强龙，最后只当了那么几天的皇帝，这就是典型的例子。"水心斋"这宅子可有讲究，普普通通一间青瓦房，放了这些东西都能压得住，这便是最大的不简单。

祁光宗点了点头道："是这个理儿，这房子建得确实有讲究，等哪天有空了，老头子跟你详细讲一讲。"其实谈庚旺还有一点没有说，那就是这里的店主肯定也是个能人，否则这一屋子的宝贝，那得多少人惦记着。他那一对青铜枕，就给他招来这么大的灾祸。那这一屋子的东西，那得让多少人红眼啊。

第十六章　阴阳不夜枕

看来这"水心斋"是个神奇的地方，就是眼前这个拿鸡毛掸子有一搭没一搭地清理灰尘，却根本不来招呼客人的伙计，看着比这里的古董更有意思。"您店里放了这么多的好东西，就不怕遇到个小偷什么的吗？"谈庚旺问道。

那伙计头也没抬，淡淡地说道："不打紧，这些东西来也好，去也好，都随缘。该是这里的东西，兜兜转转，总该是要回到这里的。可不该是这里的东西，你强留也是留不住。小偷和盗贼倒是多少年都没来过了，八成也是觉得这里的东西跟他们的缘分浅薄，一样他们也带不走。"说罢用一种意味不明的目光看向谈庚旺。谈庚旺总有一种错觉，觉得这男人的话里有话，意有所指。

二毛一直站在祁光宗的身边，眼观鼻，鼻观心，倒是难得安静了这么半天。见祁光宗也不再看这店里的东西，他便开了口："伙计，那您说这店里哪样东西跟我伯父有缘分，那就给我们介绍一下。"谈庚旺留意到，祁光宗和二毛的普通话说得越来越好了。现在想想，走南闯北的，说话尽量不留口音，倒也是一种自我保护的方式。

那伙计依旧没抬头，只淡淡地回了句："小兄弟，我这店里没一样东西跟你这伯父有缘分的。倒是你这伯父家里藏着的东西跟那几个空着的桌子有点缘分，不如哪天你把它们都带来，我看它们谁愿意留下来，我一定能给你们个好价钱。"

这话一出，算是彻底惊呆了众人。即便如祁光宗这种见过无数次大场面的人，也还是被伙计这几句轻描淡写的话吓了一跳。可越是这种情况，祁光宗越是要保持神秘感，他看了一眼有些惊慌的二毛，二毛立马心领神会，问道："您这话说得有意思，您怎么知道我只卖货不收货？"

那伙计微微一笑，内敛，带着一丝气场。没错，就是气场，这点气场谈庚旺他们几个刚进来的时候是感受不到的。说来也奇怪，他就这么一笑，这点气场便袒露出来了，特别是他嘴上那抹浅淡的微笑，还自带着一点神秘的意味。

"哈哈，小兄弟说笑了，你们即便要进货，也不会上我这儿来进，总是有该进的地方。我这铺子虽小，但还能在这地面上存些时日。"

男人话里的意思很明确，他这店不似地下的阴宅，所以二毛和祁光宗再怎么"进货"，也跑不到这儿来。他虽没指明二毛话里的唐突之意，但也再次点明了二毛和祁光宗的身份。

二毛的脸上不免有些尴尬，他连忙说道："原来先生就是这里的店主啊，倒是我年纪小，眼拙了，您别见怪。"店主继续笑着说："既是店主，也是伙计。开门做生意的，来的都是客，哪里有见怪这一说。"说完继续有一搭没一搭地清理着灰尘。

高小伟也听出了些门道，他笑着对店主说："我和我这兄弟是来买东西的，你看看这里啥东西跟我这兄弟有缘分。"店主总算是抬起了头，目光在谈庚旺和高小伟的身上扫了一圈，然后继续云淡风轻地说道："你们两人也不是来买货的，不过这里的东西倒是跟你们有些个缘分，就是缘分也不深，要看以后的造化和机缘。"

谈庚旺看了半天，只想探一探这店主的底细，店主却有些高深莫测，倒是让人一时拿捏不准。于是他缓缓开了口："先生说我和我这兄弟不是来买东西的，那我俩是来干什么的？"

店主放下了手里的鸡毛掸子，坐在一旁的太师椅上，抿了口茶，方才慢条斯理地回道："自是有事要办。"高小伟看了一眼谈庚旺，见谈庚旺的表情有了几分凝重，而一旁的祁光宗的表情则更为严肃，就连平时爱说爱笑的二毛都跟个锯了嘴的葫芦似的，可见这店主并不是一般的人。他便又问道："您说得不对，要是我这兄弟是来办事儿的，为啥进门不说明来意。"

店主摇了摇头："机缘到了，你这兄弟自会开口。若机缘未到，他就只当是这铺子里的看客。"说罢他一双鹰眸直视谈庚旺，目光虽然不带着任何戾气，可还是让谈庚旺不敢直视，最终谈庚旺败下阵来，将兜里的东西放到桌子上，然后说道："在下谈庚旺，找南宫店主打听点事儿。"

"在下南宫骁，有事儿但说无妨。"南宫骁拱手说道。谈庚旺立马站了起来，也拱了拱手。拱手礼现在用的人不多了，新中国成立后大家都行握手礼。"原来您就是南宫店主啊，失敬失敬。"之前谈庚旺一直以为这南宫骁是个老头，如此神秘莫测，且在京城里有些响亮的名号和地位的人，怎么也不会是个30多岁的年轻人。

谈庚旺将包里的青铜枕放到了桌上。南宫骁只瞟了那青铜枕一眼，便笑着说道："好东西。这东西倒是与我这小店有些渊源，不如你将它留下，我愿意开出一个公道的价格。"南宫骁上来便说要收这对青铜枕，直接就把谈庚旺给整不会了。

一旁的高小伟试探性地问道："那公道的价格是多少？"南宫骁比

177

出了三个手指。高小伟问道："300？"南宫骁笑着摇了摇头："这么好的东西出价300那也太过欺负人了。那岂不砸了我'水心斋'百年诚信老店的金字招牌。"

二毛接道："那是3000？"南宫骁继续摇了摇头。祁光宗气定神闲地说道："看来南宫店主很识货，愿意出3万来收这对枕头？"南宫骁继续摇了摇头："先生说笑了。这东西与我这'水心斋'有着不解的渊源，如今这小兄弟将它送到了'水心斋'。我愿意出30万来收这对青铜枕，不知道小兄弟意下如何。"

"30万？"四人皆张大了嘴巴，怀疑自己的耳朵出了问题。就连祁光宗都震惊不已，他问道："南宫先生你愿意出30万来收这对枕头？"南宫骁笃定地说："没错，这东西它值这个价格。在我这'水心斋'里，只要是货真价实的东西，我便会给一个货真价实的价格。"

谈庚旺家境一般，乍一听这30万，怎么可能无动于衷？但他更关心的是这对青铜枕的来历，这既是父亲临终前的遗愿，又是他屡次遇险的源头。所以必须搞清楚这一切，他才能恢复以往平静的生活。"南宫先生，我并非想出售这对青铜枕，此次我来，只想问南宫先生它的来历，"谈庚旺说道，"还请先生为我答疑解惑。"

南宫骁点了点头："不错呀小伙子，极少有像你这样的年轻人，在金钱的面前表现得如此坦然。既然你想知道它的来历，那我就跟你说上一说。"就见南宫骁将青铜枕放在手里，并推动上边的夔纹，很快便将夔纹归位，弹出了里边的竹简。"小伙子，想必你能找到我这儿来，也应是见过这里边的竹简的，不过你能将这夔纹密码打开也委实不易。但我相信你只打开了这一只，另外一只你并没有打开。"

谈庚旺点了点头说道："没错，我尝试过几次，却没有推动这上面的夔纹。我一直以为只有这一只内藏玄机，而另外一只只是普通的青铜枕，难道另外一只也内有乾坤吗？"

南宫骁将另外一只青铜枕拿在手里，只轻轻一按，就见那上面的夔纹弹开，露出一个孔洞。他说道："其实这是一对阴阳枕，你打开的那只是阴枕，其实也叫影枕。而这里原本藏的是打开阳枕的钥匙，但为了躲避灾祸，这里边的钥匙被人取了出来，放到了一个很安全的地方。几百年前，当时'水心斋'的主人有幸得到了这对枕头，却因此招来横祸，在危急之际，他将'水心斋'的地址藏于其中，希望时间轮转，总有一天这对青铜枕还能回到这'水心斋'。这便是'水心斋'与这对青铜枕的渊源。至于这对青铜枕的来历，那便是说来话长。"

"这对青铜枕可是与那不夜教有关？"谈庚旺又问道。南宫骁摇了摇头，回道："是也不是。其实不应该叫不夜教，而应该叫不夜国……"

相传在上古时期，炎、黄二帝联手击败蚩尤。之后蚩尤其实归顺于黄帝麾下，独自封禁神力功法，并铸造了九大青铜器。这对青铜枕，便是其中之一。多年后，异人风后的后人开创了不夜国，并将青铜枕封为不夜国的圣物。据说这对青铜枕能选出一位天赋异禀的异人儿童，成为不夜国的圣童。再借助这青铜枕修炼异能，终可练成借天地神力和通灵的本领。此后圣童便会成为不夜国的王，庇护不夜国的子民平安顺遂。王归天后就会有新的圣童降生，不断轮转。但不知为何，不夜国突然销声匿迹，甚至连文字记载都被人有意地抹去。而这对青铜枕也从此不知了去向。

"水心斋"的初建，便是为了守护这九大青铜器内的秘密。可不想，这消息竟然不胫而走，被别有用心的外国人知晓。从清代起，那伙洋人便一直在收集这九件青铜器，妄图窥探中华千年的秘密。之后那些人更是跟随八国联军进入北京，大肆搜刮古董，想要从中找齐那九件青铜器。

好在一直有爱国之士从中保护，可即便如此，那九件青铜器依旧散落各地，甚至有的已经流失海外。几百年来，这九件青铜器，兜兜转转，可就是一直未能聚齐。现在那伙洋人依旧贼心不死，勾结一群唯利是图的中国人，想要集齐那九件青铜器。所以南宫骁愿意出30万的天价，买下这对青铜枕。

谈庚旺这才恍然大悟，几天前那个洋人瓦斯鲁果然居心叵测。不过还好，他当时并没有跟他达成契约。"可是家父在弥留之际曾对我说过，这对青铜枕藏着我们谈家最大的秘密，所以我才想来追寻答案。"

南宫骁又将阴枕拿起，只见他将那竹简插入阴枕内，便见阴枕的枕底打开，掉出来了一个奇形怪状的东西。谈庚旺很是惊讶，不想那阴枕内有两个暗格。南宫骁将那东西拿起，放到了众人的面前说道："这是龟图，上边记载的便是这不夜国的位置图。这青铜枕与谈家到底有何渊源，只要你到了这不夜国，并找到这青铜枕的钥匙，解开不夜国一夜间消失之谜，方才能够解惑。"

谈庚旺但笑不语，他将那龟图交给了南宫骁，却把那阴、阳两只青铜枕包好，放到了兜子里："虽说南宫店主有意收了这对青铜枕，我也相信'水心斋'定能保护好这上古的神器。可这东西不只是我谈庚旺一个人的，它还是我们谈家整个家族的，卖与不卖，我须得问问家人再定。今天已经叨扰了，这龟图便是谢礼，在下也就先告辞了。"

他起身，其余三人也起身准备离开。这时南宫骁却又开了口："小伙子，你若想好了，便再来找我。但这对青铜枕于你和'水心斋'都很重要，还请你保护好它。"说罢他拱手致谢。之后他又缓缓对祁光宗说道："这位先生我们虽未见过，但从你的身形和职业，我也能大概猜出你是谁。且知道你与我这'水心斋'也有着几分缘分，那么你若有什么事情，也可以直接来这'水心斋'找我。南宫骁不才，却能相助你一二。也请祁先生看在我那位好友的分上，护住这小伙子一二，南宫骁感激不尽。"

祁光宗也拱了拱手，之后几人便出了"水心斋"的大门。出门后，几人不约而同地回头看了一眼"水心斋"的匾额，之后又同时转身，向着旅馆的方向走去。

来北京这么多天，他们经历了许多以前从未想过的事情。今天他们终于来到了货真价实的"水心斋"，可此时几人的心境有所不同。谈庚旺找了公用电话，给家里打了个电话，说有人要出高价买这对青铜枕，让家里人坐下来研究一下，到底卖还是不卖。当时他也表明，自己是不想卖的。

其实谈庚旺的心里也很纠结，不卖是因为这是谈家百年来一直想要保护的东西，可卖了对于他来讲是摆脱这一切最好的机会。于是他把这个问题交给了家里的人，让他们替自己做这个艰难的决定。

回旅馆的路上，高小伟突然说道："你们说，我庚旺哥会不会就是那不夜教的圣童？你看他睡着的时候就跟变了个人似的。"二毛也点着头说道："没错，庚旺哥确实有异能，他说话乌鸦能听得懂。你看谈大坟头那树上的乌鸦，还知道替庚旺哥保护谈大的坟呢。"谈庚旺有些哭笑不得，所谓异人都是一些神话传说，这世界上怎么可能有超自然力的人存在。可虽不相信，又觉得自己也许真与这不夜国有着什么关系。

"好奇害死猫，我对这些事情都不好奇，我只想过回之前的生活。回到我的学校，等待学校给我分配一个适合我的工作。"谈庚旺嘴上这么说，心里却是茫然的。他不知道自己该何去何从，更不知道自己要不要去追根溯源。可他又无比清醒明白，自己的能力有限，他即便再想查出那对青铜枕的秘密，也未必能承受得了去查清一切所付出的代价。

人都是趋利避害的，特别是在他们几人遇险之后。若不是有祁光宗和二毛在，谈庚旺也许早就一命呜呼了。特别是他还曾经连累了高小伟。好在刘德财不过是为了求财，可要是遇到更为凶残的人呢？他很有可能就失去这个好兄弟了。

回到了旅馆，谈庚旺躺在床上想不出一个答案，这时祁光宗敲门进来。看着祁光宗满面愁容，谈庚旺便知道他有很重要的事情要问。"祁大，你有啥话就直说吧。"经过这几天的接触，他已经将祁光宗当成了自己的亲伯父。

祁光宗叹了口气，然后说道："老头子我想求你点事儿。你记性好，你还能记得住那龟图上的地图吗？"谈庚旺眉头一蹙："祁大，你是想去那不夜国寻宝？"

祁光宗摇了摇头，否认道："我都黄土埋半截了，宝不宝的我根本就不在乎。这几年政策好，我跟文物局的人也多有合作，他们对我之前做过的事情既往不咎，只要我在他们需要的时候能出人出力。我跟他们合作也不为了我自己，我是为了二毛，还有那帮跟着我的徒弟。我老了，以后的日子怎么过都成。可他们都还年轻，有的刚成家立业。我想让他们都站在阳光下。我想去不夜国不是为了宝贝，而是想找到失踪了两年的故友。"

"他的失踪跟这不夜国有关吗？"谈庚旺问道。祁光宗叹了口气回道："有关。他那个时候就说要去云南，说那里万分凶险，说他要是能回来，就跟我说一个大秘密。我等了他两年，两年他都没回来。我必须把他找回来，而且我有一个必须找到他的理由，这理由我跟谁都没说，但是现在我想告诉你。其实我那位故友的真实名字，应该叫祁耀祖。"

第十七章　权衡利弊

祁光宗，祁耀祖。

这两个名字放在一起，一听就很可能是同胞兄弟，或是堂兄弟。这个名字就如一个惊天大雷，将谈庚旺惊得好半天才缓过神来。"祁大，你和他？"

"没错，他很有可能就是我的弟弟。其实我不是孤儿。对不起，当初我说了谎。但所有认识我的人，都知道我是个孤儿，只有我自己知道我还有一个弟弟。祁家原本就是个很神秘的家族，我记得我的父亲带着我常年游走在崇山峻岭之中。他好像有他的使命，后来他被仇家暗害。临终前把我和我弟弟分别托付给了两个异姓兄弟。

"父亲把我交给了我的师父，其实我师父也不是一个单纯的盗墓贼，他是个劫富济贫的大侠。而父亲把我弟弟交给了谁，不但我不知道，连我师父也不知道。直到多年后，我在墓中遇险，这时他把我救了出来。他总是在我需要帮助的时候出现，然后默默离去。

"我看着他那张与我父亲十分相似的脸，却不敢问出他真正的身份。因为父亲临终前告诉我，让我们兄弟永远不要相认，而我的师父也一直这样叮嘱我。他只说如果我们祁家的两个兄弟相聚之日，便是我们兄弟大难临头之时。这个我相信弟弟也清楚。我们都不是很勇敢，一直关心着彼此，却又一直不敢把这话挑明了。

"直到他两年前来找我，他对我说，他这次若是能活着回来，便可对我说个大秘密。那时的他很开心，眼里满是对未来的憧憬。他也50多岁了，居然眼里还会有憧憬。我想到了隔壁在一起就会吵架，却彼此互相扶持，逢年过节都在一起吃团圆饭的兄弟俩。那个时候我才明白，其实这么多年里，我一直也隐隐地期待着这一天。"

说到这里祁光宗居然红了眼眶，他有些哀伤地说道："可是他没有回来。两年了，生不见人，死不见尸。小谈啊，他是这世上我唯一的亲人了。我必须把他找回来，哪怕是一具尸体。"

原来如此，之前谈庚旺就觉得祁光宗自愿送他来北京的说辞没有说服力，现在看来，一切便能说得通了。"祁大，你确定你弟弟去的是不夜国？"祁光宗摇了摇头："不确定，但他一直在找蚩尤神卷，也就是那九大青铜器。之前我没有关于这些青铜器的任何信息，正巧你手里的青铜枕也是那九大青铜器之一。这是我唯一知道的线索，而且他当时去的正是云南。"

当初谈庚旺只看过那龟甲一眼，但那龟甲的地图与龟背上的纹路重合，他并没有记下那繁复的线条，只依稀记得几个重要的标志。他将他记得的东西画了出来，可根本看不出这地图是什么地方。祁光宗也意识到了这一点。"看来这龟图也需要一个解读的母本，就跟密码本差不多。若是没有母本，只怕我们找遍全国各地，也找不到这里到底是什么地方。"祁光宗不断地摇头叹气。

谈庚旺心里有些过意不去，祁光宗帮了他不少，几次救他脱险。现在祁光宗有了难处，他不能坐视不理。此时祁光宗无法将他弟弟的秘密告诉给其他人，所以他不方便直接去找南宫骁。谈庚旺只得再去一次

"水心斋"，问问南宫骁关于这龟图的事儿。

谈庚旺本想去"水心斋"，结果瓦斯鲁却突然出现在了谈庚旺的面前。"谈先生，还是之前我们谈的合作的问题。我愿意出10万元，只要你能找到那个不夜国，解开不夜国的秘密。"瓦斯鲁开门见山地说道。

谈庚旺不由得一笑，他却直言道："看来瓦斯炉先生是想知道不夜国通灵的秘密。不好意思，我对那个不夜国一点兴趣都没有，对你的10万块钱更不感兴趣。当然我很感谢你能将那对青铜枕还给我。至于你买下那对青铜枕的钱，你可以告诉我，我会努力还给你的。"瓦斯鲁的再次出现，就意味着他一直在跟踪他们，所以才知道他们去了真的"水心斋"，见了南宫骁。

瓦斯鲁见谈庚旺如此说了，却依旧笑容可掬地说道："谈先生，我承认，我是对那个东西很感兴趣，不只是我，我相信任何一个人对那个东西都很感兴趣。谈先生你就不感兴趣吗？你知道什么是通灵吗？那是能预知未来，甚至可以改变世界的能力。人类为什么会有天灾人祸？那是因为未知。但当你知道了所有的一切，你可以拥有权力、金钱、地位，甚至比别人更长的生命。你可以拥有你想要得到的一切。

"即便我想得到这些，但我不会用非法的手段。谈先生，我诚心想和你合作，为此我愿意支付一笔酬劳。如果10万块不能打动你的话，那么你可以直接开价，只要我能承受得起。这是笔不错的买卖，这是生意，知道吗谈先生？我不会像我的曾祖父一样，去强迫你，我不会损坏任何人的利益。"

"瓦斯炉先生，我想知道，你为什么非要和我合作，如果说你要找那不夜国的秘密，那你可雇用比我更有本事的人。我不应该是你唯一的选择。"谈庚旺又说道。

"谈先生，你说到点子上了。为什么非你不可，那是因为只有你是不夜国的圣童啊！你的身上具有与生俱来的异能，这一点是任何人都取代不了的。"瓦斯鲁解释道。可这并不能说服谈庚旺。"这是无稽之谈，我的身上要是有异能，那为什么我一直没有发现？"

瓦斯鲁摇了摇头说道："那是因为有人压制了你的异能。这世界上有很多人都觊觎不夜国的秘密。我不是第一个，更不是最后一个。有很多人他们并不想让你的异能觉醒，这样的话，他们将再也得不到那个秘密。"

谈庚旺更为不解了，他心想这瓦斯炉倒是会忽悠人，处处给他挖坑："那你就不怕我得到了那个秘密却不告诉你。而且我若真的是圣童，那你让我去找那个秘密，对你又有什么好处？"

瓦斯鲁摘下墨镜，精明的眼眸里是一双淡蓝色的瞳仁。他说道："谈先生，你是圣童，你会是最大的受益者，所以你才更要去啊。而我不需要独占那个秘密，我只需要你分享给我就好。你也知道我不是异人的后代，我无法拥有那不夜枕里所有的能力。所以我们各取所需，你拥有超凡的能力，而我要的只有不夜枕里的秘密，虽然我现在也不知道那个秘密是什么。"

谈庚旺终于听明白了："这么说，你的目的不只是不夜国，而是蚩尤神卷，也就是那九大青铜器。"瓦斯鲁突然一愣，反问道："你是怎么知道蚩尤神卷和那九大青铜器的？哦，我明白了，你们去见了南宫骁那个骗子。谈先生，你知道吗，当初把青铜器在谈家的秘密告诉给我曾祖父，并引着他去杀了谈家人的人正是南宫家的人。他们就是道貌岸然的骗子。他们想独吞那九大青铜器，他们想要独占蚩尤神力。请你相信我，南宫家没有一个是好人。谈先生你好好想想，大陆这几年才开放的经济，可南宫家又是如何积攒下那么多的古董玉器的？"

谈庚旺蹙眉，能保留下那么多的古董玉器，确实非常人能做得到。见谈庚旺的表情有了变化，瓦斯鲁便继续说道："咱先不说南宫骁，就说这件事儿对你有百利无一害。你没发现吗？你身上的异能已经觉醒了，如果你不会正确地使用这异能，那只会给你带来困扰，甚至伤害到你的身体健康。现在那异能只是对你有些影响，而之后，恐怕会伤到你身边的人。因为即便你不想使用异能，可你身体的最原始的本能会因此被释放出来，然后占据你的身体，最终它会主宰你的身体，你将不复存在。"

谈庚旺想到了二毛描述他梦游时的情景。难道他真的是不夜国的圣童，是异人的后裔，他的身体里真的有正在觉醒的异能？他没有答案，若他想知道答案，他就必须到不夜国自己去找寻。天哪，他陷入了一个怪圈。

"还有就是，谈先生，你的身份已经曝光了。虽然你不想得到那些强大的能力，但不等于别人不觊觎。他们有的是图财，有的是图利，所以你永远都是他们的目标，他们的靶子，你成了众矢之的，谈家人也成了众矢之的。你将永无宁日。你们也别想着隐姓埋名，因为不论你们到任何地方，那些贪婪的人都会将你和你的家人找出来。你们的生命将会受到威胁，你们永远无法过正常人的生活。总之谈先生，我真的是为了你好。我希望你能慎重地考虑考虑。如果你考虑好了，就打这个电话。"说罢瓦斯鲁给了谈庚旺一张名片，然后便离开了。

谈庚旺陷入了沉思，瓦斯鲁只有最后一段话说得对，即便他将青铜枕卖给南宫骁，他和谈家人也无法永远摆脱这个事情的纠缠，那他到底该如何决定呢？他给家里打了电话，问家里人研究好了没有，得到的答复是家里人一致认为应该将那对青铜枕卖掉。而且表明，青铜枕是谈庚旺发现的，他可以分到最多的钱。但这个主意最后还是让谈庚旺自己拿，毕竟那东西是他捡回来的。

谈家人是老实本分的农民，他们能做出这样的选择他一点也不意外。可是现在他该何去何从？南宫骁真的如瓦斯鲁说的，是个道貌岸然的伪君子吗？他不相信瓦斯鲁，可对南宫骁的第一印象很好。

事情斩不断，理还乱。可就在这个时候高小伟也出事了。高小伟莫名其妙地晕倒了，据二毛说，高小伟这几天精神都不好，特别嗜睡。祁光宗为高小伟施针，却发现高小伟的身上的血管变成了青紫色。无疑，高小伟中毒了。谁会在高小伟的身上下毒呢？只能是那群马留帮的人，或是刘德财。

他们把高小伟送到了医院，可医生说高小伟是中了莫名生物的毒，在不知道具体是什么毒物之前，医院也没有任何办法。只有知道了他中的是什么毒，他们才好调配血清为他解毒，但前提是高小伟中的毒有血清且他还能等到血清来。

这下可把谈庚旺吓坏了，他最终还是连累了高小伟。他愤恨不平地冲出了医院，想要去找刘德财和马留帮的人算账，他出了医院却像是只无头苍蝇一样，根本不知道该往哪儿去。最后还是祁光宗将他拉回到了医院，告诉他要冷静，毕竟这个时候高小伟能依靠的只有他了。

谈庚旺站在医院的走廊里，恨自己不该答应高小伟一同前来，此时高小伟若是有什么三长两短的，他该如何对高父高母交代。高小伟虽然顽劣，那都是因为有父母的宠爱。他无法想象，若是高父高母失去了高小伟，他们该如何生活下去。此时的谈庚旺倒是更能理解祁光宗一定要把他的弟弟找回来的想法了。因为弟弟也许是祁光宗活在这世上唯一的支撑。

祁光宗的朋友找到了马留帮的落脚地，谈庚旺和祁光宗便亲自上门，这次谈庚旺可是抱着必死的决心的。他想着，他要跟那些马留帮的人拼了，要是救不回高小伟，他情愿和高小伟一起死掉。可他的一腔愤恨却没有找到宣泄的出口，只能转为内部消化，憋得他一口气下不去，还上不来，难受得直想揍人。

　　马留帮的人跑了，但留下了一张字条和一颗药丸。字条上写着：谈庚旺，这个药丸只能保高小伟10天无恙。你要想救高小伟的命，就拿不夜国的秘密来交换。谈庚旺气得直骂娘，他上哪儿知道不夜国的秘密？他只是知道，那秘密与蚩尤神卷有关。但那都是传说啊，没有实际根据的。但冷静了下来之后，谈庚旺想明白了，他必须去一趟不夜国。为了所有人，更为了他自己。

　　高小伟吃了药丸终于醒了，但谈庚旺并没有告诉他中毒的事儿。他了解高小伟的性格，那小子犟得很。他要是知道马留帮的人用他的命来威胁自己，他肯定情愿一死，也不会让自己去云南冒险。

　　于是在一个下着雨的傍晚，谈庚旺和祁光宗再次来到了"水心斋"。天已经快黑了，按理说一般的古董铺子都打烊了，可"水心斋"依旧敞着门，而南宫骁也沏好了茶，仿佛一直在静待他们出现似的。不待两人说明来意，南宫骁便将那龟图递给了谈庚旺。

　　"你们既然来找我，想必就是为了龟图而来的吧？"南宫骁抿了口茶说道。谈庚旺和祁光宗同时点了点头。南宫骁继续说道："那你们可是决定要去那不夜国一趟了？"谈庚旺和祁光宗继续点头。

　　南宫骁微微一笑："这龟图本就是你的，你现在想要拿走，我自是应该归还。"谈庚旺立马说道："我不想要拿回来，只是要暂借一时。毕竟这不夜国的秘密关系到许多人的命运。最主要的是我们需要南宫店主的帮助，因为我们即便有了这龟图，也根本看不懂上边所记载的到底是什么方位。"

南宫骁极为认同地点了点头："说得没错，其实人大多时候都是身不由己的。能看得出来谈家小兄弟对不夜国并没有多大的兴趣，可机缘到了，你只得顺从天命，这也许是你的使命。不过既然那青铜枕与我这'水心斋'有些渊源，那我定会鼎力相助。"

南宫骁拿出来一个铜制的小盒，他将那小盒展开，竟然是一个带着指南针的八卦图，可那八卦图又与常见的八卦图不太一样。南宫骁解释道："这是伏羲八卦。相传伏羲时期，黄河里浮出一匹龙马，他身上的旋毛变成一六居下、二七居上、三八居左、四九居右、五十居中的图形，这就是河图。

"伏羲氏依照河图画出了八卦。而这龟图上所标记的点便是对应的伏羲八卦。昨夜我已将这龟图对应伏羲八卦，绘制了一张图，按这龟图上的记载，这不夜国应该是在云南西部的横断山脉。之后我就想起，多年前一位朋友便说在云南发现了失落的文明，且大概方位与这龟图所记载的不夜国一致。

"我便给我那位朋友打了电话，他正好还在云南，他对此事很感兴趣。如果你们想要过去，我可以安排你们以编外工作人员的身份，参与到他们的考古队伍里。这样你们既有了安全保障，又有了情报支持。"

祁光宗听罢立刻拍手叫好："那敢情好。单凭我们几个人，想要深入大山腹地，定是凶险万分。可若是能跟着考古队去，那便是成全我俩了。"谈庚旺也没想到南宫骁会帮他们至此。他以茶代酒，感谢南宫骁。南宫骁也不是个矫情的人，他饮下了茶，便说交了谈庚旺这个朋友。

南宫骁让谈庚旺去等消息，两天后学校居然把电话打到了旅馆，称谈庚旺实习的事儿已经定了，他的档案关系已经落到市文物局，挂靠在一个一线的考古队里，让谈庚旺带着身份证和介绍信去云南与考古队会合，并将工作证和介绍信以及差旅费的汇票一并邮寄过来了。工作的事情一直是谈庚旺的心结，他没想到南宫骁会有这样的本事，一举数得地帮他达成了寻找不夜国的愿望。

第十八章　云南之行

当然，在这么关键的时候，怎么可能少了瓦斯鲁。瓦斯鲁再次出现，还很热情地给谈庚旺准备了五个背包的装备。所有装备都是从国外进口的。除此之外，还有进口的一些方便食品和饮料以及一些应急的药品。最后他还给了谈庚旺 1 万块钱当经费，让谈庚旺不要为他省钱，这钱是他赞助谈庚旺所在的考古队的。

"谈先生，只要你能找到青铜枕里的秘密，那 10 万块钱，我必定会如数奉上。"谈庚旺原本连那 1 万块都不想收，但是又想着，即便他不收，瓦斯鲁也会继续纠缠着他，他也就却之不恭了。

有了合法身份，又有了精良的装备，还有了充足的活动经费，谈庚旺的这次云南之行，算是前景一片大好。在去往云南的火车上，祁光宗教会了谈庚旺一些在野外生存的小技能。毕竟云南的原始森林里，多有瘴气毒虫，他们此次之行，危险系数十分高。

这次祁光宗也带上了几个小弟，都是些很有经验的年轻人。一行人舟车劳顿来到云南，这里便不再赘述，只说他们到了考古队所在的羊虫镇时，来接他们的人居然还是个老熟人。"臭流氓，没想到你追老娘都追到这儿来了。"柳菲菲看到谈庚旺便笑着说道。听了这话，谈庚旺立马感觉此次云南之行灰暗无光了，他这臭流氓的帽子到底何时才能摘掉?

柳菲菲招呼一行人上了面包车，开车的还是华子。在车上谈庚旺才知道，柳菲菲是跟着她叔叔来的考古队，她和华子都是在编的临时工。而谈庚旺则是考古队在编的实习生，两个人还真是缘分匪浅。

考古队几年来三次进山，但只发现了零星的几处不夜国的遗迹。这一次是南宫骁将龟图上的位置传真过来，方才让考古队有了明确的方向。此时考古队已经在山上的宿营地整装待发。他们来了之后，也就只有一夜的调整时间。

"本来你们也可以多几天休息时间的，可是天气预报显示这里很快会有暴雨。当地的向导说一般暴雨之前山里会有瘴气。所以我们必须在天气好的时候到达预计的二号营地。"柳菲菲解释着。华子也说："进山之后大家一定要小心些，尽量不要单独行动，这里离边境线很近，经常有悍匪出没。"

祁光宗沉默地看着窗外连绵起伏的山以及遮天蔽日的原始森林。二毛一路则上显得有些兴奋，与柳菲菲和华子聊着天。高小伟的身体不好，他一路上几乎都在睡觉。他大概也意识到了自己的身体出了状况，却也没说什么，只是默默地跟着，这反倒让谈庚旺更为忧心。

眼看就要到第十天了，若是马留帮的人再不出现，只怕高小伟凶多吉少。正当谈庚旺这么想着的时候，他的手无意间摸到了兜，发现兜里好像多了什么东西。他掏出来一看，居然又是一颗药丸。谈庚旺蹙眉，这药是什么时间被放到他兜里的，难道是刚才在客车上的时候？看来那伙马留帮的人一直跟着他们，关注着他们的一举一动。

考古队有十几个人。因为是临时组建的，只有几个人是在编的，其他的都是在当地雇用的向导和力工，毕竟当地人更了解当地的地形和天气。而队长，也就是柳菲菲的叔叔柳闰年，已经带着几人提前前往二号营地了。

第二天一行人整装出发，因为要带着许多物资进山，队伍里还有几头驴。到了二号营地，牲口便无法继续深入，只能留在二号营地。两天的行程还算顺利，只是自打进山之后，太阳便被茂密的树木遮蔽，让人感觉十分压抑。而且这里的蚊虫特别多，即便祁光宗准备了防蚊的香囊也是无济于事。

二号营地是在金沙河边的岩石上搭建的，地形开阔，又有几个山岩做掩体，倒是个不错的宿营地。柳闰年是个体型微胖的中年人，戴着一副黑框的眼镜。他十分热情地迎接着谈庚旺一行人，并为他们安排了住宿。晚餐很丰盛，用柳闰年的话说，再往里走，只怕很难再有机会好好地吃一顿饭了，所以这一顿是为了谈庚旺等人接风洗尘，更是给队员补充营养。

柳闰年喝了点米酒，常年野外生活的脸上，黑里透着红。他十分高兴地说道："小谈同志，听说你是学历史的。还有老祁同志，我可听说了你也是位有丰富考古经验的老同志。今天你们能加入我们考古队，为我们的队伍注入了新鲜的血液，我特别高兴。我相信，我们一定能顺利完成这次的考古任务。"大家鼓掌，每个人的脸上都洋溢着笑容，只有谈庚旺，一直有心事的样子。

柳闰年又讲了接下来的计划。按照计划，他们将在三天内赶到不夜国的遗址，然后进行三天的考古活动。如果有发现，他们便会向上级申请进一步的考古活动。如果没有，便原路返回。但不论他们是否有发现，都要在暴雨前赶回二号营地。

第二天，谈庚旺把药丸给高小伟吃了，骗他说是十全大补丸。并告诉高小伟因为他没有编制，无法参加以后的考古行动，只能留在二号营地。高小伟虽然闷闷不乐，可也没说什么，只叮嘱谈庚旺要万事小心。

之后一行人信心满满顺着金沙河往上游走去。大约走了小半天的时间，便到了一处古不夜国的遗址。柳闰年十分激动地对谈庚旺说："小谈啊，你看，这里有生活的痕迹，你闭上眼睛想象一下，当年古不夜国的人是如何在这里生火、捕鱼的。你再想象一下，一个不夜国的妇女，就站在这岩石上，翘首期盼她外出狩猎的丈夫……"

柳闰年越说越激动，在他的带动下，几位考古队员也兴奋了起来。谈庚旺这才明白，所谓生活遗址，不过是些生火以及一些岩石磨损的痕迹。柳菲菲对这些并不感兴趣，她小声地嘟囔道："为什么是女人等男人，而不是男人等女人？要是出去狩猎，老娘可不比男人差。"蹲在一旁抽烟的华子不断地点头，表示认同。

之前谈庚旺听其他队员说过，别看柳菲菲一副大大咧咧的样子，其实她是学哲学的。谈庚旺一直质疑这一点。而华子是柳家的养子，当过兵，还是特种兵。能开车，会擒拿，还烤得一手好鱼。华子的年纪比柳菲菲大，但是按辈分却应该管柳菲菲叫姑姑，所以这两人在外边的时候从来不称呼对方。

显然柳菲菲不是来考古的，她就是单纯地想跟在叔叔身边，所以她对什么生活痕迹一点兴趣都没有，倒是百无聊赖地踢着地上的石头。谈庚旺觉得柳菲菲本人一点都不哲学，倒是柳闰年更哲学一些，因为他已经谈到了古不夜国人过的河，不是他们眼前的这条河的问题。

突然柳菲菲将一块石头递给了谈庚旺问道："这是什么东西？"谈庚旺低头一看，不过是一块普通的石头，可再仔细一看，石头上的斑驳痕迹隐隐透着金属的光泽。"这是铜矿石。"谈庚旺很肯定地说道。

柳菲菲白了他一眼，说道："谁管它是什么矿石，你看石头的背面。"谈庚旺将石头翻过来一看，好像是用一种特殊的颜料涂画而成的。像是一个圆的上边画了一个三角形。"这应该是一种符号吧？"谈庚旺想了想，把石头放到了包里。

到了晚上宿营，谈庚旺捡到了类似的石头，只是图案不同，有点像鸟类的骨头，看上去十分神秘。谈庚旺觉得这鸟有些似曾相识，想了半天觉得这鸟头有点像乌鸦。他想到了《山海经》里的一种禽鸟，形如乌鸦，身披红斑五彩羽衣，名为欺禺，相传食其肉能不患痈疽之病。他似乎想起，那夜在他家的院里，刘坎山一手拧断的乌鸦头有点像欺禺。不对，那种上古神鸟早已绝迹，怎么可能出现在他家院里？

夜里谈庚旺和华子睡在一个帐篷里，他们的帐篷在外围，中间是三名女同志的帐篷。因为老林里常有野兽出没，所以夜里大家轮班值夜。上半夜还算安稳，到了下半夜两点的时候，轮到谈庚旺和华子值班，他俩摸出帐篷，却发现外边的篝火已熄灭了。

华子警惕地看向四周，多年的从军生涯，让他有着异于常人的洞察力。他有些不满地说道："一准是上班轮值的人偷懒睡着了。"谈庚旺拿出火柴，准备把篝火再点起来，就在这时，他感觉身后有异动。他猛地转身，就见一个黑影一闪而过。夜风萧瑟，却是寂静无声。谈庚旺立马意识到不对，为何夜里没有虫鸣之声？

他再转过身来的时候，却发现华子双眼无神地坐在篝火旁，将一根树枝架到了篝火上来回翻转。看了半晌，谈庚旺终于想明白了，华子这是在烤鱼呢。可那篝火他还来不及点燃，而华子拿的那根树枝上也什么东西都没有。

谈庚旺感觉毛骨悚然，可这才只是个开始。不多时三三两两的考古队员走出了帐篷。他们围坐在篝火旁。个个双眼无神，做着吃东西的动作，还时不时发出咕哝咕哝的恶心声音。谈庚旺倒吸了一口凉气。他第一反应是自己又梦魇了。可他掐了自己一把，痛，真真切切的痛。

他虽然意识到了不对，却不知如何是好。他突然间想起来祁光宗会施针。他跑去祁光宗的帐篷，却发现祁光宗和二毛的帐篷居然不见了。这下谈庚旺心道不好，他刚要返回篝火旁，又见柳菲菲穿着背心短裤走了过来。

谈庚旺满脑门的官司。这姑奶奶咋这个时候跑出来凑热闹？她凑就凑吧，还穿得这么少，穿得少也就算了，走路还一摆一拧的。虽然说这动作妖媚极了，将柳菲菲那凹凸有致的曲线体现得淋漓尽致，摇曳生姿间风情万种，看得人血脉偾张。总之谈庚旺觉得这样的画面就不应该被外人看见。

他一把将柳菲菲拉住，结果柳菲菲一巴掌拍了过去："臭流氓，你又占老娘便宜。"谈庚旺被打得一愣。哎呀，这娘们儿做梦都这么凶悍，以后怎么能嫁得出去，谁愿意找个跟母夜叉似的老婆啊？可再一看柳菲菲脸色酡红，双眼无神，一副似睡非睡的样子，便知道她这是梦魇了。他总不能跟个梦游的人一般见识，只得哄着她说："乖，回去睡觉。外边有风姿婆，半夜出来会被吃掉。"他特意说了一个北方传说中的妖怪，以免柳菲菲听不明白。大抵是柳菲菲小时候也被长辈用风姿婆吓过，所以还真乖乖地回了帐篷。

可等谈庚旺再回来的时候，篝火旁的人全都不见了。他连忙去找，发现人都回了帐篷。这些人来去无声，倒像是他在梦魇似的。他再次拿出火柴，用力一划，微弱的火光在他的眼前闪现，就在这个时候，一双闪着幽蓝光芒的眼睛，出现在了他的面前。

谈庚旺被吓了一跳，手中的火柴掉到了篝火上，也不知是风使然，还是篝火并没完全熄灭，霎时间火光四起，在跳动的火苗中，那双诡异的眼睛正一动不动地盯着谈庚旺。

谈庚旺已经掏出了短刀，这是把瑞士军刀，锋利无比，刀锋上的寒光与火光交融，像极了死亡前的序章。谈庚旺边后退，边吹响了警哨。可当警哨响起的同时，那对眼睛居然飞将过来，随之而来的，还有那种让人难以忘怀的恶臭味。

居然是那只死猴子。马留帮的人终于出手了。可是谈庚旺的身边既没祁光宗和二毛，也没有考古队的武力担当华子。他只能继续吹警哨，人多力量大。猴子被警哨声惊起，它发出犀利的吼声，歇斯底里的声音在山谷里不断地回荡。

谈庚旺快速出刀，可猴子比在房间里还要灵活，毕竟山林是它的主场。猴子一个转身，紫色的利爪已经伸向了谈庚旺。谈庚旺心道不好，那爪子上有尸毒，他可不想再尝试那尸毒的厉害，可猴子就在眼前。就在这电光石火之间，一块石头由远及近，划出一道完美的抛物线，正好砸在猴子的脑袋上，不偏不倚，那叫一个准。

接着一个声音响起："庚旺哥快躲。"谈庚旺在猴子落地瞬间抬手就是一刀，手起刀落，那猴子的肚子被划开，肠子撒了出来，看着好不恶心。这招是他跟祁光宗在车上学的，现学现用，倒是好用得很。那猴子还没死透，发出凄厉的惨叫声。

"这咋还有只猴子？"高小伟踢了一脚地上的猴子说道。谈庚旺瞪了高小伟一眼，问道："你咋跟来了？不是让你在二号营地好好等着吗？"高小伟挠了挠脑袋，嬉笑着说："我相信组织上也需要我，虽然我没编制，但我有一颗热爱考古的心，我愿意为祖国的考古事业奉献我的青春，并时刻准备着为考古而牺牲自我，我将……"

谈庚旺太了解高小伟了，他这人特别随性，从来不会为任何自己不感兴趣的事情多出一分力。"打住，你赶紧进我的帐篷睡觉，明天早上自己返回去。"高小伟一听就急了："谈庚旺你不把我当兄弟咧！你当我傻是不是？还十全大补丸。你当我好糊弄是不是？我被马留帮那群屁货抓走的时候，眼睁睁被他们灌下一颗红色药丸。我当时就知道，那肯定不是啥好东西。你说，那群屁货是不是用我来威胁你了？"

谈庚旺长叹了一口气，看来还是没能瞒过高小伟。"行了，不告诉你还不是为了你好。既然你知道了，就乖乖回去吧，别在这儿添乱。""放屁！"高小伟高声地回道，"你才添乱呢，老子有手有脚，能背、能扛，刚才不还救了你一命吗？你少拿我当林黛玉。老子只要是能活一天，就得活得轰轰烈烈，用不着你为了老子跟那些屁货服软。"高小伟擦了一把脸上的泪，看着早已红了眼眶的谈庚旺，两人抱在了一起。这种兄弟的情谊，似浓烈的酒，越沉，越浓，越甘烈，越是黏稠到清澈。

高小伟的插曲过后，谈庚旺发现华子并没有回帐篷。他预感到不对，便让高小伟留下守夜，他则带着警哨去找华子。说来也怪，这警哨他吹了好半天，可其他的人都在帐篷里睡得鼾声四起，就是没一个听到后惊醒的。

山里的夜风清凉，让人感觉有些冷，谈庚旺紧了紧衣服，绕过了帐篷，就见河边有一个黑色的影子。"华子。"谈庚旺喊了一声，可那黑影就是不动。谈庚旺倒是不敢上前了，他总觉得眼前这一幕似曾相识。就在这时，他身后传来破风声，他迅速躲避，却见一只长尾猴子，跃过了他的身体，站在前边那黑影的身上。那黑影慢慢转身，用嘶哑的声音说:"本来我只想跟你做交易,但是现在不同了,你杀了我最喜爱的小儿子,所以你得付出代价。"

小儿子?难道是那只吃死人肉的猴子?谈庚旺冷哼一声:"原来你就是马留帮的人,今天来得正好,你们将我引到这来,到底想干什么?"谈庚旺一开始就知道,这些马留帮的人把他引来云南,不只是为了要找青铜枕里的秘密,只怕是还有更大的阴谋。而他甘愿进入他们的圈套,也是怕他们狗急跳墙,去祸害谈家其他的人。

"哈哈,你倒是聪明。我把你们引来,当然是为了把你们都杀了。这里山高皇帝远,杀了你们,肉喂我这几个儿子,骨头随便找地方埋了。天王老子来了,也是生不见人,死不见尸。"说罢从手里飞出一个什么东西。谈庚旺向右一侧,可那东西连着绳索。那几个泼猴的爹用力一带,那东西飞将回来,原来是五爪钉,直奔谈庚旺的命门而来,与此同时,另外的两只猴子也扑了过来。

第十九章　混沌的记忆

谈庚旺艰险地避开，可那五爪钉又一次盘旋而来。谈庚旺又没什么实战经验，第二回合，他的肩膀已经被五爪钉嵌入肉里。泼猴的爹用力一带，直将皮肉豁开，痛得谈庚旺直掉冷汗。他再次吹响了警哨，却没人赶来支援。最要命的是，那五爪钉上有毒。谈庚旺眼前一黑，感觉自己怕是在劫难逃了。

在谈庚旺晕倒前，他看到又一个黑影出现，那人黑布蒙面，手里拎着一把明晃晃的大刀，谈庚旺觉得这个背影有些熟悉。等谈庚旺再次醒来的时候，他身边不远处躺着两只猴子和一个男人的尸体。猴子和人都身中数刀，刀刀致命。而那猴爹更是双眼圆瞪，一副死不瞑目的样子。

谈庚旺蹙眉，有点搞不清楚状况。不知道这人到底是被谁所杀，那人是敌是友。可这一人两猴的尸体就这样躺在这里，会吓坏了考古队员的。虽然考古队员们也见惯了尸体，可入棺的陈年旧尸，又怎能与这几具新鲜横死的相提并论？于是谈庚旺爬起来，准备找把铁锹将人埋了。死的那猴爹说的倒是不错，这里山高水远，就算是他想报警，也没有地方可报了。

回到宿营地的时候，外边已有一缕晨阳透过河边高耸的树枝照了进来。篝火还点着，值夜的却是华子和高小伟。两人许是累了，互相依靠着，打着均匀的呼噜。谈庚旺见华子回来了，心里也放心了不少，就将两人喊醒，招呼他们在别人起床前将尸体掩埋了。华子和高小伟睡眼惺忪地跟谈庚旺来到了河边，结果那三具连人带猴的尸体居然不翼而飞了。

"你是不是记错了，还是又梦游了？"高小伟看着空无一物的河岸说道。华子打了一个哈欠，只说要回去再睡个回笼觉。谈庚旺倒是有些风中凌乱了，那一人两猴的尸体就这么不见了，可空气中还弥漫着些许的血腥气。

昨夜的一切简直让他匪夷所思，真实得有些虚幻，可又虚幻得过于真实，终究还是让谈庚旺怀疑自己是不是真的梦魇了。他跟在华子和高小伟的身后，却在篝火旁发现了一些血迹，那是他昨天杀的猴子的血。他拍了高小伟一下："喂，我昨天杀的那只猴子呢？"高小伟双眼疑惑地看向谈庚旺："哥我就说你又梦游了吧。你看你，双眼红得跟什么似的。你啥时候杀猴子了，这里哪儿来的猴子啊？"

谈庚旺彻底呆愣在原地，但这只是诡异事件的开始。谈庚旺问华子，昨夜他去哪儿了，华子的答案是他一直在篝火旁，直到高小伟出现。之后他跟高小伟值夜，而谈庚旺先他们回帐篷睡觉了。谈庚旺张着嘴巴，不知道说什么好。他又去问高小伟华子是什么时候回来的。可得到的答案却是跟华子如出一辙。谈庚旺这下彻底傻眼了，难道梦游的真是自己？

而更令谈庚旺崩溃的是，祁光宗和二毛失踪了，是凭空消失的那一种。他问其他人有没有见过祁光宗和二毛，得到的答案却是谁也不认识祁光宗和二毛。而考古队员从原来的18人，居然变成了16人。最让谈庚旺无法理解的是，就连祁光宗带来的那几个人，也都说不认识祁光宗。柳菲菲和高小伟，还有华子也皆说不认识祁光宗。可他肩膀的伤还在隐隐作痛，说明昨夜的一切并非他的臆想。

谈庚旺感觉自己要崩溃了。两个大活人就这么消失了，在他的眼皮子底下。可他翻遍了宿营地，却是真的没有找到祁光宗和二毛的任何痕迹。谈庚旺意识到，昨夜肯定发生了什么事儿，才造成了这样的结果。从辩证唯物主义的角度来看，如果祁光宗和二毛是真实存在的，那么考古队里，除他之外的人都失忆了。可是这种集体失忆的事件，闻所未闻。

谈庚旺觉得祁光宗和二毛肯定是出事了，可又一想，他们两人都身怀绝技，即便有人要害他们，他们也肯定会留下一些痕迹。除非他俩是主动消失的，可这也解释不了大家都说不认识他们。

考古队的行程不变，一行人继续顺着河岸向上游走。中间又路过了几处遗迹。这次是石屋的遗迹，虽然石屋已经不在，但安床做灶的痕迹还有。谈庚旺又在石屋遗址的附近找到了两块石头，石头上画的是鱼和某种动物的骨骼。他很奇怪，除了第一块石头是个符号之外，其他的石头上画的都是骨骼。

整整一天的时间，祁光宗和二毛都没有出现。可第二天的晚上，奇怪的事情又发生了。他和华子还是夜里两点值夜，却见祁光宗和二毛坐在篝火旁，好像在低语着什么。见谈庚旺和华子来了，祁光宗的目光中好像带着一些戾气，可随后又敛了回去。他如常般和善一笑。华子跟二毛说了两句话，两人都笑出了声，样子十分熟络。

之后两人回了帐篷，那帐篷正是挨着谈庚旺的那顶。谈庚旺蹙眉，不知道为何两人会凭空消失，又会突然间出现。而他们的消失和出现，并没有引起除他以外任何人的关注。这件事真的是太诡异了，就像是某些科学杂志里说的，另外一个世界的平衡宇宙。他却在两个世界里来回穿梭。突然好像有什么东西在他的脑海里一闪而过，可他又来不及抓住。

第二天谈庚旺醒来，发现祁光宗的帐篷还在。他听着祁光宗说着昨天考古队的趣事，仿佛他从来没有消失过，而那个出问题的一直是他。这是一种很令人讨厌的感觉。这让他感觉自己仿佛成了一个精神病人，总是分不清现实和梦境。

柳菲菲将一个新煮的鸡蛋塞到了谈庚旺的手里，然后小声问他："臭流氓，前个儿夜里老娘起夜，你为啥突然跑来拉老娘的手？"这一句话如惊天之雷一般，将谈庚旺劈得外焦里嫩。他脑海里出现了柳菲菲那国色生香、风姿摇曳的模样，瞬间红了耳根。好在这里常年树荫蔽日，柳菲菲也没有发现谈庚旺的异常。谈庚旺拿着鸡蛋躲远了，因为他根本找不出解释当时情况的理由。

又经过了两天跋涉，他们终于到了龟图上所标记的重要位置。柳闰年推断，这里应该就是古不夜国的遗址。这一天的工作任务很简单，就是分组以这个点为中心，搜索方圆1公里以内是否有不夜国群居的痕迹。

很快每个小组都有了收获，从痕迹上看，这里确实是古代不夜国群居地。柳闰年推断不夜国子民的住所多为石头垒砌或是半石半木结构的。这是本次考古的重大发现，大家都很开心，为此还专门开了一个总结会。

谈庚旺的关注点从来都不是遗址，而是与他带来的青铜枕有关的信息。今天是他第一次在岩石上发现了夔纹，是用石头刻画而成，虽然已历经千年的风雨，却依旧能看得出那是夔龙纹，人类文明比较早的图腾。

祁光宗等人也发现了这个印迹。他拿着谈庚旺画的龟图分析着："我推断，那块画着夔纹的石头，以前肯定是古代皇权的象征。晚上我们顺着那块石头找找，没准还能有更大的发现。"因为他们此行的目的是寻找青铜不夜枕的秘密，此事不便与其他考古队员多言，以免大家对他们产生误会。于是谈庚旺提议："那我们晚上值夜的时候找找看。"

　　祁光宗点了点头，然后说道："对了，白天我们分头行动的时候，我看到马留帮的眼线了。虽然他们很小心，老头子我可是老江湖了，他们哪能骗得了我？"谈庚旺点头："他们肯定一直跟在我们左右。这帮人，若是我们真的找到了青铜枕里的秘密，只怕他们一个活口都不会留。"这一点祁光宗和二毛也很赞同。只是祁光宗的眼里有一闪而过的杀气，可随即又不见了。谈庚旺怀疑自己是看错了。思考了片刻，谈庚旺决定不把遭遇了马留帮的事情说出来，不知道为什么，他总感觉祁光宗再次出现之后，就有点怪怪的。

　　下午的时候，瓦斯鲁的人也出现了。那穿西装的男人挑了谈庚旺落单去上厕所的时间出现。"谈先生您好，我义父让我来跟你接洽以后的合作问题。现在我有必要介绍一下我自己，我叫李查德，也是这次合作的执行人，希望谈先生能遵守我们的约定，其间如果你有什么困难，可以来找我。"

　　谈庚旺心里不断腹诽着，他什么时候答应"瓦斯炉"要合作了。再则前夜他差一点被那几只泼猴和马留帮的人弄死，那个时候他们怎么不出现啊？这说明什么？这说明，要么就是瓦斯鲁也不敢招惹马留帮的人，要么他们本就是一伙的。

　　谈庚旺感觉危机四伏，可在他没有想到对策之前，他还是先按兵不动，稳住他们再说。"既然说起合作，那就请李查德先生负责好我的安全问题，不只是我，还有我的朋友们。我不想在找到青铜枕的秘密前，再受到那些马留帮的人的威胁。"

这一句是谈庚旺投石问路，他倒是要看看，瓦斯鲁和马留帮的人是不是一伙的。李查德回的话却是模棱两可："哦，居然有人敢威胁谈先生和你的朋友，那便是与我们为敌，你大可放心，我敢保证在得到那个秘密前，你们一定是安全的。"

这话说得没毛病，可隐约还是透露着他们是知道马留帮的人也是跟来的。都是老狐狸。谈庚旺觉得要把一辈子的心眼都用到与这些人斗智斗勇上边了。李查德离开的时候，谈庚旺特意观察了这些人的背影，没有一个跟那夜的黑衣人相似的。看来那天晚上救他的人，并非瓦斯鲁的人。

晚上柳闰年找来了谈庚旺和祁光宗。他指着龟图上的一个位置说道："向导说，这里有个山洞，有一年大旱，他在河边看到过一次，可后来那洞就不见了。我怀疑，那个洞就是不夜国用来祭祀的地方。当然这也是我们此次考古最重要的目的地。我们不只要找到不夜国存在的证据，更是要找到他们失落的文明。对于我们来讲，文明要比遗迹更为重要。"

"文明？什么文明？"二毛不解地问道。柳闰年一拍脑门，说道："这倒是我的失误了，之前我也没有跟你们讲过。我们曾经在一个古墓里发现了不夜国的信息。那也是一个盗墓贼的墓，只是不同于土夫子，那人是个将军，是更为可恨的官盗。"

若说土夫子是民间的自发行为，那官盗就是有手续有批文的政府行为了。官盗的目的就是为了敛财，所以手法也没有那么讲究，不但没有流派之分，更是百无禁忌。有的时候甚至将墓主的尸骨抛尸荒野，其手段令人发指。

柳闰年称当时他就在考古队中，所以他有幸看到了那人墓中的壁画。其中有一组便是关于不夜国的。"那是一幅很神奇的画，一群人双手结印盘膝而坐，他们的头上却是一个抱着什么东西的婴孩，那婴孩将手里的东西高高举起，便见天地无光。接着便是一幅幅画面，有战争的，有祭坛的，应该都是不同朝代的人。其实到了这里，那壁画还算是正常，最后一幅画却是诡异万分。"柳闰年的话勾起了所有人的兴趣，他清了清嗓子继续说道，"那幅画里居然画着高楼大厦，以及天上大大小小数百个星球，甚至还有一个穿着盔甲的人，那样子像极了现在的宇航员。"

"什么？你的意思是说，最后一幅画画的是现在社会的场景？"谈庚旺有些难以置信地问道。柳闰年摇了摇头："虽然画上的线条简单，有些东西也只不过是形近，大多是我分析出来的。但我不认为那是现在，我更倾向于那是未来。"柳闰年的话一石激起千层浪，那壁画的意思就是可以预知未来。

"你确定那不是现代人画上去的？"祁光宗问道。柳闰年摇了摇头："那画不论从颜料，还是破旧的程度，都能证明那肯定是在 500 年以前画上去的。"谈庚旺插了一句："那你们当时可留下什么影像资料了？"柳闰年依旧摇头："没有，很可惜，就在我把画看完之后，那些画便因风化而消失了。我们连一张照片都没来得及拍。所以我们也没把这个考古成果公之于众，因为我们手里没有证据，即便公之于众，也会受到国内外同行的质疑。"

柳闰年一脸的遗憾。谈庚旺却看向祁光宗，他记得祁光宗说在一个墓里也看到过不夜国的壁画，难道他们说的是同一个人的墓？祁光宗的表情有些不自然，可随即又转换成了一个温和的笑容："既然是这样，那我们明天一早就向这个山洞出发，看样子那里离这里也不算太远。"

柳闰年是队长，其实考古方向的问题，他是可以一个人做主的。而他这次来找谈庚旺等人，更像是特意为之，虽然谈庚旺不知道他的目的是什么，但他隐隐觉得，柳闰年早已知道了他们此行的目的。

在守夜的时候，几个人留下了高小伟，因谈庚旺和华子住在一个帐篷又一起值班，华子自然也参加了夜里的行动，顺便还带上了他的姑姑柳菲菲。一行人打着手电向河边摸去，一路上大家都十分小心，只有柳菲菲在那里对谈庚旺横挑鼻子竖挑眼。"臭流氓，你靠老娘这么近干啥，是不是又想吃老娘的豆腐？""臭流氓，你离老娘那么远干吗，老娘又不吃人。"

谈庚旺知道这姑奶奶招惹不起，可又躲不掉。正在为难的时候，就见柳菲菲"哎呀"一声，停了下来。"怎么了？"谈庚旺问道。柳菲菲秀眉微蹙："我的腿好像被什么东西咬了一下。"说罢将裤管撸起老高，让谈庚旺帮着查看。谈庚旺只打着手电照了一下，柳菲菲却依旧喊痛，非让谈庚旺用手摸摸看。

谈庚旺的手被迫按在了柳菲菲的小腿上，那种湿滑又冰凉的触感，让谈庚旺有些心猿意马。他快速收回手，即便是夜色，也难掩他此时绯红的脸颊。好在这时祁光宗发出信号。

祁光宗在河边另外一处的岩石下发现了几组简易画，画的风格与之前雷同，可这次画的不论是人还是鸟兽都是有肉的，身体丰盈，线条优美。谈庚旺将之前收集的石头一并拿了出来，大家研究了一下。

最后，祁光宗的一句话点醒了谈庚旺。"你可听说过《骷髅幻戏图》，那里边的女人和小孩子都是正常的人，可唯有那提线的人是穿着衣帽的骷髅，而他提着的木偶亦是骷髅。"谈庚旺恍然大悟："祁大的意思是说正常的这组是指活着的，而骨架的那组，指的是死亡！"

　　祁光宗点了点头："有这个可能，这也是古人的一种表现手法。"二毛不由得打了一个冷战，还时不时地向后看去，一看就有些毛骨悚然了。对此柳菲菲却无感，她只是不断地挠着小腿，小声对谈庚旺说道："臭流氓，我咋感觉腿里有东西在动呢。"

第二十章　血虻

　　祁光宗表情凝重地问道："你是不是感觉腿里有东西在蠕动，而且还有轻微的疼痛感？"柳菲菲点头："对，刚才就感觉被什么东西咬了一下，现在就是你说的那种感觉。"祁光宗脸色大变，马上喊道："快，坐在石头上把腿抬起来。"柳菲菲撸开裤管，就见她的小腿已经肿出了好大一个血包。那血包里还有东西在蠕动，且在不断地扩大着，看着好不吓人。

　　"是蚂蟥？用鞋底抽它。"华子喊道。"不行。那会惹怒那东西，这可不是一般的蚂蟥，这是血虻。"祁光宗喊出桂花，并指了指柳菲菲腿上的血包。桂花立马咬了上去。接着那血包好像在挣扎，却最终被桂花吃进了肚子里。

　　祁光宗二话不说，直接用刀削掉了柳菲菲的一块肉，连招呼都不打一声，好在柳菲菲明白他这是为她好，只咬着牙，可脸色瞬间变得惨白，豆大的汗珠顺着脸颊流了下来。之后祁光宗给柳菲菲敷上了药粉，这下把柳菲菲痛得流了眼泪，啪嗒啪嗒的，看着好不心疼。

　　谈庚旺也不知道是怎么想的，直接把胳膊伸了过去，柳菲菲也没跟他客气，一口就咬了上去。这下柳菲菲的疼痛缓解了，轮到谈庚旺欲哭无泪了。

折腾了一阵后，柳菲菲的情况也算稳定了，依偎在谈庚旺的怀里，有气无力地跟大家讨论着石头上几组图案是什么意思。谈庚旺觉得，这应该是一种不夜国特有的文字，而且分阴阳，没准与祭祀有关。因为不夜国的成立就带着浓郁的宗教色彩，而祭祀是不夜国文明的重要组成部分。在没有更好的推测之前，大家也觉得谈庚旺说得很有道理。最后谈庚旺将那几组画临摹到了本子上，希望在以后能用得到。结束了这一切后，所有人回了帐篷，可谈庚旺发现祁光宗时不时地回头，好像是发现了什么。

　　次日，天气有些阴沉，这使得老林里更为潮湿，浑浊的腐朽味混合在空气里，让人感觉无比憋闷。甚至有些低气压，感觉头有些眩晕。这种感觉有点像高原反应，可这里的海拔并没有那么高。当地的向导称，暴雨快来了，他们要快些找到山洞，如果找不到，就必须赶回二号营地。暴雨虽然可怕，但暴雨前的瘴气更为致命。

　　于是大家带着沉重的心情不断搜索，一切出奇地顺利，在出发两个小时后，考古队终于找到了向导说的山洞。那山洞面水而建，洞口有3米多宽，长满了苔藓，又被树藤遮挡着，若不是地导指明了方向，想必很难被发现。山洞的下边便是河滩，若不是今年干旱，只怕那山洞早已沉入水底，难怪如此隐秘。

　　暴雨降至，时间紧迫，柳闰年唯恐山洞又会淹没，他决定带领考古队进行抢救式探险。进了山洞就是几十米的甬道，接着便是一个足球场大的空间。洞内十分阴暗，因洞内常年积水，地面也长满了青苔，十分湿滑。好在队员们都有手杖，但依旧举步维艰。考古队带了发电机和电线，随着灯光骤然开启，整个山洞里也照得犹如白昼。

　　所有人开始清理洞内的苔藓，这样才能看到山洞内祭祀的痕迹，如果他们幸运的话，洞内也许会留有壁画。谈庚旺在清理一块苔藓的时候发现了一个脚印。许是多年前有人来过这里，留下了脚印，后来脚印上又长了新的苔藓。谈庚旺仔细观察着那脚印。大约41码，鞋底花纹的样子特别好认，是普通黄胶鞋的印迹。谈庚旺并没把这事儿放在心上，毕竟这里的村民有很多都穿黄胶鞋。

待青苔清理得差不多了，便露出了墙壁上的一些壁画，都是一些简单的线条描绘出来的图案，而且大多是一些动物的骨骼，在这阴暗潮湿的山洞里显得异常诡异。柳闰年叫人给壁画拍照，并临摹下来，这些工作都极为消耗时间。于是祁光宗提议，可以让先头部队继续深入洞内探查。

谈庚旺等人接了命令继续深入，柳菲菲也跟了上来。里边的路越来越难走，中间又有几个狭小的山洞。因为他们是在上行，所以并没有长满青苔，墙壁上虽然也有几组壁画，但也都与外边十分相近。大约走了一个多小时后，路的前边便出现了三个洞口。

而在分岔口旁的洞壁上，亦有一些壁画，与外边的很不相同。虽是一些鸟兽，却是无头。也不知是年久风化了，还是压根就没有画上去。

几人停了下来，面面相觑。谈庚旺问祁光宗："祁大，你觉得哪个洞口是通往祭坛的？"祁光宗抽着烟摇了摇头："我已经让桂花去探洞了，等桂花回来再说。"这一路上桂花功不可没，可等了十几分钟桂花还没有回来。二毛要去找桂花，却被祁光宗拦下了。桂花很有灵性，一路上经常负责探路，从未有过这种情况。此时，几个人已经意识到了前路的凶险。祁光宗指着另外两个洞口说道："一会儿我们先去探这两个洞。刚才桂花去的那个，只怕是进不得了。"

谈庚旺问祁光宗："那桂花怎么办？"祁光宗无奈地叹了口气："它

若能动，肯定能找到我。若要动不了，只怕我们谁去了也有去无回。"
谈庚旺诧异："这洞里竟然如此凶险？"祁光宗淡淡一笑："小谈，这样
的洞里时有天坑水洞，更会聚集着一些毒虫猛兽，这些也只是你想得到
的危险。再则你不觉得自打过了二号营地，就总有些头晕的感觉吗？你
在老家可曾听过秦始皇陵的传说？"谈庚旺立马想到了"水银"。

相传秦始皇陵内注入了大量的水银，模拟河流走势，而秦始皇的棺
椁便浮游其中，顺势而行，带着他的灵魂巡视着他的万里河山。水银有
毒，若遇极端天气，确实会挥发引起人头晕。可这里的植被繁茂，又不
像是地上蕴含大量水银的样子，但难保古人不会大量地使用其他有毒物
质。谈庚旺心中大骇，看来还是他把此次之行想得太过简单了。

几个人向着中间的洞口走去，祁光宗和二毛走在前边，洞内逼仄难
行，最狭窄的地方，只容得一个人侧身走过。谈庚旺、柳菲菲和高小伟
走在中间，祁光宗的人负责断后。越往前，洞内便更为阴暗，为了节省
电源，队伍中只有三个人打着手电，勉强能视物。好不容易走到了宽阔
的空间，几人鱼贯而入，却感觉阴气森森并伴有恶臭的味道。

祁光宗嘱咐大家要万分小心，可还是出了意外。他带来的亮子本走
在后边，却突然间惊呼一声。华子离得近，打着手电去看情况，结果只
在地上发现了一个坑洞。华子向坑里大喊一声，便能听到回声四起，半
晌后方才听到亮子的哀号声。

"快跑……"

二毛趴到坑口，从兜里摸出一个火折子，将一张纸点燃，然后扔到
坑洞里。那纸定是做过特殊处理，燃烧时发出白色的亮光，而下降的速
度极慢，足以让坑口的人看清里边的情况。只见那坑足有十几米深，里
边白骨累累，仿佛修罗地狱般。所有人皆倒吸了一口凉气。就见亮子浑

身是血倒在白骨之中，腹部已经被一截白骨洞穿，此时他的嘴里还汩汩地涌着血沫子，样子痛苦万分。眼睛血泪翻涌，嘴里却不断地喊着："快跑，快跑。"

"亮子，坚持住，我这就去救你。"二毛红了眼眶，毕竟是朝夕相伴的兄弟。祁光宗却按住了二毛的肩膀，表情异常冷静地说道："快把这坑口封上。"二毛哪里肯干："师父，亮子只是受了重伤，还有救。"祁光宗却开始找石头，准备将坑口封上。"傻小子，你想想，若是里边没其他危险，亮子能让我们快跑吗？"

那纸已经落到了亮子的身边，谈庚旺和高小伟也想着去救人，柳菲菲已经拿出了绳子，让华子系在身上，可就在这时，谈庚旺发现坑里的亮子表情不对。下一秒，就见一个血色虫子从亮子的腹部爬了出来。

谈庚旺惊呼一声，只见亮子七窍也不断地有血虫爬出，密密麻麻看得人脊背生寒。此时大家方才看清，那地上的不只是白骨，还有一层密密麻麻的透明虫子。那些透明的虫子爬进亮子的身体后吸饱了血，便会变成血虫再爬出来。

"是血虻！"二毛喊道。祁光宗喊人来帮忙："快，帮忙把坑口封住。"几人一同将最近的一块大石挪来，将坑口封住。坑口即将堵死的时候，那张纸也已经燃烧殆尽。谈庚旺在那地坑中看到的最后一幕，便是亮子扭曲的脸和惊恐的目光。

亮子死了，死不瞑目，更让人猝不及防，心有余悸。这让谈庚旺再次认识到了此次之行的残酷性。他看着不断哽咽的二毛、吓得一句话也说不出来的高小伟和柳菲菲，总似感觉自己若还是在梦里该有多好。

祁光宗点燃了三支烟，放到了坑口的石头上，然后声音颤抖地说："这里应该是祭祀坑，再往前走，也许就到祭坛了。接下来大家都要万分小心，祭祀坑肯定不止一个。"谈庚旺知道，古人祭祀多用活畜甚至活人，而河南安阳发现的殷墟后冈遗址里，就挖出了好几个祭祀坑，里边不只有牲畜，还有人，很多还是孩童。有遗址的祭祀坑里的人骨，都是身首分离，有的额骨有刀砍痕迹，且骨架上撒有朱砂。这倒是对应了刚才洞壁上的壁画。好在刚才的壁画上并没有看到无首的人骨，想来这里的祭祀坑内只有鱼鸟兽等。

果然，接下来他们又发现了几个大大小小的祭祀坑，多为兽骨，好在他们一路小心，还算是有惊无险。几人又行了一个小时左右，依旧是蜿蜒的小路，而且他们的方向也在不断地变化。

"吱吱。"一个细微的声音打破了沉静，让所有人的心又紧绷了起来。祁光宗循声找去，却见洞壁之上盘着一条细小粉蛇，正吐着芯子看着大家。是桂花。祁光宗将桂花拿在手里，只见桂花腹大如斗，双眼直视着祁光宗，眼睛里隐隐地透着几分委屈，身上的鳞片也掉了不少，连蛇头都无力抬起了。

"到底是什么东西能把桂花伤得如此之重？"二毛皱眉问道。祁光宗表情凝重："只怕是比血虻更可怕的东西。好在它还有一口气，总算是捡回了半条命。"他将桂花收回到了衣兜里，问着大家是要继续前行，还是原路返回。此时他们已经走了三个多小时了，因为前路未知，所以走得慢些，现在折返，约摸一个小时就能与大部队会合。

几人商量了一下，正准备往回走的时候，就听到身后有窸窸窣窣的声音。谈庚旺等人互看了一眼，"是不是柳队长他们？"高小伟问道。祁光宗和华子，还有柳菲菲都摇头，谈庚旺也觉得听脚步声不太像考古队的，这群人的步伐明显更稳健一些，而且更为急切。

几个人不约而同地将手电熄灭，然后将自己隐匿在阴暗处。不久后，便见一簇光由远及近，那灯光刺眼，甚至比瓦斯鲁给谈庚旺的强光手电还要亮。瞬间将山洞内照得犹如白昼。谈庚旺一眼便认出，这群人正是马留帮的人，带头的那人肩膀上还站着一只猴子。那猴子个头比之前他见的还要小上一圈，毛色却棕中带黄，眼睛也更为犀利。

"出来吧。"带头的人说道。接着那猴子便蹿了出来，直奔谈庚旺等人的藏匿处。见躲不过，祁光宗便带头走了出来，对着马留帮的人说道："桥归桥，路归路，河是河，井是井。"

谈庚旺心想，这应该是他们道上的暗语，也叫暗口、行话，意思是祁光宗的人和马留帮的人，你走你的阳关道，我过我的独木桥，大家井水不犯河水。马留帮的人却答："路上修旱桥，河边挖深井，祁老大，我今天想蹚你的河，借你的路一用，不知可否？"

祁光宗一听，立马变了脸色："呵呵，还真把自己当个爷了，蹚老子的河怕你淹死，想借老子的路，老子只能留给你阴阳路。"马留帮的人也不甘示弱："我身边几十号的棍子。今天咱就是狭路相逢勇者胜。"说罢就要动手。祁光宗轻蔑一笑："管你是几十个人还是几十根棍子，在老子这屁都不如，照样打出你屎来。"

这会儿连柳菲菲和华子也听明白了，马留帮的人是让祁光宗替他们探路，祁光宗自是不愿，于是两伙人就要掐架。想来马留帮的人一直跟在后边，这是听着他们要折返，方才现身。

谈庚旺小声地说道："听刚才那人话里的意思，他们来了几十个人，可现在也就二十几个人，那其余的人是不是已将柳队长他们控制住了？"祁光宗不置可否地点了点头："没错，是我大意了，那猴子定是一路尾随着我们，而他们只能远远地跟着，否则早就被发现了。"

说话间两队人马已经动起了手，倒是洞内空间有限，谁也没用家伙，只是近身的肉搏战，你来我往。马留帮的人多，这边的却是精兵强将，两方不胜不负，一时难见分晓。

可就在这时，远处又传来急切的脚步声。马留帮带头的嘿嘿一笑，直道："老子的救兵来了，看你们还敢张狂！"可之后冲进来的一群人中，有考古队的，亦有几个谈庚旺的老熟人。那几人指着马留帮的人便喊着："弄死这些老瓜皮，就是他们截了我们的青铜枕，卖给了那群假洋人，挣了5万块。"声音刚落，又一群人冲到了马留帮的人面前。这帮人的手里都拿着家伙，拼了命地往前冲。这已经不是5万块钱的事儿了，这是深仇大恨。这些人不是别人，正是当初在断崖边上算计谈庚旺和二毛的那伙人。

后来谈庚旺才知道，那些人被他忽悠着去找马留帮的人算账，结果去的人少了，被马留帮的人给暴打了一顿。这还不算，还将这些人的衣服扒光了，被那几只吃死人肉的猴子一顿羞辱。这几个人被关了好几天才偷跑了出来，回来的时候饿得皮包骨，发誓要找马留帮的人算那新仇旧恨，不死不休。

于是一群人追去了北京，却听说马留帮的人把青铜枕卖了5万块的高价。利益当前，这下算是彻底急红了眼，他们又跟到云南来了。结果被人贩子骗了，差一点被卖到境外。几个人是死里逃生，此时好不容易把马留帮的人追上，怎肯善罢甘休。

倒是考古队的人，见了谈庚旺等人便说，马留帮的人将他们控制住了，可柳队长带着几个人跑了，等他们几个被解救了之后，一路跟来，却没见柳队长等人的身影。谈庚旺一听便道不好，只怕柳队长他们逃的时候慌不择路，并没有看到他们在洞壁上留的记号，跑进了另外两个岔路口。

事情突变，马留帮的人和后来的那伙人已经打成了一团。谈庚旺和考古队员则快速原路返回，一路上大家着急赶路，直到回到了岔路口。倒见地上有不少的脚印，柳队长等人选的恰恰是让桂花受了伤的那条路。

第二十一章　瘴气

"脚印是单排，说明我叔叔他们还在里边。"柳菲菲心急如焚地说。华子拿出工兵铲只说了句："我去把他们找回来。"危急关头，谈庚旺也来不及多想，便让考古队的其他队员先撤退，他则和华子去找柳闰年。祁光宗自然是带着人也跟了上来，只是他兜里的桂花探出了小脑袋，不断地摇晃着，似乎在警告他们那条路凶险万分，只是祁光宗不为所动，桂花只好缩回蛇头，乖乖待在衣兜里不再出来了。

一进这条路，便知当初祁光宗不让他们去找桂花是对的。同样是逼仄的路，可没行多远，便有人工开凿的痕迹。而洞壁上则被漆上了暗沉的颜色，整个甬道里一股腥臭味十分难闻。好在考古队配备了防毒面具，虽然不能抵御大面积的瘴气，但防一下臭味还是很有用的。

祁光宗说，这墙壁上的颜料应该是血混合着朱砂。最初鲜红无比，可以起到震慑作用，如今血色暗沉已变成了灰黑色，所以味道腥臭，十分难闻。只怕这里也是祭祀坑，且要比之前他们见过的都要可怕万分。

再行不远处，便到了一个开阔地。与之前的路不同，之前的纯粹是天然形成的，但这个宽厅皆人工开凿而成。宽厅洞壁之上有几幅壁画，但不论从颜色到风格都显得十分迥异。而壁画上的内容则更加耐人寻味。

第一幅便是一个头上长牛角，身上长满羽毛，且有着一双翅膀的人从天而降。那人食指点了一个身边的小孩，那孩子便周身散发着金光，而且手里还多了一册书卷。第二幅中那小孩子长大成人，征战四方最后战死，就在这个时候，那书卷再次出现，落到了那人手里。之后那人便死而复生，双手结印，盘膝而坐，之后万人叩拜。

　　"这长角的人是谁？"高小伟问一旁的谈庚旺。谈庚旺解释道："我猜应该是蚩尤。蚩尤是上古时代九黎部落联盟的酋长，更是牛和鸟图腾氏族的首领。而那个小孩子应该是异人风后的后人。这组壁画的意思就是蚩尤将自己的神力化成了一本书，传给了异人风后的后人。之后风后的一个后人战死沙场，却意外窥破天机重生，然后创立了不夜国。"祁光宗也称，这些壁画与他之前在古墓里见的内容相近。

　　再往前走，便又是一组壁画。便是不夜国成立之后，子民祭祀。接着便是一些恐怖的祭祀方法。有将人分尸，扔入祭祀坑内的；也有将鸟兽千刀万剐焚烧入坑的；亦有将活人生禽喂食猛蛇毒虫的。其手段极其恐怖血腥，看得在场的人不寒而栗。高小伟看得是目瞪口呆："咿呀，这万恶的野蛮社会，还真有虿盆之刑啊。"

　　而更为残忍的还在后边，最后不夜国的人将那些吃了活人的猛蛇毒虫焚烧祭天，那烟雾中便可见一些形状奇特的飞鸟出现，将一些天机告诉给不夜国的国王。夜里那国王躺在床榻上睡觉，若梦到风和日丽，那不夜国子民必定安居乐业；若是梦到风水雷电，不夜国的子民便会尸横遍野，身首异处。

　　为求平安，不夜国的子民便不断地祭祀，不断地乞求天神庇佑。在最后的祭祀中，蕴含着神力的书卷再次展开，结果所有不夜国的子民和飞禽鸟兽都变成了尸块，散落一地。而不夜国的国王脸上挂着诡异的微笑，双手结印盘膝而坐进入睡梦之中。

这组壁画就更为晦涩难懂了。表面上看来，便是不夜国国王在祭祀中窥探了天机，不夜国国王的梦境便是征兆。为了能生存下去，不夜国的子民只得不断地祭祀，不断地杀戮，不管妇女还是儿童。他们甚至会把身首异处的尸体摆成各种图腾的模样。直到他们最后一次祭祀，所有不夜国的子民和生物都变成了祭品，而不夜国的国王终于掌握了神卷中的全部力量。

而壁画的最后一幕便有些难以揣摩，得到了天神之力的不夜国国王，为什么要沉睡？他是死了，还是进入了下一个梦境？古人都认为向死而生，死就是生的开始。所以说不夜国国王最后的沉睡也可能预示着他已经得到了永生，也可以说他再次进入了梦境。

谈庚旺百思不得其解，只得继续向前走去。不远处果然又有一处开阔地，上边便是最后一组壁画。壁画之下有战争、有杀戮，也有国泰民安、歌舞升平。可每幅壁画的角落里，都有一个人的背影。这组画卷的最后一幅画面上却是浩瀚的宇宙以及一些形状奇诡的东西。谈庚旺觉得那些奇诡的东西很像是飞行器和外星人，这有点像柳闰年和祁光宗说过的古墓内的壁画。估计那个墓的墓主人也来过这里。

可这最后一组壁画的意思就更为隐晦了，可以理解为不夜国窥探了天机，能预知未来。也可以理解为他长生不死，一直活到了现在，甚至还会活到了宇宙再次爆炸之后。更可以理解为，他拥有神力之后便开始做梦，而在他的梦里，世界如在他手里掌控的陀螺，不断行进，从上古到未来。如果是这样的话，那么他和所有的人其实只是生活在不夜国王的梦境里。

谈庚旺觉得头痛，这确实是个哲学问题，到底是庄周梦蝶，还是蝶梦庄周？是黄粱一梦，还是一梦黄粱？现实和梦境就如同八卦上的阴阳两极，阴中有阳，阳中带阴。现实中有梦，梦中也有现实。看完了这些壁画，谈庚旺开始觉得整个世界都是虚幻的。而在场所有的人，看了这壁画之后，想必也都会有自己独到的理解。

不知不觉中，他们又走出了好远。按照这壁画的顺序，再往前走便是最后的祭坛了。几人继续前行，最先感到不适的是高小伟。他感觉胸口憋闷，未等他做出反应，人已经倒在了地上，嘴唇青紫，脸色惨白。谈庚旺去扶高小伟，却也感觉头重脚轻。这时他意识到不对。他喊道："是瘴气。"之前所有人都以为这里的瘴气是白色浓雾，却不想这瘴气并无颜色，只是悄无声息地钻入他们的肺腑。若不是有防毒面具，他们早已中毒了。

之后，他们做出了一个错误的决定，因为大家都认为瘴气是从外边渗透而来，只要往里边走就能躲避瘴气的侵袭，却不想里边还有更危险的东西在等待着他们。

几人快速向洞里跑去，幸运的是他们一直在上行，一路上华子和谈庚旺两人轮换着背高小伟，也许是高小伟本就中了毒的原因，所以遇到瘴气后才会最先昏迷。等几人到了安全的地方，祁光宗给他喂了一瓶百清丹，据说可以清热解毒，高小伟不一会儿便醒了过来。只是人刚醒的时候有些茫然，缓了好半天，可还是双眼无神。

终于摆脱了瘴气，大家方才松了一口气，却意外地发现这里的地面上只有一排脚印。谈庚旺一眼便认出，那根本不是柳闰年或是其他考古队员的鞋印，而是之前他在洞口发现的黄胶鞋鞋印。

这说明两件事：一、他们现在进来的地方，并非柳闰年来的地方，也就是说，他们刚才逃命的时候，一定在某个岔路口与柳闰年错过了。

二、那个黄胶鞋鞋印并非村民留下的，而是专门为了不夜国而来的人。

他没有工夫去想那双黄胶鞋的主人是谁，又出于什么目的来到了这里。他只知道，那人八成没能离开这里，因为不论是在洞口，还是这里，所有的脚印都是向着一个方向的。

"祁大，你看。"谈庚旺指了指地上的脚印，祁光宗低头一看，眼前一亮，他有些激动地说："小谈啊，这鞋印很眼熟，倒是与我那故友的鞋码一样。"可随即他的脸色又一沉，似乎是想到了什么。于是几个人第一次有了分歧。谈庚旺希望能让高小伟休息一下。柳菲菲和华子想去找柳闰年，而祁光宗和二毛一行人要继续向前走，以找寻祁耀祖的踪迹。

大家立场不同，当然选择也不同，但彼此都很理解对方，于是大家决定分头行动。而祁光宗则让二毛留下帮谈庚旺照顾高小伟，留下的还有同样需要休息的桂花。之后祁光宗最先带着人离开。柳菲菲则对谈庚旺说道："臭流氓，要是这小子醒了，你是准备跟上老祁，还是返回去找我？"谈庚旺想了一下，答道："我在这儿等你们。"柳菲菲双眼一瞪，气得狠狠地踩了谈庚旺的脚，然后便背着包跟华子向后走去。

谈庚旺被踩得差一点掉了眼泪，也不知道这姑奶奶又哪根筋搭错了，倒是一旁的二毛对柳菲菲喊着让他们注意安全。谈庚旺见人走了，又追了上去。柳菲菲见人追过来了又问："臭流氓，你又跟来干啥？"谈庚旺从兜里拿出刚才祁光宗给的百清丹，倒出了几颗说道："带上，以防有人中了瘴气。"柳菲菲微微一笑，收起了药丸，接着问道："然后呢？"谈庚旺挠了挠脑袋，想了半天，想不到然后是啥，最后憋出了一句："注意安全。"换来的又是柳菲菲用力的一脚。

等人走远，谈庚旺不免嘀咕道："这姑奶奶也太凶了。"一旁的二毛却嬉笑着说："我说庚旺哥，你这脑袋能考上大学，咋就看不明白菲菲姐的心呢。"谈庚旺哪里管得了谁的心，因为高小伟醒了，拉住他的手说道："庚旺哥，快跑。"这一句话吓了谈庚旺一跳，因为高小伟刚才的声音根本不是他平时说话的声音，而是……而是那个掉到祭祀坑里惨死的阿亮的声音。这一下把二毛也吓了一跳，指着高小伟喊道："你别吓唬我，我这人胆小。"

谈庚旺不觉得平时总跟他吹牛说 5 岁就跟着下墓、13 岁就能挑大梁的二毛胆小。可高小伟这一嗓子确实吓人得很。"小伟，你咋了？"高小伟又说了一句："快跑。"这次不只声音像，就连语气都十足像了。

在高小伟第三次说出"快跑"之后，二毛再也忍不住了，亮子是他的伙伴，却在他的面前惨死，而他什么也做不了。他的心里有内疚也有自责，他根本受不了高小伟开这样的"玩笑"。二毛一掌劈了下去，高小伟直接被劈晕了过去。就见二毛红着眼睛说："哥，他肯定是被瘴气熏坏了脑子，让他多睡一会儿，兴许就好了。"

谈庚旺的心里五味杂陈，可也觉得二毛做得没错，若是让他面对那样的高小伟，他的心里也承受不住。几个小时过去了，柳菲菲和祁光宗都没有回来。谈庚旺看着地上的脚印，突然想到了另外一个问题。

"二毛，你还记得从二号营地出发的第二天，你和祁大都去哪儿了？"这是他一直想问的问题。二毛愣住了，他蹙着眉问谈庚旺："第二天，第二天不是因为天气不好，我们原地休息了一天吗？"这个回答有点出乎谈庚旺的意料："你说什么？休息了一天。"二毛点了点头："对啊，那天你睡了一整天，我们怎么喊你吃饭，你都不醒。"谈庚旺彻底惊呆了。他记得那天是祁光宗和二毛消失了，然而所有人不记得有这人的存在，直到第二天，祁光宗和二毛又再次出现。

"庚旺哥，你是不是又犯病了？我师父说，你到这里肯定会有异常反应的，让我多注意着你点。"二毛双眼坦诚地看向谈庚旺。谈庚旺开始怀疑自己了，难道那天大家真的原地休息了一天，而他则睡了一天，做了一个光怪陆离的梦？天哪，难道他的病已经这么严重了，严重到真的分不清现实和梦境了吗？

他想到了刚才看到的壁画。难道他此时还在梦中，抑或是他谈庚旺压根就不存在，他只是不夜国王梦中的一个小配角，一只梦中的蜉蝣，他的粉墨登场，他的悲欢离合，都会随着不夜国王的醒来而烟消云散？

突然谈庚旺好像想到了什么，他将南宫骁给他的伏羲八卦拿了出来，又将自己此前收集的石头和笔记拿了出来。不多时，他看向二毛，二毛也用同样的目光注视着他，四目相对，最后是二毛最先别过头去。

"二毛，要不我们去追祁大吧。我刚才想了一下，你看我们进了这山洞也一整天了，我们越走越深，可这里依旧有空气流动，这说明这个洞还有另外的出口，只要我们一直向前走，没准就能找到另外一个出口。"二毛醍醐灌顶："庚旺哥你说得对啊，这样的话，师父要找的那人说不定还活着。"

"我也是这么想的，要不你找几根木棍，我俩抬着高小伟走，要不高小伟太沉，我俩就算轮番背他也走不快。"谈庚旺说道。二毛有些后悔把人直接劈了，他只得跑去寻找一些废旧的木头。他记得不远处便有几个破木头，许是被水冲进来的，又或是被什么野兽带进来的。

等二毛走后，谈庚旺将嘴凑到高小伟的耳边问道："兄弟，马留帮的人是不是在附近？"高小伟的背脊明显一震，可随即又打起了均匀的呼噜。若换了其他人，只怕都会被高小伟的行为给骗了，可这货装疯卖傻很有一手。当年高小伟偷看班花的日记，被班花打了一巴掌，他就是这么吓得班花梨花带雨的，都以为是她一巴掌把人打傻了。

"毒气是他们放的？"谈庚旺继续问道。高小伟身体没动，可眼睛却动了一下。谈庚旺已然明了。原来那些马留帮的人早就找过高小伟了，应该就是在北京高小伟第一次毒发之后。那时候高小伟异常平静，当时谈庚旺就忧心他是不是伤了根本，现在看来是当时的高小伟只是难以取舍。

"柳菲菲接我们的时候，我兜里的药丸是你放的对不对？"高小伟的眼角又动了。谈庚旺又问道："他们让你杀了我们所有的人？"这次高小伟的眼角没有动。谈庚旺继续问道："他们让你拿青铜枕的秘密跟他们交换解药？"

这时高小伟终于开了口，他用只有两个人能听到的声音说道："哥，别怪我，他们绑架了我的爸妈，逼着我把你引到北京，可到了北京，他们又变卦了，让我跟你来云南，然后把青铜枕里的秘密给他们。其实我身上的毒早在老家的时候就被下了。同时中毒的还有我爸妈。兄弟对不住你，可是我没办法。要是他们只对我动手，那就算是死，我也不会干对不起你的事儿。可他们对我爸妈下手了，那也是你二大、你二娘啊！而且我知道他们盯上你了，我跟在你身边，多少有个照应。"高小伟的眼角泛着泪花。

谈庚旺做梦都没想到，事情原来早就发生了。"什么时候的事儿？"高小伟回道："就在你来镇里找专家的前一天。"谈庚旺苦笑了一下："我以为是我误打误撞去了你家，才连累了你。没想到其实我早就把你和二大、二娘拖下水了。这么说，那天若不是我去了你家，你也会来我家找我了？"高小伟突然拉住了谈庚旺的手："哥，这不是你的错，错的是那群王八蛋畜生，如果有机会，我肯定不会放过他们。"

这样事情就说得通了，他们去北京后的行程以及宾馆的位置，都是高小伟暗中告诉给马留帮的人的。一切看似巧合的事情，皆是早有预谋的算计，就连在假"水心斋"里，也是高小伟配合刘德财上演的古彩戏术，就像是任何的魔术都需要一个托儿一样。那时刘德财就是演员，而高小伟就是一个尽职尽责的托儿。

第二十二章　活人祭祀

等二毛回来的时候，谈庚旺给柳菲菲留了张字条。之后两人做了个简单的担架，抬着高小伟继续往前走。再往前，便见一道门，说是门，其实只是一个石质的门框，而门框的上边刻着像野兽的图腾，有点像是老虎和狮子的合体。

谈庚旺觉得这东西应该就是椒图的雏形。相传龙生九子，这椒图行九，因长相狰狞，性好闭，最讨厌别人进入它的巢穴，所以便被当成了看门兽，估计也是起到震慑作用的。

既然已经有了镇门兽，那么接下来的路，便是通往最后祭坛的路。再走了半个小时后，高小伟终于"苏醒"了。主要是人也有三急，他也确实忍不住了。人是"醒"了，但状态还是有些蒙，二毛也就没有纠结这人到底是真傻还是假傻。

眼下的问题是，手电的电量已经不足了。这个时候瓦斯鲁给的进口手电也只能节省着用。于是二毛拿出一根红烛。所以说还是我们老祖宗的智慧了得，一根小小的蜡烛，既能照明，又能感应风向，每每遇到岔路口，即便不看祁光宗等人留下的鞋印也能找到正确的方向。

走着走着，谈庚旺突然感觉不对："二毛，你说我们这一路走过来，也走了很久，可就是没见是什么东西把桂花伤得这么重。"二毛也才意识到不对。"庚旺哥，你这么一说，倒是提醒我了。可是桂花灵活，也不可能自己把自己伤成那样啊。"这时桂花也从谈庚旺的衣兜里露出了脑袋，象征性地摇晃了一下。

几个人走走停停，再也没见过任何壁画或是祭祀坑，就好像是在山洞里绕圈。直到半夜 12 点多，几人决定休息。"没承想这洞看着不大，可走了一天还是没走出去。"二毛咬着压缩饼干说道。谈庚旺把牛肉干和肉罐头递给了二毛，考古队带了充足的物资，所以谈庚旺背包里的食品一直没动，现在倒是派上了用场。

吃完东西，三人实在太累便睡着了，可刚睡不一会儿，就听到不远处有声音传来。那声音嘈杂，谈庚旺睁开眼睛，便见前边灯火通明。而那灯火之下，一人形鸟身的人双手结印，盘膝坐在中间，而他身下的影子，却黑得异常。他的四周则是不断叩拜的人。这场景很像壁画里画的最后祭祀的场景。

接着一众人冲了进来，他们个个戴着面具，他们将一个个早已麻木的不夜国子民拎起，或是斩首，或是屠杀，最后把他们的头颅摆成了金字塔形。整个祭坛上到处是血，可那些麻木的不夜国子民却犹如刀俎，任人宰割。

接着那人形鸟身的人站了起来，他疯狂地啃食着那些尸体的残骸，想要通过这种方式，变成一个智者。他要窥破天机，他要参透宇宙的秘密。可他得到的，是一具越来越像野兽的躯壳和早已经变成了黑色的灵魂。等他啃食够了尸体，他拿出一册书卷，可依旧看不懂上边所记载的东西。他以为祭祀可以让天神赐予他读懂那册书卷的能力，可显然并没有。祭祀只是一场又一场惨绝人寰的杀戮。

其实不夜国的子民被骗了，那个人形鸟身的怪物，不过是无意间拥有了一册书卷，他对天书中的东西一知半解，却感觉自己的思想与神明相通，可以预测未来。残暴的画面在谈庚旺的面前一次次地重复，他看到尸横遍野，他看到贪婪的欲望带给人类的毁灭。他看到一群被思想禁锢到麻木不仁的人，和那个唯利是图却坐在最高处的掌权者。他终于知道不夜国是如何消失的了。不夜国始于欲望，终于贪欲。从愚昧开始，又在腐朽中毁灭，留下的只有后世的一个又一个的传说。

对于此等场景，谈庚旺已经习以为常了，因这场景他见过，而且不止一次，都出现在他的梦里。他想起来了，他小的时候是做梦的，而且天天都在做这个梦，吓得他夜不能寐，后来也不知道是谁给他灌了几碗中药汤子。打那以后，他便没有了关于梦的任何记忆。

可他又是从什么时候开始做这样的梦的呢？他用力地想，好像是在他很小很小的时候，他看到了一个盒子，而盒子的里边装着一块石头，那石头上刻着奇怪的鸟兽纹。接着一个黑影将他抱走，而从那天晚上开始，他便开始噩梦连连了。

那个时候他很小，很无助，看到这样的场景，看到有这么多的人死在他的面前，他只能吓得瑟瑟发抖，他只能蜷缩在角落里哭泣，他只能无助地喊"爸爸来救我"。可现在不同了，他成年了，他要打碎这个梦境，这样才能彻底摆脱他的梦魇。他手持一把利剑，向着那个人形鸟身的人劈去。这一下，那人便化成了粉末，彻底消失不见了。

之后他感觉自己变成了那个人，双手结印，盘膝坐在了祭坛之上。他看着他的四周坐满了同样姿势的人。他心里大惊，不，他不要成为那样的人，那不是人，那就是恶魔。一个用他人生命来换取自己利益的人，只能是禽兽、恶魔。而他是人，善良，决不会做那么兽性的事儿。可他的身体不听他的使唤，他越是想站起来，身体却越是被束缚着动弹不得。

这时他突然感觉后背一凉，接着他的身体好似能动了。他再睁开眼睛，却见二毛和柳闰年正聚精会神地看着他。"小谈啊，你这是在干什么？"柳闰年瞪大了双眼问道。谈庚旺低头看了眼自己，他正双手结印，盘膝坐在地上。他猛地跳起来，惊魂未定，却无法将刚才的梦说出来。他用力地呼吸着，感觉后背有点痛，好像是被人重重地打了一下的感觉。

"没事儿，日有所思，夜有所梦。我八成是看到那墙上的壁画，所以就梦游了。"谈庚旺解释道。

听谈庚旺说他没有事，柳闰年便笑着回道："那就好。"谈庚旺看着柳闰年和他身边的向导问道："你们怎么在这里？柳菲菲和华子呢？"结果柳闰年的答案却是，他们根本没有看到柳菲菲和华子。他们是走到了山洞的尽头，然后折返回来准备营救大部队的。谈庚旺和二毛面面相觑，二毛便问他们是否遇到了祁光宗的人，可柳闰年他们一路上谁也没有遇到。

这下谈庚旺不淡定了，若柳闰年是原路折返回来的，那么他们之前进来的脚印便是被人故意抹去了。可又是谁抹去了他们的脚印呢？一个人的名字在谈庚旺的脑海里浮现，可随即他又觉得是自己想多了。正待他想多问几句的时候，这时他听到了急促的脚步声。几人循声望去，却见柳菲菲跑了过来。

只见柳菲菲头发散乱，衣服上破了好几个洞，她的手臂上有着大大小小好几处伤口，而她之前腿上的伤口也在渗血，想来伤得不轻。见了柳闰年她一下便扑了上去，指着来的方向说道："快，快去救华子。他受重伤了。"

谈庚旺等人立马向柳菲菲来的方向跑去，一路上柳菲菲磕磕绊绊地说了他们与谈庚旺分开后的事情。他们折返之后便遇到了马留帮的人，两人与他们动起手来。虽马留帮的人多，可好在当时是在狭小的甬道里，最后两人脱逃，结果却掉到了地坑之中。

　　那坑也是祭祀坑，里边不是白骨，而是一具具鸟兽的干尸。那些干尸散发着难闻的腥臭味。她和华子戴着防毒面具，想着找个出口回到上边去。可两人走着走着，感觉绕进了迷宫。一路上两人凶险万分，直到听到了上边有声音传来。仔细一听是谈庚旺和柳闰年的声音。

　　他们便在附近寻找可以上去的出口。于是他们在不远的地方看见了一道裂缝。他们想着只要把那道裂缝扩宽便能上去。即便不能扩宽，喊声也足能让谈庚旺他们听到。柳菲菲和华子向着那裂缝走去，结果……

　　柳菲菲还来不及把结果说出来，就见成群结队的血虹已经爬了过来。"怎么又是这玩意儿！"二毛恨血虹入骨，若不是这些死虫子，亮子也不会惨死。他哪里管得了这些，从背包里拿了一瓶白酒便砸了过去。那酒瓶四分五裂，酒也洒得到处都是。不等那些虫子反应过来，二毛一个火折子飞了过去。山洞里瞬间燃起了熊熊烈火。

　　虽然二毛这行为有点冲动，可火攻确实好用。火烧到的地上，那些虫子便被烧得吱吱作响。二毛冷笑着喊道："有种你们过来咬老子啊！"可柳菲菲急得直跺脚，直喊道："不对不对。"谈庚旺问她："哪不对？"柳菲菲都快哭出来了："不是血虹，是蛇。眼镜蛇。好多好多的眼镜蛇。"

　　谈庚旺恍然大悟，他们在壁画上可是见过了祭祀用的蛇。难怪桂花会受那么重的伤。可他们来了之后没有任何危险，原来那危险是可移动的。但现在问题来了，柳菲菲说华子为了救柳菲菲，自己挡住了蛇，然后柳菲菲才从裂缝里爬了上来。可现在二毛放了一把火，他们去裂缝的路被火堵住了，他们又如何去救华子？二毛悔之晚矣，他这次是草率了。

几个人正商量着如何去救华子，可那边又传来窸窸窣窣的声音。再一看，那火光之后，便有一个个幽绿的眼睛向前移动。高小伟大叫不好。柳闰年则不知从哪儿找来根棍子，挡在了谈庚旺等人的面前喊道："你们快跑，我断后。"谈庚旺看着柳闰年肥硕的身体，只觉得柳队长此人不只觉悟高，勇气也可佳。只是断后的事儿，是万不能交给他的，毕竟一路上他除了做一些决策性的决定，倒是肩不能扛，手无缚鸡之力。

那些蛇扭动着身体，向着火光而来。这时众人方才看清那蛇，头似眼镜蛇，而颜色又有点像五步蛇。谈庚旺心里有一种不好的预感，显然它们并不怕火，它们的目标是眼前这些带着温度的人。

"这蛇该不是《山海经》里描写的飞蛇吧？"谈庚旺的话音刚落，便见一两条蛇蹿了过来，速度之快让人猝不及防，虽然称不上是飞，却也刚好越过了火焰，吐着芯子，直直地向着几人而来。

二毛短刀在手，一刀便将那飞来之蛇砍成了两截。谈庚旺边做着防御的准备，边从背包里拿出了一瓶瓦斯鲁买的驱蛇粉。他将驱蛇粉撒出一把，也不知道现代产的驱蛇粉，能不能对付这千年未进化的物种。

那蛇见了驱蛇粉先是顿了一下，然后又绕开了。可见这驱蛇粉有用，但用途不大。倒是二毛带的雄黄粉起了作用。可二毛手里只有一包雄黄粉，蛇却已经飞过来百十来条。众人这才明白，刚才那些血虹并非是要来吃他们，而是在逃命，结果躲过了蛇却变成了烤虫干。

雄黄和驱蛇粉很快就用完了，二毛圆瞪着眼睛，是势必要与这些飞蛇拼命了，所有的人也如临大敌。飞蛇一拥而上，众人奋力抵抗。就在这时，只听火光那头一声犀利的嘶吼声。华子将一根烧红的火棍抡起，拼了命地向这边冲来。

"傻子，你别过来！"柳菲菲红着眼睛喊华子。那边柳闰年已经用工兵铲拍晕了几条蛇。谈庚旺是一手工兵铲，一手短刀。高小伟则是一手短刀，另一只手抡着木棍。华子已经冲了过来，能看出他的身上密密麻麻满是伤口，而伤口处呈黑紫色。可他还是拼了命从火中飞奔而来，护在了柳菲菲和柳闰年的身前，就连木棍上的火星掉到身上也浑然不觉，只大声地喊着："快跑！"

可这个时候跑也无济于事，人的腿肯定跑不过飞蛇，倒不如一起想个办法，把这些蛇一并解决掉了。"怎么才能把这些蛇弄死？"谈庚旺问道。"不知道，之前我只知道用火烧管用，可这些蛇身上的鳞片很厚，根本不怕烧。"柳闰年答道。

地导也说道："我在这里住了这么多年，还是头一次看到这蛇，捕蛇人也只能同时对付一两条蛇，这么多蛇，就是神兵转世也不行啊。"二毛杀红了眼，问谈庚旺："哥，你说火攻不好使，那水呢？"谈庚旺觉得，酒兴许更管用些，把这些蛇泡成了药酒，想必功效一定很强。

人虽说是在食物链最顶端的生物，可在一群蛇的面前，还是很渺小的。几个人都被蛇咬伤了，而伤口都呈黑紫色。原来被这飞蛇咬过不会感觉痛，只会感觉麻木。直到蛇毒蔓延全身，人就会在麻痹中死亡。华子是最早中毒的，他也是受伤最重的，他已经全身没有了力气，半蹲在地上，只一只手机械地抡着手里的木棍，可即便这样，他还是一步没退，一直守在大家的前边。

这世上总有一个人在最危险的时候冲在最前边，现在这个人有了名字，叫华子。谈庚旺和二毛与他并肩站在一起，身上也满是伤口，却不敢退一步，更不敢轻易倒下。因为他们若倒下，便再也站不起来了。是求生的欲望，支撑着他们一直战斗着。

飞蛇们大概也看出谈庚旺他们只是强弩之末，它们集结之后，准备发起最后一拨最猛烈的攻击。很快一群蛇飞了起来，可它们停在半空中，然后纷纷落到了地上。众人大惊，不知道为何飞蛇会突然间停止了攻击。就见一条粉红色小蛇躺在众人面前。是桂花，此时桂花的肚腹倒是比之前还要大了。而那些蛇则退后了几步，齐齐地看向桂花。

就见桂花扭曲着身体，发出痛苦的"嘶嘶"声。二毛想要上前去查看，却被柳闰年拦住了。在所有人都不知道这究竟是怎么回事儿的时候，桂花用力地扭动了几下后，居然生下了两颗粉白的蛋。

众人错愕，可就见那群蛇的中间，突然钻出了一条通体漆黑、闪着黑光的蛇。等那蛇近了，方才看清，那蛇的身上不是鳞甲而是鬃毛。那蛇虽小，却是所有飞蛇的领袖，它吐着芯子昂首而过，所有的飞蛇让出了一条路，直到那蛇来到桂花的面前，将那两颗粉色小蛋和桂花盘在身上，一并拖走了。

二毛和谈庚旺不好意思地对视了一眼，原来桂花根本不是被什么东西所伤，而是与这黑蛇交配了。也不知道是桂花的体质特殊，还是这黑蛇的体质不同，总之，这不到一天的工夫，桂花便产下了蛇蛋。那黑蛇带着老婆桂花和孩子们就这样走了，留下的几人，却是嘴唇发紫，双眼一黑，一个个倒在了地上。

待所有人都醒来之后，发现他们的手脚已经被人捆绑住。救了他们的居然是马留帮的人。"刚才那蛇是你们引来的吧？"谈庚旺问道。马留帮的头儿回道："没错，我让虎子干的。"说罢轻轻拍了拍肩膀上的猴子。那猴子便趾高气扬起来。

他又说道："醒了就好，看来洋人给的蛇药有用，不枉费我们老远把这些药背来。"二毛动了动干涩的嘴唇问道:"救我们想干啥?"那人回道:"还是二毛兄弟上道,知道我这人无利不起早。留着你们的命,当然是要祭祀用了。那青铜枕的秘密必须活人祭祀方才管用。哦对了,你们一直在洞里绕圈圈吧?我也不知道,好好的三条路,中间的就是直通祭坛的路,可你们非得走两边,结果被祭祀坑坑惨了吧?我们就不同了,我们来了就分成了三路,所以别看你们是先来的,可祭坛是我们先找到的。按照壁画上的指示,明天我们就准备拿你们祭祀。虽说我也不知道这活人祭祀到底有没有用。可既然壁画上边画了,那我们必须得试试啊,你们说对不对?"

第二十三章　影洞

　　所有人的背包都被收走了，也包括谈庚旺带来的那对青铜枕。此时那对青铜枕被那只讨厌的猴子坐在屁股底下。只要有人抢，那猴子肯定不会手软。现在离天亮还有几个小时，马留帮的人正在抓紧时间调整。他们中间有几人明显是受伤了，想必是之前火拼的时候受的伤。

　　而那伙算计过谈庚旺的人被捆得严严实实，还用破布塞住了嘴巴，蜷缩在一旁，也能看得出受了重伤。而另外的一个角落里，则是被绑住手脚的考古队员。柳菲菲和奄奄一息的华子此时也在角落里。柳菲菲像一只老母鸡护鸡雏般地护着华子。想必他们这些人，都是明天的祭品。

　　谈庚旺又数了一下他们的人数，有 30 多个人，看样子都是练家子，身上有功夫，手里有武器，有几个还背着猎枪。考古队的几个老同志根本没有战斗力。此时祁光宗又不在，可即便他在，就凭他手下的几个人，也未必能对付得了马留帮的枪。

　　高小伟并没有被捆绑着，他醒了之后便决定投奔马留帮。他对谈庚旺说："庚旺哥，对不住了，我身上中了毒，我也是身不由己。"二毛向高小伟吐了一口口水，骂他背信弃义，不是东西。高小伟却给了二毛一巴掌，这巴掌让高小伟得到了马留帮的赏赐。谈庚旺并没有怪罪高小伟，他知道高小伟也有他的苦衷。他只是在没人的时候，求高小伟将兜里的抗生素和云南白药给华子，毕竟华子也救过高小伟的命。

大概是这几天马留帮的人也折腾累了，他们只留两人守着俘虏，其他人则沉沉地睡着了。见守他们的人在一旁喝酒吹牛，说着要不是老大有命令，明天要拿他们祭祀，一定要把柳菲菲先给办了。像柳菲菲这样前凸后翘，还很有脾气的女人最招他们心疼。柳菲菲气得目眦欲裂，若不是她被捆着，肯定不会轻饶了他们。

等看守的人也睡了，谈庚旺便小声问二毛："马留帮的人都是河南人吗？"二毛摇头："不是，哪儿人都有，偏远地区的人居多。其实马留帮的人，多为以乞讨为生的孩子，他们只不过是想看个猴戏，结果就被骗去当了学徒。如今马留下帮的人，可不只是做些盗墓的营生，只要挣钱的他们都干。拐卖妇女儿童，逼良为娼，倒卖文物，甚至盗窃抢劫，都是一些丧尽天良的事儿。"

第二天，马留帮的人把谈庚旺等人带到了祭坛，祭坛便是那个三岔路口中间的那条路。顺着那条路再往前不远，便是往上走的石阶。沿着石阶而上，一路上洞壁皆是黑紫色，应是朱砂混合着血，还有另外一些东西。

谈庚旺默默地数着，一共有998级台阶，而石阶的尽头便是一道石柱门。门上画着一组壁画，分别是鱼、鸟、兽的骨骼。谈庚旺蹙眉看了一眼二毛。二毛则是毫不在乎的样子。柳闰年也一副很淡定的模样。倒是其他几个考古队员和雇用来的力工情绪有些激动，最后被马留帮的人封住了嘴，这才消停了一些。而那伙算计过谈庚旺的人，此时被拖着上了台阶，一个个很不配合，最后被踢得吐了血，方才被强拖着到了祭坛。

过了石门，就见一个硕大的圆形的祭坛，祭坛的中间有一尊青铜鼎，而洞壁上因为没有照明设备，根本看不清是否也有壁画。马留帮的头儿拿着火折子走到了祭坛边，随手一点，洞壁上便有火光跳动，那火光呈阶梯状向上升，不久便将整个祭坛照得灯火通明。与此同时，山洞内便弥漫着一股令人作呕的恶臭味。

马留帮的头儿深深地吸了一口洞内恶心的气味，然后很变态地说道："知道这是什么油吗，放到这里上千年了还没有风干？我告诉你，这是把人和蛇放到一起炼化，再慢慢地熬煮，最后炼出的蜡油。很多古墓里都用这种油。所以你们得庆幸，我只是把你们当了祭品，并没把你们炼成蜡油。"谈庚旺感觉腹中翻滚，差一点就吐了出来。

此时马留帮的人却在看着山洞上那一层层镶嵌的青铜片而疑惑不解。烛火的燃烧使得整个山洞里的温度在不断地上升，引得那青铜片发出"沙沙"的声音，宛如一种优美的乐器，在演奏着一首哀婉的歌。其中一个马留帮的人摘下了一片青铜片。他笑得十分贪婪："你们看，这是青铜的，一片带出去就能挣不少的钱，这里有这么多，那我们岂不是发达了？"听他这么一说，所有马留帮的人便开始去摘那些青铜片。

最初他们只是在摘，后来便成了抢夺，场面十分混乱。最后他们的头儿向空中开了一枪，这才让所有的人镇定了下来。可这一枪也不知道打中了什么，只听"哐当"一声。所有洞壁上的青铜片纷纷掉落，霎时间回声四起，再次吸引了马留帮人的注意力。

接着一群人蜂拥而至，开始不断地往兜里装着那些青铜片，最后还是因一声枪响才唤回了理智。这一次开枪的是刘德财。他来了之后便骂了一声："一群眼皮下潜的土包子。"马留帮的头儿很不客气地问刘德财去了哪儿。刘德财却说，当然是去办正经事儿。刘德财看着马留帮的人眼睛里的贪欲，冷笑着说道："再不快点动手，只怕你的人早晚会死在这里，你没发现姓祁的那只老狐狸一直没有被你们发现吗？"

马留帮的人在刘德财的催促下准备祭祀，他们先是杀了算计过谈庚旺的那伙人，并把他们倒挂在青铜鼎的上边，让他们的血流入青铜鼎里。杀了那几个人，他们便又打起了考古队员的主意。拿着刀准备最先割开柳闰年的喉咙。那刀在烛火的映衬下闪着骇人的寒芒，吓得其他的考古队员瑟瑟发抖。

眼见着刀就要落下，谈庚旺便喊了一声："你们看，那洞壁上的是金子。"这时持刀那人转过头去，就见洞壁之上果然闪着金光。他放了柳闰年，将刀抵在谈庚旺的脖子上问道："你怎么知道那些是金子？"谈庚旺随口便说："我在大学的时候见过金矿石。你看这里有这么多的金矿石，这要是带出去能挣多少钱！"

这时高小伟也说道："对啊，这要是带出去，那可就是万元户了。不只是万元户，那得十万元户、百万元户。"谈庚旺又补充了一句："哎呀，可是这里很快就要被山洪淹没了。现在要是不快点动手，只怕下了暴雨就再也找不到这金矿了。"

谈庚旺说话的声音不大不小，却正好让所有的人能听得一清二楚，就连马留帮的头儿都用贪婪的目光看向洞壁。刘德财在一旁喊道："不要相信他们，那些只是普通的矿石。"可柳闰年也说："那些就是金矿，你们想一想，古代的青铜片可是很值钱的。不夜国的人弄了这么多的青铜片，肯定是为了保护比青铜片更有价值的东西啊。什么东西比青铜更值钱？当然是金子了。"

这下所有马留帮的人又再次涌向了洞壁。他们有用刀撬的，也有用手掰的，总之无所不用其极。就连他们的头儿也带着猴子冲了过去。谈庚旺却默默地看着，他知道这些马留帮的人死期快要到了。他要没猜错的话，这里的矿石就是用来打造那对青铜枕的原石，更是所有罪恶的源头。

这些马留帮的人还是吃了没有文化的亏。他们也盗墓，却没人认真了解过中国古代悠久的历史。谈庚旺刚才查过，通往这里的石阶有998阶，古人都认为九九归一，所以很多帝王陵墓的台阶都是99阶，或是999阶。这998阶虽只差了一阶，便是功德未成。换句话说，这里根本不是真的祭坛，而是影洞，一个用来迷惑外人的地方。就如同很多的墓葬都会设有影墓。想必这一点二毛也想到了，不只二毛，还有有着丰富考古经验的柳闰年。

刘德财想要制止他们，可这次连枪声都唤不回他们的理智了。他们已经彻底被贪婪的欲望所支配，最后沦为物质的奴隶。他们疯狂地开采着那些矿石，最后还用上了雷管炸药。即便他们双手被矿石割得满是鲜血，可还是没有停下手中的动作。不日不夜，不眠不休，就连本还有些理智的刘德财和高小伟，也开始动手采矿了。

直到第二天的晚上，他们实在是太累了，方才躺在矿石上睡着了。可半夜里一个人突然跳了起来，眼睛直勾勾地看着自己手里的刀，片刻他拿着刀便要抢身边人的矿石。那人惊醒，于是两人动起手来。接着刀光剑影，惊动了所有人。之后所有人又开始了新一轮的抢夺。没有喊声，也没有惨叫声，他们机械地用刀砍向对方，脸上还挂着诡异的笑容。被砍的并没有躲闪，只一刀捅入了对方的肚腹，你一刀我一刀，最后两人一起倒在了血泊之中。

整个山洞里瞬间成了修罗场。谈庚旺用地上的刀割开了捆着他的绳子，又将其他人救下。然后他在人群中寻找高小伟的身影，此时的高小伟也受了伤。谈庚旺给他止着血，可他依旧喊着："金矿，我的金矿。"

谈庚旺无奈给了他一巴掌，才让他恢复了理智。

"哥，我痛。我好像又做错事儿了。"高小伟虚弱地躺在地上。谈庚旺为他止血，并没有责备他，只是急切地说道："还能动吧？如果能动的话，我们快点离开这里。"高小伟艰难地站起来，由谈庚旺搀扶着向祭坛下走去。

却不想这时刚被谈庚旺解救出来的向导，拿着刀冲了过来。"你们谁也别想跑，都给老子留下来采矿。"向导像疯了一般，挥舞着刀，眼看就要劈到高小伟的身上了。谈庚旺一把将高小伟推开，高小伟虽然躲过了向导的一刀，却又中了刘德财的暗算。血顺着高小伟的腰流下，他瘫软在地上。谈庚旺怒吼一声，将向导一刀砍倒，然后又冲向了刘德财。刘德财在打斗中好像恢复了理智。他看着眼前的场景，并没有继续跟谈庚旺缠斗，而是抢走了那对青铜枕便溜之大吉了。

柳菲菲亲手杀了马留帮的头儿，就连那只吃死人肉长大的猴子，也死在了华子的枪下。那些攻击他们的蛇就是被马留帮的人用蛇药驱赶出来的。之后谈庚旺扶着高小伟，柳菲菲扶着华子，一直向外边逃去。可没跑几步，又有个满身是血的人跑了下来。

"你们别想跑，这金矿都是我的。"那人眼睛凹陷，如同地狱里的小鬼般。柳菲菲为了护住华子，身上中了一刀。谈庚旺在关键的时刻捡起了地上的枪，"嘭"的一声枪响后，那人倒了下去。谈庚旺有些惊魂未定。他杀人了，如此直观地杀了一个人，不是在梦里，而是在现实中。可他来不及消化这一切，他只能继续逃命。

等众人都出来的时候，清点了一下人数，发现二毛和两个力工不见了。"那两个力工是马留帮的人。"谈庚旺很肯定地说道。考古队里有内奸，那两个力工和向导都是马留帮的人。谈庚旺早就发现他们可疑，所以才会问二毛，马留帮的人是否都是河南人。

柳菲菲奇怪地问："为什么只有他们的人发了疯似的，我们却没有事儿？"谈庚旺叹了口气："水，这两天他们没给我们任何吃的，而吃的都是他们带来的，只有水，是他们就地取材，只煮了一下就喝了。我推断这里的矿石都含有放射性物质。水里自然也有这种东西。而向导和那两个力工是他们的人，所以马留帮的人会偷偷地给他们吃的和水。而他们一直假装被捆着，是为防我们逃跑，也可能是为了引祁光宗出现。"

等谈庚旺等人回到影洞的时候，里边已经没有一个活人了。他捡回了一些装备和食物，却没有找到高小伟的解药，也没见到二毛。柳闰年说，他好像看到二毛先离开了。说不定在刚才混乱的时候，祁光宗来了带走了二毛，然后他们一行人先撤退了。

现在情况很严峻，因为高小伟和华子都受了重伤。在出了山洞之后，柳闰年便让柳菲菲带着几个女考古队员和华子、高小伟先回二号营地。而他则带着其他的人，寻找真正的祭坛。柳菲菲临走的时候带着哭腔说道："臭流氓，你救过我，我也救过你。但这事儿得单论，你欠我的，我也欠你的。所以你得好好回来。"

谈庚旺知道柳菲菲是在关心他，但他不善于表达感情，只说如果柳菲菲要是能替他照顾好高小伟，那他欠她的就更多些，结果换来柳菲菲一记眼刀。最后柳菲菲还是依依不舍地离开了。

谈庚旺把南宫骁给他的伏羲八卦给了柳闰年，两人根据龟图上的标记，很快就锁定了位置。真的祭坛也是在山洞之中，离影洞只隔了一座山。于是剩下的人开始向真正的祭坛行进。一路上很顺利，除了下雨让谈庚旺的伤口发了炎之外，一切都还好。已经到了这里，谈庚旺只得继续向前。一路上根本没有任何足迹，他们也没有再见到祁光宗和二毛他们。

找到祭坛所在的山洞后，雨已经下大了，柳闰年带着人向山洞里进发。可没承想，暴雨比预计的还要大，居然引发了山洪。山洪灌入山洞，水位足有两米多深。因为考古队没有想到会涉水，所以也没有准备潜水设备，而且考古队员里会水的人并不多。大家被困在山洞里，眼看着洪水在不断地上涨。柳闰年苦闷地对大家说："古不夜国之所以会突然间销声匿迹，一定是因为地震后暴雨使得河流改道，所以才将这山洞淹没了。"谈庚旺对这种说法并不认同。也不知道为什么，他总是感觉柳闰年在故意拖延时间。

"柳队长，怎么办，我们是游过去，还是原路返回？"一个考古队员问道。柳闰年看着龟图考虑了半天，最后叹了口气说："按照龟图上的显示，不夜国的祭祀洞就在前边，只要我们再向前几百米，也许就能揭开不夜国神秘的面纱。但是暴雨已经开始下了，若我们现在游过去，返回的时候洞口很可能被水封死了，那我们都得死在这里。在没有外援的情况下，我真的很难做出决定。"

柳闰年心有不甘，他研究不夜国的文化已经很多年了，胜利近在咫尺，而他们却要无功而返。这不论放到谁的身上，都很难做出决定。他双眼含泪地看向其他人，他知道自己的一个决定，很可能使许多家庭陷入万劫不复的深渊。最后他艰难地下了撤退的命令。

谈庚旺不愿意撤离，他想要游过去，他想救高小伟，而他相信祁光宗和二毛根本不是提前撤退了，他们应该就在前边。他对柳闰年说道："我要游过去，我的水性很好。你们先撤回去，如果可以，请在外边给我留一些补给，如果10天以后我没有回去，那就说明我再也回不去了。"

"不行！"一向温和的柳闰年态度异常坚定，"第一，你只是个实习生，所以你必须听我的命令。第二，我答应菲菲那丫头照顾好你，你要是回不去，我怕那丫头跟我拼命。"

这话让谈庚旺有些哭笑不得。可一想到柳菲菲那丫头，谈庚旺的心里仿佛又柔软了起来。他知道柳菲菲对他与别人不同，他们又共同经历过生死。他们之间会有无限的美好可能，但前提是他得活着回去。可现在马留帮的人大多数都折在了影洞，而刘德财带着青铜枕先一步进入了最后的祭坛。他现在必须赌一把，为了高小伟，也是为了自己。到了这个时候，他身上有太多的谜团没有解开，他也必须给自己寻找一个答案。

谈庚旺已经做了准备，他对柳闰年说道："对不起，我已经决定了。"谈庚旺脱下鞋子，准备跳入湍急的水里，柳闰年一把将他拉了回来。谈庚旺被拉得猝不及防，没想到平时看似最弱的柳闰年在关键的时刻居然会有这么大的力气。

柳闰年将人拉回来后，直接招呼人过来把谈庚旺捆了起来。边捆还边对谈庚旺说："今天我扛也得把你这个瓜皮扛回去。"谈庚旺奋力抗争："柳队长，你想想已经走到这儿，你就甘心回去吗？你为了所有队员的安危做了撤离的决定，这没错。可我过去了，不也正是为你了了心愿吗？请你不要再浪费我的时间了，我早一分钟动身，就多一分回来的可能。"

第二十四章 祭坛

"屁！"柳闰年一个字就回应了谈庚旺所有的不甘，接着他命令所有人赶快撤离。几个力工将谈庚旺抬了起来。就在考古队准备撤离的时候，远处突然传来一声枪响。那声音在山洞里不断地回响，震耳欲聋。大家循声望去，便见一群人蹚着水走了过来，带头的正是李查德。

李查德带着几个穿着运动服的人拦住了去路。他用枪指了指谈庚旺说道："你们可以滚，但是这小子必须留下来。"李查德的人准备将谈庚旺抢过来，结果柳闰年拦住了李查德。"你们想干什么？明抢吗？实话告诉你，你们想要把小谈同志带走，除非踩着我的尸体过去！"

谈庚旺十分感动，这柳队长对他倒是有情有义，而且有责任心，还讲原则。可下一秒李查德就把那黑洞洞的枪口对准了柳闰年。柳闰年喉结不断地上下动着，一看便知，他此时心里紧张得很。

"让开。"李查德的话永远都没有温度。"不！"柳闰年依旧坚持。李查德冷冷一笑，下一秒枪声响起。一个考古队员的腿部中枪，直接倒在地上，痛得浑身抽搐。"畜生！"柳闰年气得牙痒痒。而李查德的枪口已经对准了另外一个人。

柳闰年回头看了一眼谈庚旺，带着歉意说道："对不起了小谈，我已经尽力了。"谈庚旺用力点了点头，他也没想离开。李查德的出现，不过是让他完成了心愿。

就这样谈庚旺被留了下来。柳闰年则带着其他的人快速向安全的地方撤离。而李查德的人也并没有闲着，他们拿出一个橡皮艇，很快充好气。李查德把谈庚旺拎到了橡皮艇上，说道："谈先生，只要你乖乖听话，到时候瓦斯鲁先生一定会兑现他的承诺。你现在可以想想，那10万块钱是想要现金，还是存在你国外的账户里。"

谈庚旺从来不是个贪财的人，但此时他不想得罪李查德。因为他们有橡皮艇。如果他要游进去，确实没有多少生还的可能。但若是用橡皮艇往返就能节省很多的时间，安全系数也能提高。"我不要现金，现金太沉。我也不要什么国外的账户，我根本办不了出国签证，钱要存国外了，那不就等于没有。你们为什么不能换成黄金？黄金更容易存放。"

"黄金，不错，是个好主意，"李查德点着头说道，"不过谈先生，我还是很佩服你的，其实你早就知道自己是圣童了吧？那是10年前，我跟着瓦斯鲁先生找到了不夜将军的墓，在里边我第一次看到了关于圣童的壁画。之后我们一直在寻找圣童，因为只有圣童才能打开青铜枕里最大的秘密。后来我们又陆陆续续找到了好几座大墓，而墓里的壁画都佐证了这些。可我们没想到的是，圣童居然和青铜枕一齐出现了。哎，说来这也是天意，如果那货郎没摔死，那么也许我们就不会发现你圣童的身份。所以说，连老天都在帮我们。哈哈哈。"

谈庚旺蹙眉，不夜将军，他捡到的石头，将他们引去影洞的壁画。好似有什么东西不对。不，他一直都知道有什么东西不对，但现在他又将很重要的部分串联起来了。只是有一点他没有想通，那个人为什么要这么做？他这么做明明是很矛盾的。

橡皮艇继续向前，很快就来到了一个天井。说是天井，上边却没有露出天空，不过是洞内的一个天然穹顶。到了天井后便再也没有路了。李查德看着手里的龟图说道："看来入口已经被水淹没了。"于是他叫了一个水性好的人下去探洞。谈庚旺看着四周的地形，突然他在山洞的一角看到了一个粉红色的蛇头。他心中暗喜，看来现在有救了。过了一会儿，那人终于浮上来了，说下边确实有一个洞口。李查德一听很是高兴，看来那洞就是通往最后的祭坛的。于是他把装备里所有的潜水镜都找了出来，给水性好的人发了潜水镜，又给了谈庚旺一个，他自己也戴着一个。

一行人跳下了水，谈庚旺的手一直被捆绑着，由一个人带着游向洞口。借着水下手电，谈庚旺看到那洞口之上画着蛇头虫身的图案。他当即明白，这里根本不是真正的洞口。其实他早就参透了龟图的查看方法。那龟图要对照着伏羲八卦来看，但龟图上的标记也是蕴含深意的。之前他捡到的那些石头以及在岩石上看到的图案就是样本。比如这蛇头虫身的图案根本就不是图腾，只是标记着，里边饲养着蛇和血虻。

其实龟图里最下边的小点，才是真正的洞口。那个真正的通往祭坛的洞口原本就是在水下的。而地面上的洞口，其实都是祭祀洞，都是用来杀掉祭祀中活物祭品的地方。当时不夜国祭祀的手段已经到了令人发指的地步。在正常情况下，这样惨无人道的祭祀方法，肯定会引起许多人的不满和反抗。不过这些人最终也会被送到祭祀洞里，或是成了蛇虫的食料，或是被做成了蜡油。

李查德已经先一步进了洞口，谈庚旺找准了时机，用一直藏在衣袖中的剃须刀片割开了绳子，刀片是瓦斯鲁给他的装备里带的。德国进口的，别看小小一片却锋利得很。然后谈庚旺快速用刀片划向身后的那人。血很快便在水中扩散。那人伸手去抓谈庚旺，谈庚旺却快速向一旁的洞壁游去。等他露出水面时，上边已有一条绳子顺了下来，绳子的那一头是二毛嬉笑的脸。"庚旺哥，快上来。"

谈庚旺拽着绳子往上爬，而此时下边的水已经翻腾起了浪花。一群白色的虫子从水下的洞口涌了出来，很快又变成了红色。而一个个潜水镜也慢慢地漂了起来。谈庚旺无暇管他们，他只拼命地往上爬着，直到爬到了一处洞口。祁光宗和他的人都在这洞口之内，静静地看着下边的情况。此时祁光宗的目光冷冽，看谈庚旺的目光也不再温和，反而有一种意味不明的感觉。

"哎，叫你这么一搅和，那些虫子又得三五天才能退下去了。"祁光宗很不满地说道。谈庚旺终于对上号了，在二号营地外，杀了马留帮的人和那两只猴子的人就是祁光宗。只是那时的祁光宗给他的感觉很不同。就是现在的这个样子，清冷，而且一身的戾气。所以谈庚旺一直觉得那人眼熟，却无法判断是谁。可是现在又有一个问题，既然他杀了马留帮的人和那两只猴子，又为什么要等他醒来后才回来处理尸体呢？

李查德并没有死，但他带下水的人没有一个活着爬上橡皮艇。这无耻的家伙居然动手杀死了同伴，将虫子都引了过去，自己则拼了命地爬上橡皮艇。之后的五天里，谈庚旺和祁光宗的人一直在洞壁上的山洞里，白天他们睡觉休息，晚上祁光宗便用绳钩将水里的潜水镜偷偷打捞上来。而李查德的人则找了另外一处山洞。两伙人隔水相望，没人敢越雷池半步。直到水的颜色从红色变成了透明色然后又变回到了正常的青绿色。

祁光宗准备在第五天的夜里行动，然后从水中入洞。而他已经推测出，真正的洞口应该是在这下边 20 米左右的地方。谈庚旺也知道洞口真正的位置，可他想不出，他们没有氧气瓶，潜入水下近 20 米的地方已经是普通人的极限，他们又该如何从洞口向上游20米呢？

李查德也没有闲着，他居然找来了炸药，在祁光宗预订的出发时间之前便开始了行动。他开始炸洞壁了。他以为祁光宗他们就是在等水里的虫子游回山洞，所以他要先发制人。他的人利用绳索攀爬到了祭祀洞的上方，然后放了炸药。一声巨响之后，洞壁被炸开一个缺口。可李查德没想到的是，那洞里下边是血虹，上边却是毒蛇。炸药炸死了一些蛇的同时，也激怒了它们的同伙，接着一群蛇如井喷之势向李查德涌去。

祁光宗看着眼前场景，气得七窍生烟，直骂李查德是个成事不足，败事有余的蠢货。整个山洞开始摇晃，有更多的洪水倒灌而来。祁光宗顾不得那些，带着人准备跳到水里。"再不走，只怕这里就会塌方了。"所有人戴上潜水镜跳到了水里，可能有桂花在的原因，那些蛇并没有攻击谈庚旺等人。

谈庚旺用的水下强光手电也是瓦斯鲁给的，说来这瓦斯鲁倒也给了谈庚旺不少好东西，而且都是关键时刻能用得上的，就跟未卜先知似的。谈庚旺看到了真的洞口上画着龙头人身的图案。那龙头只是蛇长牛角，但谈庚旺觉得这图案肯定有它的含义，就如其他洞上的图案一样。他想到《山海经》里的一段记载："雷泽中有雷神，龙身人头，鼓其腹则雷。"难道这是雷神的象征？

山岩不断地掉入水里，此时他没有时间思考，因为他感觉自己的肺就快要憋炸了。其实他们都在赌。可是他们不跳下来，若是刚才的地方真的塌了，那他们一样活不成。一块巨大的石头砸向了祁光宗，电光石火间，二毛一把推开了祁光宗，自己却被石头砸中，直直地坠入深不见底的水中。

谈庚旺看到二毛被砸下去的时候，双眼盈满了泪花。他还记得前天的夜里，他们还在一起说悄悄话。他说他想管祁光宗叫一声爹，就怕祁光宗不答应。别看二毛平时嘻嘻哈哈的，其实他很敏感，像是一只小小的刺猬，总是将自己包裹在坚硬的外壳之中。也是那天晚上二毛告诉他，其实在二号营地的时候，他和祁光宗就已经来过这里了。在二号营地不远处的水下便有一个入口可以通往这里。那洞口并不是原来就有的，而是后来被山洪冲开的。

而祁光宗一直在练习一种秘术，那就是可以在梦中引导人思想的秘术。这秘术始于后唐，是酷吏用来逼问犯人的，后来慢慢地被统治阶级用于各种领域。这是祁光宗在一个墓里发现的一本秘籍，之后便开始偷偷地研习。

二毛曾拉着他的手，小声地求他，如果他们能活着出去，让他不要记恨祁光宗，因为祁光宗有病，只要到了阴暗的地方就会变成另外一个人。二毛当时只是叹气说："我师父病了，可他自己都不知道。他定是下了太多的墓，最后被什么东西附体了。所以他总是做一些让我匪夷所思的事儿。而且他在犯病的时候做的事，总是与好着的时候背道而驰。"在二毛的眼里，祁光宗一直是善良的、和蔼的，一个如同他父亲一样的存在。

可现在祁光宗变了一副样子，可那个想喊他一声爹的傻孩子却沉到水底下了。祁光宗想要去追二毛，却被谈庚旺拉了回来。祁光宗呆愣在水里，任由水往他的口鼻里灌。就在这时，一阵旋涡袭来，接着一股强大的吸力将他们所有的人都吸到洞口之内。谈庚旺只感觉自己在水里翻滚，不断有水灌入口鼻之中。他觉得自己这下要彻底交待在这了。其实一想，这样也好，虽然高小伟被柳菲菲和华子带走了，可算算时间早已过了毒发时间，他没找到刘德财，更没找到解药。与其让他活着出去面对高小伟的尸体，倒不如让他死在这里。

可正当他放弃求生欲望时，他感觉自己已经浮出了水面。他睁开眼睛，就见一个黑洞洞的枪口正对着他。居然是刘德财。刘德财一脸的阴笑："螳螂捕蝉，黄雀在后。没想到吧，你们和李查德的人各想各的办法，而我一直就躲在你们的不远处？"

事情的发展有点脱离计划，谈庚旺没想到这山洞会利用水的虹吸效应，将人吸到祭坛里。更没想到的是，他们刚刚死里逃生，结果又落到了刘德财的手里。祁光宗和他的人也浮出了水面，祁光宗面无表情，像是一只被抽走了灵魂的提线木偶，被他的徒弟们搀扶着走上了岸。接着谈庚旺听到了撕心裂肺的哭声和哀号声。祁光宗伤心欲绝，根本顾不上管谈庚旺和刘德财。

谈庚旺心里也很难过，二毛也曾多次救过他的命。他欠二毛的一点也不比欠高小伟的少。刘德财点燃了洞壁上的油灯，那些用人油炼化出来的油灯发出令人作呕的恶臭味，却将整个祭坛照得灯火通明。谈庚旺看到祭坛的正上方是一个天然的天井。应该是几百万年前火山爆发后留下的火山口。古不夜国的人就在这里建造了这个两层的祭坛。

整个祭坛都是用山岩开凿而成的，上边则包裹了一层青铜表面，青铜表面上则是有满是繁复夔纹的圆形祭坛，祭坛的正中间有一个正方形的凹槽。谈庚旺注意到，祭坛的左、右两侧也刻着洞口那龙头人身的雷神图案，也不知道是何用意。

而祭坛的下边是凹进去的，里边可以容纳一个人猫腰躲避其中。此时头上一道闷雷响起，只怕那暴雨又要来了。谈庚旺终于明白，这雷神的图案是何用意以及古不夜国的人为何要建造这么一个特殊形状的双层祭坛。

刘德财将青铜枕放到了祭坛中间的凹槽内，就见那青铜枕上的夔纹与祭坛上的夔纹，组成了完整的夔龙图案。刘德财扔给谈庚旺一把匕首，让他割开自己的手腕。谈庚旺冷冷一笑。死他不怕，但眼前的这人害了高小伟，他就算是死，也要拉他去陪葬。

　　谈庚旺捡起刀，扑向了刘德财。刘德财见危险将至，就要开枪打死谈庚旺。但一旁的祁光宗终于恢复了一些神志，他放出桂花救了谈庚旺一命。桂花咬了刘德财的手臂，让他的手臂瞬间麻木既而也没有力气再开枪。当枪掉到地上的同时，祭坛下的水坛里又咕咚咕咚地冒起了泡。不多时李查德和他的余党露出了水面。

　　祁光宗见李查德便目露凶光，就连他的背影都充满了杀气。祁光宗拿起了短刀，对徒弟们说道："杀了这洋鬼子的走狗给二毛报仇。"可李查德爬上岸又拖出一具尸体。二毛的头毫无生气地躺在李查德的刀下。"你再动一步，我就把他的头割下来当球踢。"

　　无疑二毛是祁光宗的软肋。特别是在他为了救祁光宗惨死之后，祁光宗又怎会任人折辱他的尸体？祁光宗用力地攥着手中的刀，指甲已经陷入肉里却不自知。谈庚旺小声地对祁光宗说："祁大，你信我吗？要是信我就放下刀，我有办法替二毛报仇。"祁光宗后背一僵，可最后还是放下了刀。

　　刘德财中了毒，口吐着白沫求李查德救他，换来的却是李查德冰冷的子弹。刘德财死在了祭坛之上，头被李查德轰开了花，脑浆混合着血水顺着夔纹蜿蜒地流向青铜枕。整个祭坛如同活了一般，散发着金色的光泽。

　　李查德狂笑着说道："原来这是壁画里最后的祭祀，就是用圣童的血来活祭，哈哈哈。这个方法我喜欢。"说罢他用枪指着祁光宗的头，

"你，用刀割开他的手腕，给他放血。"祁光宗很顺从地捡起了地上的刀，在谈庚旺的手上开了一道口子，整个过程中他面无表情，目光却时不时地落到二毛满是伤痕的尸体上。

血顺着谈庚旺的手蜿蜒而下，一点点流进了祭坛之中，那些血像是有了生命，不断地向祭坛中的青铜枕涌去，像是去赴一个等待了千年的约定。很快便听到青铜枕发出嗡嗡的声音。李查德露出了胜利者的笑容。"哈哈哈，我终于得到它了，这个隐藏了千年的秘密。"

青铜枕一旦被打开，那里边的蚩尤神力便会传到李查德的身上。他已经张开了双臂，等待着神迹的降临。祭坛上的血渗入到了青桐枕上的夔纹中，四周已经响起了轰鸣声，像在打雷，又像是万人在同时鸣鼓。

李查德笑得越发癫狂，他的衣服被风吹得"猎猎"地响。突然一道闪电划破黑暗。李查德闭上双眼，他大喊一声："请天神赐予我力量！"谈庚旺此时已经因失血过多而快要脱力了。闪电在周围不断地响起，这便是最后的祭祀。祭坛上的血开始沸腾了，谈庚旺知道这是他最后的机会。

一道惊雷突然在祭坛之上响起，接着又一道闪电划破长空，直直地向祭坛劈了下来。谈庚旺向不远处的祁光宗比了一个手势，后者立马心领神会，用力地拉动了绳子，而绳子的另外一头，已悄然地系在了谈庚旺的腰上。

闪电在落地前变成了闪电球，并以一种排山倒海、毁天灭地之势劈了下来。与此同时，谈庚旺在闪电即将落地的一瞬间被拉到了祭坛之下。接着就听到"哐当"一声，整个祭坛被闪电击中，霎时间火光四射，哀鸿遍野。而躲在祭坛之下的谈庚旺等人，头发根根竖立，让谈庚旺想到了一个成语：怒发冲冠。不过他也不得不感叹，古不夜国的人居然就有这样的智慧，这祭坛之上可以引来天雷之火，祭坛之下的人却是安全的。

待所有的声音都停止后，谈庚旺和祁光宗等人才爬上祭坛。此时李查德等人已经被闪电球连番轰炸，变成了黑色的炭干，根本看不出人样了。"罪有应得。"祁光宗冷冷地说道。

第二十五章　最后的祭祀

　　祭坛上的青铜枕已经被劈开，露出了里边的青铜天书。原来这青铜枕除了用钥匙打开外，还可以这样打开。而那青铜天书的上边皆是无人能看懂的鸟形文。祁光宗看着那天书无比失望。

　　这时谈庚旺告诉他："其实所谓的不夜国，不过是一群被含有放射性元素而影响了脑部神经的人。其实事情应该是这样的，异人风后的后人偶尔得到了这天书，并发现了这山洞的矿石可以影响人的大脑神经，他以为自己可以窥探天机，得到蚩尤的神力，于是他编造了谎言，哄骗一群愚昧的人成立了不夜国，并将这里的矿石铸造了那对青铜枕，还不断地利用这里的石头控制不夜国的子民。祭坛是他用来精神控制不夜国子民和排除异己最好的工具。可他没有想到，那些石头在控制了别人的同时，也伤了他的大脑神经，让他产生了许多的幻觉。最后他以为他得到了神力，其实是他的精神已经完全崩溃，他杀了所有不夜国的子民，最后疯癫而亡。因此不夜国才会在一夜之间便销声匿迹了。"

　　祁光宗不断地摇头："不，不是这样的，我弟弟不是这么告诉我的。他告诉我，只要他得到了天书的秘密，我们就能相聚了。他一直在努力和我团聚，他是这世上我唯一的亲人，他不会骗我，我相信他。"

　　谈庚旺看着满脸痛苦的祁光宗，叹了口气说道："祁大，你醒醒吧，我已经问过二毛了，其实你根本没有什么弟弟，你的弟弟是你多年前来到这里的时候被石头影响而产生的幻想。之后，你不止一次来过这里，只是你在这里待的时间太长了，大脑已经完全被它影响了，你甚至已经忘了你在这里经历的一切。更忘了，其实是你伪造了不夜将军的墓，并在几个大墓里留下了误导人的壁画。就连影洞里的壁画也都是你画上去的。我想你最初的目的只是想引出杀了你父亲和弟弟的那些人，你想报仇。但是后来，你也产生了幻觉。可能最初的你也不会想到，你一步步设下的陷阱，最后连你自己都信以为真了。"

祁光宗捂着耳朵，他此时已经鬼迷心窍："不，我没来过这里，得了那天书没准就能拥有蚩尤神力了，可以预测未来，甚至可以掌控全世界。我不要全世界，我只要我的弟弟。耀祖，你在哪里？一路上你就在我的身边，我能感觉到。你快出来，出来告诉他们，我们祁家为了这个天书牺牲了一代又一代，我们半生相见终不能相认，现在这天书现世，你也该出来与我团聚了。"

说罢祁光宗眸光一敛，气质瞬间变得阴冷起来。他冷笑着直视那天书，正要去取，这时一个东西飞了过来，居然是在江湖上消失已久的转轮钺。瓦斯鲁顺着绳索从天而降，他依旧是长袍马褂，身边还带着好几个拿着枪的保镖。

"哈哈哈，亲爱的谈先生，你果然没有辜负我的期望，不但替我找出了青铜枕内的大秘密，还帮我除掉了李查德这个生了异心、贪婪的家伙。我要如何感谢你呢？哈哈哈，不如一会儿我让你选择一个舒服的死法吧。哦对了，忘了告诉你，我承诺你的 10 万块钱，就只能以冥币的形式兑现了。"

谈庚旺讥讽地一笑："瓦斯鲁，你和你的祖辈一直觊觎这青铜枕，利欲熏心，坏事做尽。我从来没有说过要跟你合作。我只不过怕我不走这一趟，你们会不断地骚扰我的家人罢了。不过你今天想得到这天书，你是痴人说梦。"说罢他看向祁光宗，"祁大，咱老祖宗的东西能让外人拿去吗？"

祁光宗的脸色一冷，好像变了一个人："若不是这些洋人，我和我哥哥也不至于分离多年。他们对我祁家人斩尽杀绝，这是家恨。他们想偷我们中华之宝，这是国仇。这国仇家恨，哪一样我'祁耀祖'都与他势不两立，今天便是这了断之时。"

"哈哈哈，再过几百年，你们也只是下等人。这转轮钺本是个好东西，可如今你们又有谁能用？说白了还是愚笨。所以说，什么好东西给了你们也都是浪费，倒不如给我，这才叫物尽其用。"说罢他将转轮钺飞了过来。那转轮钺飞旋而来，速度极快。疾风利刃之下，几人虽然冒险避开，可还是被其所伤。那转轮钺上边满是带钩锯齿，所伤之处净是皮开肉绽，虽然伤口不大，却痛得钻心。

"祁耀祖"放出桂花，桂花飞蹿而过，不等到瓦斯鲁的近前，便被他身后的保镖放了冷枪。桂花只得退后，可枪声不断，只打得桂花蹿回到"祁耀祖"的兜里，只露出委屈巴巴的小脑袋，却是再也不敢出来了。

几人猫腰躲在祭坛之下。"祁耀祖"给他带来的人比了一个手势，那几人默契十足，立马分散开来，不一会儿又同时跳起，快速出刀，攻击那些保镖，但不恋战，一刀之后便又退到祭坛之下。可那些保镖手里的枪也不是闹着玩的，几次攻击下来，"祁耀祖"的人多有受伤，也再难组织起更有效的攻击。

"祁耀祖"在徒弟们发起攻击的时候跳上祭坛，间或解决掉一两个人，但自己也受了不少的伤，他蹙眉躲了回来，耳朵却一直听着祭坛上的动静。这时几个人的头上响起了连续的枪声。谈庚旺的小腿和肩膀中了枪，鲜血汩汩冒出。而瓦斯鲁在枪声的掩护下已经拿到了天书。

"愚蠢的你们，还有愚蠢的李查德。你们只配被我利用，而我想要的东西，我肯定能得到。哈哈哈哈。"瓦斯鲁发出贪婪的笑声。谈庚旺咬牙："祁大，你掩护我，我去跟他拼了，然后你将东西带走，交给柳队长。把天书拿去化验，你就知道我说的是真的了。"

"祁耀祖"也受了伤，他问谈庚旺："你准备怎么跟他拼了？"谈庚旺解开衣襟，露出了一根炸药。"这东西，他给的，哈哈，一会儿我还给他。""祁耀祖"瞪大双眼："小谈你疯了。不要命了？"谈庚旺摇了摇头："这事情因为我而起，就让我亲手来结束它吧。我害了小伟，本来也没有脸面回去见高二大和高二娘了。我只庆幸，我没有再连累我的家人。"

"祁耀祖"觉得自己从来没看清过眼前这个小伙子。没有人真的明白他，也许就连高小伟也从来没有真正地了解透他这个好兄弟。这小伙子给他的感觉一直是耿直、憨厚的。可他忘了，他以全镇第一名的成绩考上了大学。他有远见、内敛、坚韧。也许从一开始他就懂别人的算计，知道每个人的小心思。可是他不说，只默默地走着、看着，把一切都看在心里，最后权衡利弊。别人都以为他是被算计、被利用的那一个，他却在阴谋算计中，一点点走到了这里。他甚至已经为自己做好了最坏的准备。更没有人知道，他的顺势而为，才能更快地结束这一切。

"祁耀祖"突然想到了自己，他这半生如飞蛾扑火，其实他也一直在抗衡着，只是他没有谈庚旺聪明。他一直在躲着、藏着，以为这样是对自己的保护。可结果，他躲藏了半生，直到最后才知道自己的敌人是谁。可那个时候，他已经执念太深，再也无法置身事外了。

他和他的父亲早一点能想通这一点，就能像谈庚旺一样，把自己当诱饵，将所有的敌人都引进来。即便不能凭一己之力一并解决掉，也好过一直被他们算计，活得如此憋闷。

"不行，你还年轻。""祁耀祖"一把将那炸药抢了过来，起身就要跟瓦斯鲁拼命。可就在这个时候，不知什么东西盘旋而过，只听"啪嚓"一声，那瓦斯鲁手上的天书已经离手，在空中划出一道完美的弧线，最后落到了祭坛之下。而那打掉瓦斯鲁手中天书的东西又盘旋而回。

"死洋鬼子，看把你能的，看老汉我不把你的屎给你削出来。"这声音十分耳熟，谈庚旺探出头去，就见一行人已经来到了祭坛之下，也不知道是打哪儿来的，想必这里还有其他的入口。说话的老头穿着粗布衣裳，手里提溜着一条九节鞭，虽然蓬头垢面，可双眼如炬，炯炯有神。这人却是刘坎山。

"刘二大。"谈庚旺揉了揉自己的眼睛，以为自己看错了。却见刘坎山嘿嘿一笑："庚旺啊，你可别说二大不偏疼你，一路上你二大可没少暗中助你啊。"谈庚旺终于想起，那夜那黑影为何眼熟了。那不就是刘坎山的背影吗？可他哪里会想到，得了癔症疯疯癫癫的刘坎山会来到云南，而且还藏着一身的好本领。

"刘老，眼下咱还是先解决了这大麻烦再叙旧。"说话的竟然是南宫骁，而南宫骁的身边，则跟着几个同样身形矫健的人，想来也是些深藏不露之人。

瓦斯鲁见来者不善，便冷笑着说道："南宫骁，你居然敢来送死！在北京的时候，你可没少坏我的事儿，今天来得正好，那你们就一同下地狱吧。"说罢，手一挥，那些保镖便要开枪。还没等他们扣动扳机，手里的枪便被各种兵器打到地上。

先不说刘坎山的九节鞭，挥得那叫一个龙吟虎啸。只说南宫骁带来的几人，有的身轻如燕，一个垫脚便蹿出老远。有的如水蛇般，抬手间便将一个膀大腰圆的保镖撂倒。还有那也不知道如何出的手，便将面前的保镖打得彻底失去了抵抗力。这下连"祁耀祖"都傻了眼，不知道这都是哪路的神仙。

形势瞬间扭转，瓦斯鲁又怎肯将唾手可得的天书拱手让人？两伙人缠斗在了一起。瓦斯鲁手上的转轮钺却一直被刘坎山手里的九节鞭压制着，又没少被南宫骁修理，直打得他身上的长袍马褂碎成了破布条，且满是污血，有自己的，也有护着他的保镖的，一头油光的鬈发杂乱无章地横于额前，最终他身前所有的保镖都倒在了地上。

他将手里的转轮钺飞了出去，自己则跳下祭坛，捡起了地上的一把枪，准备扣动扳机。可此时刘坎山的九节鞭已将那转轮钺打了回去，那转轮钺一个回旋，却直直地飞向了瓦斯鲁的脖子。只见瓦斯鲁还保持着站立的姿势，可头已经滚落在地上，接着他的身体方才轰然倒地。

暴雨倾盆，顺着山口洒落在祭坛之上，将上边的血冲刷得一干二净，仿佛一切都没有发生过。谈庚旺将天书放到了青铜枕内，又将青铜枕交给了南宫骁。"这东西既然与你的'水心斋'有缘，便交给你处理吧。我只有一个条件，不要再让这东西出现在世人面前，以免这些东西再影响了他人，心生贪念。"

南宫骁笑着接过了青铜枕："其实让人产生贪念的不是这青铜枕抑或是天书。即便这山里的矿石有问题，可念由心生，心志坚定如你，就不会产生任何的贪念。"

南宫骁帮谈庚旺和祁大处理了伤口。谈庚旺也不知道此时的祁大到底是祁光宗，还是祁耀祖，总之他整个人仿佛老了10岁，眼睛里一片灰白，只怕他一时间无法接受这样的事实。所有的人都开始撤退，可所有的洞口都已经完全被水淹没。

南宫骁手拿伏羲八卦，带着一群人来到了山洞的南面。谈庚旺看得明白，按卦象这里应该是死门，南宫骁却说，向死而生，才能化险为夷。眼看着洪水步步紧逼，就要将他们所在的地方也淹没了，就在这时，"轰隆"一声巨响，山壁被炸开了一个豁口。待尘烟消散之后，豁口处露出了柳闰年的脑袋："南宫店主，我来得不算晚吧。你也得理解我，这年头用炸药得开介绍信，又打报告又批条的，手续麻烦得很。"

谈庚旺受伤很重，被绳子吊上了山洞，再被人抬下了山。等下山的时候，人已经烧得晕过去了。待他再醒来的时候，发现自己躺在医院里。而他的身边正坐着身上缠满了绷带的高小伟。见谈庚旺醒了，高小伟直接扑到了谈庚旺的怀里，哭得跟林黛玉似的："哥，我以为再也见不到你咧！"

谈庚旺喜极而泣，高小伟没有死，如果这是梦，那他一辈子都不愿意再醒过来。"我也以为再也见不到你了。你知道不，我差一点把自己给炸了，到地下跟你继续做兄弟去。好在刘二大和南宫店主来了，要不我岂不是白死咧？"高小伟问他："哥，你不怪我吗？"谈庚旺叹了口气："我还想问你怪不怪我，是我连累了你。"

"屁，哪里是你连累了我，明明是我拖了你的后腿。哥，我得跟你坦白，其实出发前，南宫店主就给了我解药，他让我自己选择，是带着解药回家，还是继续跟在你的身边。我想着我可以假装跟马留帮的人合作，这样我就可以保护你了。可我还是高估了我自己，我太没用了，不仅没保护成你，反而拖了你的后腿。不过我很开心，即便这样你也一直信任我，把我当兄弟。到最后你也没放弃我，我这辈子有你这么一个好哥们儿值了。"

另外一间病房里，祁光宗看着睡在身边的二毛哭得泣不成声。他用颤抖的手轻轻抚摸二毛满是伤痕的脸颊。这些年来，他觉得最对不起的就是二毛了。二毛一直把他当亲生父亲看待。

二毛醒了，告诉祁光宗其实他一直就病着，总在睡梦里变成另外一个人。二毛没什么文化，就以为祁光宗被什么东西附体了。从北京出发前，南宫骁找到了二毛，问他想不想救他师傅，二毛纠结了很久，后来还是答应了。

他只答应与南宫骁合作，前提是不做任何伤害祁光宗的事儿。祁光宗终于释然了，他想起自己的弟弟早就被人杀害了，那是他的一个心结。其实他对什么天不天书的都不感兴趣，他最初只想知道，父亲和家人为什么会被人杀害。

后来他到云南寻找答案，却在山洞里第一次发现了祁耀祖，他们俩订下了复仇的计划。他开始不断在墓里伪造壁画，想以此引来他的仇人。后来他多次回到那山洞，他也产生了幻觉，他心中的执念在矿石的催化下产生了一种欲望，也许他得到了天书，就可以让一切回到从前。

这样的话，他就能保护好父亲和弟弟，一家人就不必生离死别了。可他现在明白了，逝去的再也追不回来了，他要更加珍惜二毛这个眼前人。他有亲人，一直都有，他有二毛和他的徒弟们，一群跟着他出生入死却无怨无悔的孩子们。

身体恢复后的高小伟，从谈庚旺的嘴里知晓了整个事情的始末。他们手中的青铜枕本是青铜神器之一，而九大青铜神器聚齐，则能开启蚩尤神卷。多年前一伙洋人便开始觊觎这蚩尤神卷，而瓦斯鲁便是那伙洋人的后裔。正是由于瓦斯鲁的祖辈对青铜枕的抢夺，方才引出了之后的事情。

其实祁光宗才是一切的幕后推手，他多次来云南，并带走了一些石头，然后用石头的粉末让谈庚旺和高小伟梦游。他以为那是圣石的魔力，让人想起了前世的记忆。而他其实早因常年与这些石头打交道，患了严重的精神疾病。他自己分裂成两个人，一个是善良的祁光宗，他想保护谈庚旺，因为祁家、谈家、刘家三家都是当年被大官授命的护宝人。

他时而清醒，能记起这祭祀洞里的所有情况。时而糊涂，又变成祁耀祖，把谈庚旺伪装成圣童，以此当成诱饵，引出杀了他父亲和全家人的马留帮以及瓦斯鲁。他的目的一是为了报仇，二是为了窥探青铜枕里的秘密。可当他清醒的时候，他又做出截然不同的选择，他给谈庚旺留下各种暗示。

而祁家和谈家，还有刘家都是护宝人。他们受大官的命令，暗中保护青铜枕。结果却在战乱时走散了。后来祁家人被害，祁光宗也再没有跟谈、刘两家人联系。多年后马留帮的人出现暗害了谈老汉，刘坎山只得装疯卖傻，一路上跟着谈庚旺。在假"水心斋"里放火的是他，在二号营地里掩埋尸体的也是他。所以在二号营地的时候，很多人都中了祁光宗的算计，出现了遗忘症和幻觉，并按照祁光宗对他们的暗示，忘记了祁光宗和二毛中途离开过。但谈庚旺没有。后来刘坎山发现南宫骁的人也一直在保护谈庚旺，最后两人决定合作。

几天后柳菲菲和华子来看谈庚旺，他们告诉谈庚旺，其实柳闰年和他们都是南宫骁的人。在石匣里的照片被货郎拿去寻找卖家的时候，南宫骁就已经收到了信儿。他本想直接去找谈庚旺，结果谈庚旺身边的祁光宗引起了他的注意。他只得暗中保护谈庚旺，正好祁光宗想通过"水心斋"找到关于青铜枕内天书的线索。

于是南宫骁看着祁光宗将谈庚旺引到了"水心斋"，一切也正好进入了南宫骁的计划范围，这才有了云南之行。柳闰年早就知道考古队有奸细，所以他暗地里一直帮着祁光宗诱导那些人。有的时候，他会故意找谈庚旺说些事情，为的就是迷惑马留帮的人，从而将瓦斯鲁也引来。这一切南宫骁都知道。可即便南宫骁未雨绸缪，突变的天气还是打乱了他的计划，好在一切都在他的掌控范围之内。

一切都结束了，南宫骁给了谈庚旺一笔钱。谈庚旺本不想要，可南宫骁说这是谈家应得的，这也是"水心斋"的规矩。他拿着钱回去修了谈老汉的坟墓，在他爹的坟前磕了三个大响头。他告诉他爹，谈家最大的秘密他已经知道了，压在谈家几代人身上的重任也卸下了。宝贝已经有了更好的归宿，而谈家人再不会身不由己，可以自由地生活了。

谈庚旺又将剩余的钱分给了谈家其他几房和刘家人。谈家人卸下了重担。刘家人也一样，刘坎山把那九节鞭埋到了谈老汉坟前那棵老树下，跟谈老汉说："老伙计，我们终于自由了，可怜你没等到这一天。"之后刘坎山又变成了村里那个嬉皮笑脸、偶尔有点封建思想的老头了。

等谈庚旺彻底恢复后，他回了考古队报到，结果一起来报到的还有祁光宗、二毛和刘坎山。二毛和祁光宗是外聘的技术人员，而刘坎山则是当了门卫大爷。谈庚旺接到的第一个任务，便是去潼关的一个古墓进行抢救式挖掘。谈庚旺带上装备进入现场便看到了柳菲菲和华子先一步到了。华子少了三根手指，但考古队里都管他叫保护神。而柳菲菲见了谈庚旺的第一句话就是："臭流氓，你咋又跟过来了，是不是想我了？"谈庚旺嘴角一咧，就是没好意思开口说想，只是红了耳根。